SANGUE E GELO

ACADEMIA DE VAMPIROS

SANGUE E GELO

RICHELLE MEAD

Tradução
Inês Cardoso

Rio de Janeiro, 2022

Copyright 2008 © Richelle Mead. Todos os direitos reservados.
Copyright da tradução © 2022 por Casa dos Livros Editora LTDA.
Título original: *Frostbite*

Todos os direitos desta publicação são reservados à Casa dos Livros Editora LTDA.
Nenhuma parte desta obra pode ser apropriada e estocada em sistema de banco de dados ou
processo similar, em qualquer forma ou meio, seja eletrônico, de fotocópia, gravação etc.,
sem a permissão do detentor do copyright.

Diretora editorial: *Raquel Cozer*
Gerente editorial: *Alice Mello*
Editora: *Lara Berruezo*
Editoras assistentes: *Anna Clara Gonçalves e Camila Carneiro*
Assistência editorial: *Yasmin Montebello*
Copidesque: *Fernanda Marão*
Preparação de original: *Julia Vianna*
Revisão: *Daniel Safadi*
Design de capa: *Renata Vidal*
Diagramação: *Abreu's System*

CIP-Brasil. Catalogação na Publicação
Sindicato Nacional dos Editores de Livros, RJ

Mead, Richelle
     Sangue e gelo / Richelle Mead ; tradução Inês Cardoso. –
2. ed. – Rio de Janeiro : HarperCollins Brasil, 2022
        – (Academia de vampiros)

     Título original: Frostbite
     ISBN 978-65-5511-437-9

     1. Ficção norte-americana I. Título. II. Série.

22-128089   CDD: 813

Cibele Maria Dias – Bibliotecária – CRB-8/9427

Os pontos de vista desta obra são de responsabilidade de seu autor, não refletindo
necessariamente a posição da HarperCollins Brasil, da HarperCollins Publishers ou de
sua equipe editorial.

HarperCollins Brasil é uma marca licenciada à Casa dos Livros Editora LTDA.
Todos os direitos reservados à Casa dos Livros Editora LTDA.
Rua da Quitanda, 86, sala 218 – Centro
Rio de Janeiro, RJ – CEP 20091-005
Tel.: (21) 3175-1030
www.harpercollins.com.br

Para Kat Richardson, que é muito sábia.

PRÓLOGO

As coisas morrem. Mas nem sempre elas permanecem mortas. Acredite em mim, sei do que estou falando.

Existe uma raça de vampiros nesta terra que é literalmente a dos mortos-vivos que vagam pelo mundo. Chamam-se Strigoi, e, se você ainda não tem pesadelos com eles, deveria ter. Eles são fortes, rápidos e matam sem piedade e sem qualquer hesitação. Eles são imortais também, o que faz com que sejam difíceis de destruir. Há apenas três maneiras de acabar com eles: fincando uma estaca de prata no coração, decapitando-os ou tacando fogo neles. Nenhuma dessas opções é de fácil execução, mas ainda é melhor do que se não houvesse maneira alguma de destruí-los.

Pela Terra também circulam bons vampiros. Chamam-se Moroi. Estão vivos e possuem o poder incrivelmente formidável de fazer magia com um dos elementos da natureza — terra, ar, água ou fogo. (Bom, quase todos os Moroi podem fazer magia — mas vou explicar melhor as exceções mais tarde.) Eles não usam mais a magia para grandes feitos, o que é um pouco triste. Seria uma arma poderosa, mas os Moroi acreditam sem sombra de dúvida que a magia só pode ser usada para fins pacíficos. Essa é uma das grandes leis que rege a sociedade deles. Os Moroi também são, em geral, altos e longilíneos, e não toleram uma exposição prolongada ao sol. Mas eles compensam essa fraqueza com visão, olfato e audição sobre-humanos.

Os dois tipos de vampiros precisam de sangue. Deve ser isso que os define como vampiros, não? Os Moroi, no entanto, não matam para obtê-lo. Eles mantêm humanos por perto que, por livre e espontânea vontade, doam pequenas doses de sangue a eles. Esses humanos se voluntariam para essa função porque as mordidas de vampiros contêm endorfina, substância que produz uma sensação muito, muito boa e que pode, inclusive, viciar. Sei disso por experiência própria. Esses doadores são chamados de fornecedores e são irremediavelmente viciados em mordidas de vampiros.

Cercar-se de fornecedores é, ainda assim, um jeito melhor do que o encontrado pelos Strigoi para saciar a fome, pois, como você já deve ter imaginado, eles simplesmente matam para obter o sangue dos humanos. Acho que é disso que eles gostam. Se um Moroi mata uma vítima ao beber seu sangue, ele se transforma num Strigoi. Alguns Moroi fazem isso por vontade própria, abdicando de sua magia e de seus princípios em troca da imortalidade. Os Strigoi também podem ser gerados à força. Se um Strigoi bebe o sangue de uma vítima e depois a obriga a beber o sangue desse Strigoi de volta, bom... aí você tem um novo Strigoi. Isso vale para qualquer um: Moroi, humano ou... dampiro.

Dampiro.

Isso é o que eu sou. Dampiros são meio humanos, meio Moroi. Eu gosto de pensar que fomos contemplados com as melhores características das duas raças. Sou forte e resistente como os humanos. Também posso ficar exposta ao sol o quanto quiser, mas, assim como os Moroi, tenho os sentidos bastante aguçados e reflexos rápidos. Conclusão: os dampiros são excelentes guarda-costas — que é a função da maioria de nós. Somos chamados de guardiões.

Passei toda a minha vida sendo treinada para proteger os Moroi dos Strigoi. Cumpro uma série de aulas e práticas especiais na Escola São Vladimir, um colégio particular para estudantes Moroi e dampiros. Sei usar todos os tipos de armas e consigo aplicar alguns golpes bastante certeiros. Já dei surras em sujeitos duas vezes maiores do que eu — tanto dentro quanto fora da escola. E é só em garotos mesmo que eu bato, já que há poucas garotas nas minhas aulas.

Isso acontece porque se, por um lado, os dampiros herdam as melhores características de ambas as raças, por outro, existe uma coisa que nós não podemos fazer. Dampiros não podem ter filhos com outros dampiros. Não me pergunte por quê. Não sou especialista em genética nem nada disso. Humanos e Moroi, se ficarem juntos, vão sempre produzir mais dampiros; essa é a nossa origem. Mas isso não é mais tão comum; os Moroi tendem a manter distância dos humanos. Por conta de um outro golpe de sorte genético, no entanto, a mistura de Moroi com dampiros produz crianças dampiras. Eu sei, eu sei: é uma coisa doida. Imagina-se que, nesse caso, nasceria um bebê que fosse três quartos vampiro, não é? Nada disso. É meio humano, meio Moroi. A maioria desses dampiros são filhos de homens Moroi com dampiras. As mulheres Moroi preferem ter filhos da mesma espécie. E o que geralmente acontece é que os homens Moroi têm casos com as mulheres dampiras e depois as abandonam. A consequência é que há várias mães solteiras entre as dampiras e, por isso, poucas delas se tornam guardiãs. Elas preferem se dedicar a criar suas crianças.

Assim, apenas os garotos e algumas garotas são encaminhados para serem guardiões. E os que escolhem esse caminho levam seu trabalho muito a sério. Os dampiros precisam dos Moroi para continuar gerando crianças. Nós *temos* que protegê-los. E, além do mais, essa é… é a coisa certa a fazer. Os Strigoi são demoníacos, são criaturas desnaturadas. Não é certo caçar inocentes. Os dampiros treinados para serem guardiões aprendem esses valores desde o dia em que dão os primeiros passos. Os Strigoi são maus. Os Moroi precisam ser protegidos. Os guardiões acreditam nisso. Eu acredito.

E tem um Moroi que eu quero proteger mais do que qualquer outro no mundo: minha melhor amiga, Lissa. Ela é uma princesa Moroi. Existem doze famílias reais Moroi, e ela é a única pessoa que sobrou de sua família, os Dragomir. Mas tem outra coisa que torna Lissa especial, além do fato de ela ser minha melhor amiga.

Lembra quando eu disse que cada Moroi consegue fazer magia com um dos quatro elementos? Bom, acontece que Lissa maneja um elemento que até bem pouco tempo ninguém sabia que existia: o espírito. Durante anos, nós pensamos que ela não ia desenvolver habilidades mágicas. Até que coisas estranhas começaram a acontecer com ela. Por exemplo, todos os vampiros têm uma habilidade chamada compulsão, que os permite impor a sua vontade aos outros. Nos Strigoi essa habilidade é extremamente forte. Nos Moroi é mais fraca, e proibida. Lissa, no entanto, possui uma capacidade de compulsão quase tão forte quanto a dos Strigoi. Num piscar de olhos, consegue que as pessoas façam o que ela quer.

E isso nem é o mais extraordinário que ela consegue fazer.

Eu disse antes que coisas mortas nem sempre permanecem mortas. Bom, eu sou uma delas. Não se preocupem — não sou como os Strigoi. Mas eu já morri uma vez. (E não recomendo a ninguém.) Aconteceu quando o carro em que eu estava derrapou e saiu da estrada. Eu morri no acidente. Os pais de Lissa e o irmão dela também. No entanto, em algum lugar no meio do caos — sem nem se dar conta do que estava fazendo — Lissa usou o espírito para me trazer de volta à vida. Depois do acidente, ficamos um longo tempo sem saber como isso acontecera. Na verdade, nós nem sabíamos que o espírito existia.

Infelizmente, uma pessoa descobriu esse poder antes de nós. Victor Dashkov, um príncipe Moroi à beira da morte, percebeu os poderes de Lissa e pensou em aprisioná-la e torná-la sua fonte particular de cura — pelo resto da vida dela. Quando vi que alguém a estava perseguindo, decidi tratar o assunto com minhas próprias mãos. Fugi da escola com ela e fomos morar no meio dos humanos. Foi divertido, mas também um pouco tenso, por estarmos sempre fugindo. Nós conseguimos viver assim durante dois anos, até que, alguns meses atrás, as autoridades da Escola São Vladimir nos encontraram e nos obrigaram a voltar.

Foi nessa época, depois de nossa volta à escola, que Victor aplicou esse golpe traiçoeiro, raptando e torturando Lissa até que ela se visse obrigada a obedecer a suas ordens. Para tanto, ele usou meios bastante radicais, como enlaçar a mim e a Dimitri, meu mentor, com um feitiço de luxúria (falarei *dele* mais tarde). Victor também explorou o fato de o dom do espírito estar começando a deixar a mente de Lissa instável. Mas isso não foi pior do que o que ele fez com a própria filha, Natalie. Ele a encorajou a se tornar uma Strigoi apenas para ajudá-lo a fugir. Ela acabou morrendo com uma estaca cravada no coração. Mesmo depois de vê-la transformada em Strigoi, Victor não demonstrou nenhuma culpa pelo que a levara a fazer. Isso me fez pensar que eu talvez não tivesse perdido grande coisa por ter sido criada sem a presença de um pai.

Então, agora eu preciso proteger Lissa tanto dos Strigoi quanto dos próprios Moroi. Poucos guardiões sabem dos poderes de Lissa, mas tenho certeza de que existem outros Victor por aí prontos para tentar fazer uso deles. Felizmente, eu tenho uma arma a mais que me ajuda a mantê-la a salvo. Em algum momento, durante a cura que ela operava em mim depois do acidente de carro, o espírito criou um forte laço psíquico entre nós duas. Eu posso ver e sentir o que ela vive (mas é uma via de mão única: ela não pode "sentir" o que se passa comigo). O laço me ajuda a mantê-la sempre sob minha vigilância e a saber quando ela está com problemas, embora, às vezes, seja estranho ter uma outra pessoa dentro da cabeça. Temos plena certeza de que há outras coisas que o espírito consegue fazer, mas ainda não as conhecemos.

Enquanto isso, venho tentando ser a melhor guardiã possível. O tempo que passamos fora da escola, quando fugimos, me deixou atrasada com os treinamentos, então preciso de aulas extras para recuperar o tempo perdido. Não há nada no mundo que eu deseje mais do que manter Lissa a salvo. Infelizmente há duas coisas que, de vez em quando, complicam o meu treinamento. Uma delas é que eu, às vezes, ajo sem pensar. Estou me esforçando para evitar esses rompantes e tenho melhorado, mas, quando alguma coisa me tira do sério, meu impulso imediato é o de socar primeiro e só depois ver em quem bati. Quer dizer: quando vejo quem eu gosto em perigo... a obediência às regras me parece opcional.

Outro problema na minha vida é Dimitri. Foi ele que matou Natalie e é um cara incrível. E também muito lindo. Tá bom, mais até do que lindo. Ele é sedutor — o tipo de pessoa que faz você parar no meio da rua e ser atropelada. Mas, como disse, ele é meu instrutor. E tem 24 anos. Esses são dois dos motivos pelos quais eu não deveria ter me apaixonado por ele. Mas, sinceramente, o motivo mais importante é que ele e eu vamos ser os guardiões de Lissa quando ela se formar. Se nos envolvermos, nossa atenção não estará mais focada inteiramente na minha amiga.

Não tive muita sorte ao tentar esquecê-lo, e estou quase certa de que ele sente o mesmo por mim. O que torna, em parte, tão difícil a gente esquecer um do outro é que o nosso encontro, quando fomos atingidos pelo feitiço de luxúria, foi muito intenso e marcado por uma atração física fortíssima. A intenção de Victor era nos distrair enquanto ele raptava Lissa, e funcionou. Eu estava pronta para perder a minha virgindade com ele. No último minuto, no entanto, nós quebramos o feitiço, mas as lembranças daqueles momentos estão sempre comigo, e às vezes chegam a dificultar a minha concentração nos movimentos de combate.

A propósito, meu nome é Rose Hathaway. Eu tenho dezessete anos, estou treinando para proteger e matar vampiros, sou apaixonada por um cara totalmente inadequado e a minha melhor amiga possui estranhos poderes mágicos que podem levá-la à loucura.

Mas olha só, ninguém disse que a vida é fácil para uma aluna do ensino médio.

UM

Não dava para imaginar que o meu dia ficaria pior do que já estava até a minha melhor amiga me dizer que talvez estivesse enlouquecendo. Outra vez.

— Eu... O que foi que você disse?

Eu estava na antessala do quarto dela, com o corpo inclinado, calçando uma de minhas botas. Levantei rapidamente a cabeça e olhei para ela em meio às mechas de cabelo escuro que cobriam metade do meu rosto. Eu tinha pegado no sono logo depois das aulas e pentear o cabelo só ia me deixar mais atrasada. Os cabelos loiros claros de Lissa estavam perfeitamente penteados, é claro, e caíam com suavidade por sobre os ombros dela, como um véu de noiva, enquanto ela me observava, divertindo-se com a minha reação.

— Eu disse que acho que minha medicação talvez não esteja mais funcionando tão bem.

Ergui o corpo e balancei a cabeça para tirar o cabelo do rosto.

— O que isso significa? — perguntei. Em volta de nós, os Moroi passavam com pressa a caminho do jantar ou para algum encontro com amigos. — Você voltou a... — Baixei o volume da minha voz. — Você voltou a usar seus poderes?

Ela fez que não com a cabeça, e percebi uma pontinha de tristeza em seu olhar.

— Não... eu me sinto mais próxima da magia, mas ainda não posso usá-la. O que eu tenho notado, especialmente nos últimos tempos, é um pouquinho daquela outra coisa, sabe... Tenho ficado meio deprimida de vez em quando. Nada nem de longe *parecido* com o que eu sentia antes — acrescentou, ao ver a minha expressão preocupada. Antes de começar a tomar a medicação, Lissa ficava tão mal que ela sentia necessidade de se ferir, cortando a própria pele. — Mas sinto que aquele sentimento ainda está aqui, talvez um pouco mais presente do que antes.

— E as outras coisas que você tinha? Ansiedade? Delírios?

Lissa riu. Não estava levando nada daquilo tão a sério quanto eu.

— Parece até que você andou estudando livros de psiquiatria.

Eu *de fato* tinha lido alguns estudos psiquiátricos.

— Só estou preocupada com você. Se acha que a medicação não está mais funcionando, nós temos que falar sobre isso com alguém.

— Não, não — disse ela de maneira resoluta. — Eu estou bem, de verdade. Os medicamentos estão funcionando... só um pouco menos do que no começo. Acho que não precisamos entrar em pânico ainda. Principalmente você, pelo menos não hoje.

A mudança de assunto funcionou. Eu descobrira uma hora antes que o meu teste de qualificação seria naquele mesmo dia. O teste era uma prova, ou melhor, uma entrevista pela qual todos os guardiões aprendizes tinham que passar durante o primeiro ano do ensino médio na Escola São Vladimir. Como passei um tempo fora da escola, fugindo e me escondendo com Lissa no ano passado, não o tinha feito. Naquele dia, portanto, um guardião me levaria para algum lugar fora do campus e aplicaria o exame. *Valeu, pessoal, por se lembrarem de mim.*

— Não se preocupe comigo — repetiu Lissa, sorrindo. — Eu aviso se piorar.

— Está bem — respondi, ainda relutante.

Só para me certificar, no entanto, exercitei uma abertura dos meus sentidos e me permiti senti-la através do nosso laço psíquico. Ela estava dizendo a verdade. Estava calma e alegre no momento, não havia nada com que me preocupar. Mas, lá no fundo da sua mente, eu percebi um nó de sentimentos desconfortáveis e pesados. Não a estavam consumindo nem nada, mas tinham o mesmo tipo de vibração dos ataques de depressão e raiva que ela tinha antes. Era apenas uma gota no oceano, mas não gostei nada daquilo. Não queria que ela se sentisse assim. Tentei entrar mais fundo na cabeça dela, para sentir melhor o que eram aquelas emoções, quando subitamente tive a estranha experiência de ser tocada. Um sentimento de enjoo tomou conta de mim, e eu me expulsei da mente dela. Um pequeno arrepio me percorreu todo o corpo.

— Você está bem? — perguntou Lissa, franzindo as sobrancelhas. — Pareceu enjoada de repente.

— Só estou nervosa com o teste — menti. Hesitante, me concentrei no nosso laço e entrei novamente na cabeça dela. A sombra escura desaparecera por completo. Sem deixar nenhum rastro. Talvez não houvesse mesmo nada de errado com a medicação que ela estava tomando. — Mas está tudo bem — reafirmei.

Ela apontou para um relógio.

— Não vai ficar tão bem assim se não se apressar.

— Droga — xinguei. Ela tinha razão.

Abracei Lissa, numa despedida rápida.

— Até mais tarde!

— Boa sorte! — gritou ela.

Atravessei o campus com pressa e encontrei meu instrutor, Dimitri Belikov, esperando ao lado de um Honda Pilot. Que coisa mais sem graça. É claro que eu não podia esperar que nós fôssemos nos aventurar pelas estradas das montanhas de Montana num Porsche, mas seria legal se tivéssemos um carro mais bacana.

— Eu sei, eu sei — disse, ao ver a expressão dele. — Desculpe pelo atraso.

Lembrei, então, que um dos testes mais importantes da minha vida iria acontecer dali a pouco, e subitamente esqueci tudo sobre Lissa e a possibilidade de sua medicação não estar fazendo efeito. Eu queria protegê-la, mas para isso tinha que terminar o ensino médio e me tornar a guardiã dela de fato.

Dimitri estava ali, em pé, lindo como sempre. O prédio imponente de tijolos lançava sombras compridas sobre nós, como se fossem o vulto de uma enorme besta em meio à luminosidade crepuscular da madrugada. À nossa volta, começava a nevar. Olhei os flocos de neve leves e cristalinos caírem gentilmente. Muitos pousaram sobre a cabeça dele e prontamente se dissolveram naqueles cabelos escuros.

— Quem mais vai? — perguntei.

Ele deu de ombros.

— Só nós dois.

Meu humor mudou imediatamente. De "animada" passei para "em êxtase". Dimitri e eu. Sozinhos. Num carro. Isso podia muito bem servir como um teste surpresa.

— É muito longe daqui? — Secretamente implorei para que fosse um longo passeio de carro. Um passeio de carro que levasse uma semana. E que durante a viagem nós passássemos as noites em hotéis de luxo. Podíamos, quem sabe, atolar o carro num banco de neve, e apenas o calor dos nossos corpos nos manteria vivos.

— Cinco horas.

— Ah.

Um pouco menos do que eu queria. Mesmo assim, cinco horas eram melhores do que nada. E tampouco eliminavam a possibilidade de ficarmos atolados na neve.

Seria difícil, para um humano, dirigir pelas estradas escuras e enevoadas, mas, para os nossos olhos de dampiro, elas não impuseram qualquer obstáculo. Fixei o olhar à frente, tentando não pensar em como o perfume da loção de barba de Dimitri enchia o carro de um aroma límpido e vigoroso que me derretia inteira. Tentei voltar a me concentrar na prova que estava por vir.

Não era um destes testes para os quais basta estudar para passar. Não. Era do tipo ou você passa ou não passa. No primeiro ano do ensino médio, os guardiões experientes visitavam e encontravam-se em particular com os aprendizes para discutir o comprometimento dos alunos com a profissão de guardião. Eu não sabia exatamente quais eram as perguntas que eles faziam, mas, ao longo dos anos, os boatos foram se espalhando. Os guardiões mais velhos avaliavam a personalidade e a dedicação dos candidatos, e alguns aprendizes não eram considerados capacitados para seguir a profissão.

— Geralmente não são eles que vêm pra cá? — perguntei a Dimitri. — Quer dizer, estou adorando a pesquisa de campo, mas por que a gente é que está indo até eles?

— Na verdade, você só vai se encontrar com *uma* pessoa. Não com várias. — Um suave sotaque russo soou nas palavras de Dimitri, a única coisa que revelava onde ele crescera. Afora isso, eu tinha certeza absoluta de que ele falava um inglês melhor do que o meu. — Como se trata de um caso excepcional e ele está nos fazendo um favor, nós que iremos ao encontro dele.

— Quem é ele?

— Arthur Schoenberg.

Meu olhar desviou rapidamente da estrada e se voltou para Dimitri.

— O quê? — disse eu, num sopro de voz.

Arthur Schoenberg era uma lenda. Um dos grandes exterminadores de Strigoi da história contemporânea dos guardiões e ainda o chefe do Conselho dos Guardiões — o grupo de pessoas que decidia por qual Moroi cada guardião ficaria responsável e que, além disso, estava encarregado de tomar decisões que afetavam todos nós. Ele tinha se aposentado e voltado a se dedicar à proteção de uma das famílias reais, os Badica. Mesmo aposentado, eu sabia que ele ainda era letal. As façanhas daquele homem eram parte dos meus estudos curriculares.

— Não tinha… não tinha mais ninguém disponível? — perguntei com uma voz acanhada.

Percebi que Dimitri disfarçou um sorriso.

— Você vai se sair bem. E, além do mais, se Art aprovar você, será uma excelente recomendação no seu histórico.

Art. Dimitri estava chamando o guardião mais poderoso de todos pelo primeiro nome. É claro que o próprio Dimitri era bem poderoso, então eu não devia ter me surpreendido.

O silêncio tomou conta do carro. Eu mordi o lábio, imaginando se estaria à altura das exigências de Arthur Schoenberg. As minhas notas eram boas, mas alguns detalhes, como fugir da escola e me meter em brigas, podiam lançar uma sombra sobre a seriedade com que eu encarava a minha futura profissão.

— Você vai se sair bem — repetiu Dimitri. — No seu histórico, as coisas boas superam as ruins.

Era como se ele às vezes pudesse ler a minha mente. Sorri de leve e ousei olhar de relance para ele. Foi um erro. Mesmo sentado, evidenciava-se um corpo esguio e altivo. Olhos de um ônix profundo. Cabelos castanhos na altura dos ombros amarrados atrás da nuca. Aquele cabelo parecia seda. E eu sabia disso, já que correra os dedos por entre aquelas mechas quando Victor Dashkov nos capturara com o feitiço da luxúria. Precisei de muito controle para voltar a respirar e desviar o olhar.

— Obrigada, treinador — provoquei, acomodando-me novamente na poltrona.

— Estou aqui para ajudar — respondeu ele. Seu tom de voz estava suave e relaxado, o que era raro. Geralmente ele estava tenso e pronto para qualquer ataque. Pelo jeito ele se sentia seguro dentro de um Honda, ou pelo menos o mais seguro que dava para se sentir ao meu lado. Não era só eu que enfrentava dificuldades para ignorar a tensão romântica que havia entre nós.

— Sabe o que seria de grande ajuda? — perguntei sem olhar para ele.

— O quê?

— Se você desligasse essa música horrível e colocasse para tocar alguma coisa que tenha sido lançada depois da queda do muro de Berlim.

Dimitri riu.

— A sua pior nota é em História, e, no entanto, não sei como, você sabe tudo sobre a Europa Oriental.

— Ora, eu preciso de material para minhas piadas, camarada.

Ainda sorrindo, ele mudou a estação do rádio. Para uma estação de música *country*.

— Ei! Não era bem isso que eu tinha em mente! — exclamei. Deu para perceber que ele estava prestes a rir novamente.

— Escolha. Ou esta ou a outra.

Soltei um suspiro.

— Então volte para aquela música dos anos 1980.

Ele girou o botão, e eu cruzei os braços quando começou a tocar uma música de alguma banda com um som vagamente europeu e que cantava sobre como a tecnologia do vídeo tinha acabado com uma estrela do rádio. Eu queria era que alguém acabasse com aquele rádio.

De repente, cinco horas pareceram um tempo mais longo do que eu imaginara.

Arthur e a família que ele protegia moravam numa pequena cidade ao longo da estrada I-90, não muito longe de Billings. As opiniões se dividiam sobre onde os Moroi deviam morar. Alguns argumentavam que grandes cidades eram melhores, pois permitiam que os vampiros se misturassem à multidão e as atividades noturnas não levantariam muitas suspeitas. Outros Moroi, como parecia ser o caso desta família, optavam por cidades menos populosas, acreditando que se houvesse menos pessoas para perceber a sua presença, então seria menos provável que fossem notados.

Eu convenci Dimitri a parar para comermos num restaurante desses de beira de estrada, abertos vinte e quatro horas, e depois paramos para colocar gasolina. Por conta dessas paradas, chegamos por volta do meio-dia ao nosso destino. O estilo arquitetônico da casa era simples; térrea, com madeiras laterais pintadas de cinza e enormes janelas salientes — com vidros pintados para bloquear a entrada do sol, é claro. Parecia nova e cara, e, mesmo estando longe da cidade e no meio do nada, era uma casa que se encaixava mais ou menos no tipo de moradia que eu imaginava para os membros das famílias reais.

Saltei do carro, minhas botas afundando na neve branca e macia e rangendo no atrito com o piso de cascalho da entrada da garagem. O dia estava calmo e silencioso, exceto pelas ocasionais rajadas de vento. Dimitri e eu subimos até a casa por uma calçada pavimentada com pedras de rio que atravessava o jardim da frente. Observei que ele foi assumindo a sua postura profissional, mas, de modo geral, a atitude era tão animada quanto a minha. Ambos passáramos por uma espécie de satisfação culpada no prazeroso passeio de carro.

Meu pé escorregou na calçada coberta de gelo, e Dimitri imediatamente esticou o braço para me impedir de cair. Tive um momento estranho de *déjà vu*, voltando para o dia em que nos encontramos pela primeira vez quando ele também me salvara de uma queda parecida. Se as temperaturas estavam congelantes ou não, não sei; o que sei é que senti o toque quente da mão dele no braço, apesar das camadas acolchoadas da minha parca.

— Você está bem? — Para a minha decepção, ele soltou meu braço.

— Estou — respondi, lançando um olhar de acusação para a calçada congelada. — Será que estas pessoas nunca ouviram falar que se deve colocar sal no gelo?

Meu comentário tinha um tom de brincadeira, mas Dimitri parou de repente de andar. Instantaneamente, eu dei uma freada também. A expressão do rosto dele ficou tensa e alerta. Ele virou a cabeça, seus olhos perscrutaram a vasta e branca planície que nos circundava e depois passaram a estudar a casa. Eu quis fazer perguntas, mas alguma coisa na sua postura me dizia para ficar em silêncio. Ele estudou a construção durante quase um minuto inteiro, olhou para baixo, para a calçada coberta de gelo, depois concentrou-se na entrada da garagem, coberta por um lençol de neve marcado apenas pelas nossas pegadas.

Com cautela, ele se aproximou da entrada da frente, e eu o segui. Então ele parou mais uma vez, para estudar a porta. Não estava aberta, mas também não estava bem fechada. Parecia ter sido fechada com pressa, e não devidamente trancada. Examinando com mais afinco, vimos marcas de atrito ao longo da beirada da porta, como se ela houvesse sido forçada em algum momento. Um pequeno empurrão a abriria. Dimitri correu os dedos com cuidado pela porta, pelo espaço onde ela se encontrava com o batente. A respiração dele formava pequenas nuvens no ar. Quando ele tocou a maçaneta, ela balançou um pouco, como se estivesse quebrada.

Por fim, ele disse com calma:

— Rose, vá esperar no carro.

— Mas por...

— Vá.

Uma palavra apenas, mas uma palavra carregada de autoridade. Naquela única sílaba, me recordei do homem que eu vira atirar pessoas longe e encravar uma estaca num Strigoi. Recuei e preferi andar pela grama coberta de neve do que me arriscar pela calçada. Dimitri continuou parado onde estava, até eu entrar de volta no carro e fechar a porta o mais silenciosamente possível. Então, com o mais suave dos movimentos, ele empurrou a porta mal fechada e entrou, desaparecendo no interior da casa.

Fervendo de curiosidade, contei até dez e saltei do carro.

Eu conhecia por experiência própria os riscos de ir atrás dele, mas precisava saber o que estava acontecendo naquela casa. A falta de cuidados com a calçada e a entrada da garagem indicavam que não tinha ninguém ali havia alguns dias, embora isso talvez também pudesse indicar que os Badica simplesmente não saíam muito de casa. Era possível, imaginei, que eles tivessem sido vítimas de uma invasão qualquer praticada por humanos. Era também possível que algo os tivesse assustado e os tivesse feito sair de lá — como um Strigoi, por exemplo. Eu sabia que era esta última possibilidade que fizera a expressão de Dimitri ficar tão tensa, mas parecia algo improvável com Arthur Schoenberg como o responsável pela segurança do local.

De pé, na entrada da garagem, levantei os olhos para o céu. A luz era sombria e carregada, mas lá estava ela. Era meio-dia. O sol estava a pino. Os Strigoi não podem se expor à luz do sol. Eu não precisava ter medo deles, só da raiva de Dimitri.

Circundei o lado direito da casa, caminhando por uma camada bem mais profunda de neve — de quase trinta centímetros. Não notei mais nada de estranho na casa. Pingentes de gelo pendurados do telhado e as janelas pintadas não revelaram nenhum segredo. Meu pé subitamente bateu em algo, e eu olhei para baixo. Ali estava, meio enterrada na neve, uma estaca de prata. Estava largada no chão. Eu a apanhei e tirei a neve que a cobria, preocupada. O que uma estaca estaria fazendo ali fora? Estacas de prata são valiosas. São a arma mais letal disponível para um guardião, capaz de matar um Strigoi com um único golpe em seu coração. Quando foram forjadas, quatro Moroi as enfeitiçaram com a magia dos quatro elementos. Eu ainda não tinha aprendido a usar uma, mas ao segurar aquela estaca me senti mais segura para continuar minha inspeção.

Nos fundos da casa, uma grande porta interna dava para um deque de madeira, provavelmente o lugar de grandes momentos de diversão a céu aberto durante o verão. Mas o vidro da porta do pátio estava quebrado, com um buraco tão grande que uma pessoa passaria facilmente por ele. Subi as escadas do deque, tomando cuidado com o gelo, sabendo que eu levaria uma bronca terrível quando Dimitri descobrisse o que eu estava fazendo. Apesar do frio, o suor escorria pelo meu pescoço.

Luz do dia, luz do dia, eu lembrava a mim mesma. Não havia nada com que me preocupar.

Atravessei o pátio de madeira e examinei o vidro escuro da porta. Não pude distinguir de que maneira ele fora quebrado. A neve entrara com o vento e correra sobre o carpete azul-claro, deixando uma pequena mancha. Meti a mão na maçaneta, mas estava trancada. Claro que isso não seria um problema, com um buraco tão grande como aquele na porta. Tomando cuidado com as pontas afiadas do vidro, alcancei a fechadura pelo lado de dentro e a destranquei. Tirei a mão cautelosamente e abri a porta de correr. Ela rangeu baixinho sobre os trilhos, um barulho suave que, no entanto, soou alto e quebrou o silêncio pavoroso que reinava no ambiente.

Entrei e fiquei de pé sob a luz do sol que passava pela porta aberta. Meus olhos, acostumados com a luz do dia, se adaptavam à fraca iluminação daquele cômodo. O vento redemoinhava no pátio aberto, fazendo as cortinas à minha volta dançarem. Eu estava na sala de estar. Tinha todos os móveis que se espera encontrar numa sala comum. Sofás, televisão, uma cadeira de balanço.

E um corpo.

Era uma mulher. Estava deitada de costas na frente da televisão, e seus cabelos escuros se espalhavam pelo chão. Os olhos arregalados fitavam o teto, fixos, inexpressivos. O rosto estava pálido, pálido demais, até mesmo para um Moroi. Pensei por um instante que o cabelo estivesse escondendo uma marca no pescoço, mas logo vi que a mancha escura que atravessava sua pele era sangue, sangue coagulado. Sua garganta fora cortada.

A cena hedionda era tão surreal que eu não acreditei, de cara, no que estava vendo. Pelo jeito como estava deitada, a mulher podia muito bem estar dormindo. Então me deparei com o outro corpo: um homem deitado de lado a apenas alguns passos da mulher. Seu sangue escuro manchava o carpete ao redor. Um outro corpo estava caído ao lado do sofá: pequeno, um corpo de criança. Do outro lado da sala, havia mais um. E mais outro. Havia corpos em toda parte, corpos e sangue.

Subitamente me dei conta da escalada de mortes à minha volta, e meu coração começou a bater forte. Não, não. Não era possível. Era dia claro. Coisas ruins não aconteciam à luz do dia. Um grito começou a nascer na minha garganta, um grito que foi impedido por uma mão enluvada que tapou minha boca por detrás. Comecei a lutar, até que senti o cheiro da loção de barba de Dimitri.

— Por que você não obedece nunca? — perguntou ele. — Você estaria morta se *eles* ainda estivessem aqui.

Não consegui responder. Não só por causa da mão dele me tapando a boca, mas também porque estava em choque. Eu já vira uma pessoa morrer, mas nunca vira a morte nesta magnitude. Depois de quase um minuto, Dimitri por fim retirou a mão, mas continuou bem perto, atrás de mim. Eu não queria mais olhar, mas não conseguia tirar os olhos daquela cena. Corpos por toda a parte. Corpos e sangue.

Finalmente, me virei para ele.

— É dia claro — sussurrei. — Coisas ruins não acontecem de dia.

Percebi o desespero na minha voz, a súplica de uma garotinha para que alguém lhe dissesse que tudo aquilo era apenas um sonho ruim.

— Coisas ruins podem acontecer a qualquer hora — disse ele. — E não foi durante o dia. Provavelmente aconteceu umas duas noites atrás.

Eu ousei dar uma nova olhada nos corpos e senti o estômago revirar.

Dois dias. Mortos há dois dias, com a existência sugada, sem que ninguém no mundo soubesse que se foram. Meus olhos deram com o corpo de um homem perto da entrada da sala que dava num corredor. Ele era alto, corpulento demais para ser um Moroi. Dimitri deve ter percebido para onde eu estava olhando.

— Arthur Schoenberg — disse ele.

Fixei o olhar na garganta ensanguentada de Arthur.

— Ele está morto — informei, como se isso não fosse completamente óbvio. — Como é que ele pode estar morto? Como um Strigoi matou Arthur Schoenberg? — Não parecia possível. Não se pode matar uma lenda.

Dimitri não respondeu. A mão dele foi descendo até se aproximar da minha, que segurava a estaca. Eu estremeci.

— Onde você encontrou isso? — perguntou ele. Eu abri a mão e o deixei pegar a estaca.

— Lá fora. No chão.

Ele ergueu a estaca e a examinou enquanto ela brilhava sob a luz do sol.

— Ela quebrou o escudo.

Minha mente, ainda tonta, demorou algum tempo para compreender o que ele dissera. E então eu entendi. Escudos eram anéis mágicos forjados pelos Moroi. Como as estacas, eles eram feitos com o uso das magias de todos os quatro elementos. Apenas os Moroi muito bons com a magia podiam forjar um escudo. Em geral, eram necessários dois de cada elemento. O escudo pode bloquear os Strigoi porque o combustível da magia é a energia vital, e os Strigoi não possuem nenhuma. Mas os escudos se desfazem rapidamente e exigem constante manutenção. Muitos Moroi não usam escudos, mas alguns lugares os mantêm ativos. A Escola São Vladimir é protegida por muitos escudos.

Havia um escudo naquela casa, mas ele fora quebrado quando alguém lançou a estaca contra ele. As duas magias entraram em conflito e a estaca venceu.

— Os Strigoi não podem tocar em estacas — contrapus. E me dei conta de que eu estava usando várias expressões de negação, como *não podem, não é possível*. Não era fácil ver minhas crenças mais enraizadas serem desafiadas. — E nenhum Moroi ou dampiro faria uma coisa dessas.

— Um humano poderia fazer.

Olhei-o nos olhos.

— Humanos não ajudam Strigoi... — E me interrompi. Lá estava eu mais uma vez usando uma expressão de negação. Não. Mas era inevitável. Se havia uma coisa com a qual nós podíamos contar em nossa luta contra os Strigoi eram as suas limitações: a intolerância à luz solar, a impenetrabilidade dos escudos, a magia das estacas etc. Nós usamos a fraqueza deles como arma. Se eles estivessem recebendo ajuda de pessoas — de humanos — que não eram sensíveis a essas limitações...

A expressão do rosto de Dimitri estava inflexível, ainda parecendo pronto para qualquer coisa, mas uma pequena luz de compaixão iluminou os olhos dele enquanto me observava travar uma batalha interna comigo mesma.

— Isso muda tudo, não é? — perguntei.

— Muda, sim — disse ele. — Muda tudo.

DOIS

Dimitri deu um telefonema e em pouco tempo uma verdadeira equipe da SWAT apareceu.

Ficaram dentro da casa por horas, e cada minuto de espera parecia um ano. Não aguentei mais e fui esperar no carro. Dimitri inspecionou a casa com mais precisão e depois foi ficar comigo no carro. Nenhum de nós disse uma palavra sequer enquanto esperávamos. As imagens repugnantes a que eu estivera exposta na casa não paravam de se repetir na minha cabeça. Eu me senti sozinha e apavorada e desejei que ele me abraçasse ou me confortasse de alguma maneira.

Imediatamente me condenei por desejar aquilo. Lembrei a mim mesma, pela milésima vez, de que ele era o meu instrutor e não tinha que me abraçar, em ocasião alguma. Além do mais, eu queria ser forte. Não precisava sair correndo para perto de algum cara toda vez que as coisas ficassem difíceis.

Quando o primeiro grupo de guardiões chegou, Dimitri abriu a porta do carro e virou-se para mim.

— Você deveria ver como se faz isso.

Honestamente, eu não queria ver mais nada naquela casa, mas mesmo assim o segui. Eu não conhecia nenhum daqueles guardiões, mas Dimitri, sim. Ele sempre parecia conhecer todo mundo. O grupo demonstrou surpresa de ver uma aprendiz na cena do crime, mas ninguém protestou quanto à minha presença.

Caminhei atrás deles enquanto inspecionavam a casa. Ninguém tocou em nada, mas ajoelharam-se perto dos corpos e estudaram as manchas de sangue e os vidros quebrados. Parece que os Strigoi entraram na casa por outros lugares além da porta da frente e do pátio dos fundos.

Os guardiões falavam num tom brusco, sem demonstrar nem um pouco da repulsa e do medo que eu senti. Eram como máquinas. Um deles, a única mulher do grupo, se agachou ao lado de Arthur Schoenberg. Eu estava intrigada para saber quem ela era, pois é muito raro encontrar uma guardiã. Ouvi Dimitri chamá-la de Tamara, e ela parecia ter uns 25 anos. Seus cabelos pretos mal chegavam à altura dos ombros, o que era comum para as guardiãs.

A tristeza cintilou nos olhos acinzentados da mulher enquanto analisava o corpo do guardião morto.

— Ah, Arthur — suspirou. Assim como Dimitri, ela conseguia expressar uma porção de coisas com apenas duas palavras. — Nunca imaginei que eu fosse viver para ver isso. Ele foi o meu mentor. — Tamara suspirou mais uma vez e se levantou.

Seu rosto voltou à expressão profissional anterior, como se o homem que a treinara não estivesse ali deitado no chão, diante dela. Eu não estava acreditando naquilo. Ele tinha sido o *mentor* dela. Como ela conseguia se manter tão controlada? Por meio segundo, eu me imaginei vendo Dimitri morto no chão. Não. Eu nunca teria mantido a calma se estivesse no lugar dela. Eu teria surtado de raiva. Teria gritado e chutado coisas. Teria socado qualquer um que tentasse me dizer que ia ficar tudo bem.

Felizmente, eu não acreditava que alguém pudesse de fato derrubar Dimitri. Eu o vi matar um Strigoi sem derramar uma gota de suor. Ele era invencível. Era impressionante. Um deus.

É claro que Arthur Schoenberg um dia fora assim também.

— Como eles conseguiram fazer isso? — desabafei de repente. Seis pares de olhos se voltaram para mim. Eu esperava um olhar de desaprovação de Dimitri por eu ter explodido, mas ele pareceu apenas curioso. — Como conseguiram matar justo ele?

Tamara deu de ombros, mantendo a feição ainda composta.

— Do mesmo modo que eles matam todos os outros. Ele é mortal como todos nós.

— É, mas ele é... você sabe, Arthur Schoenberg.

— Tente nos explicar, Rose — disse Dimitri. — Você viu a casa. Conte-nos como eles fizeram isso.

Enquanto todos me observavam, de repente me dei conta de que aquele dia todo talvez fosse uma espécie de teste também. Pensei no que eu tinha observado e escutado. Engoli em seco, tentando compreender como o impossível se tornara possível.

— Vimos quatro pontos de entrada, o que significa que, no mínimo, quatro Strigoi estão envolvidos. Havia sete Moroi na casa... — A família que morava aqui estava recebendo visitas, o que fez com que o massacre ganhasse novas proporções. Três das vítimas eram crianças — ...e três guardiões. Assassinatos demais. Quatro Strigoi não teriam conseguido matar tanta gente. Seis provavelmente sim, caso primeiro procurassem os guardiões e os pegassem de surpresa. A família, dominada pelo pânico, não teria conseguido manter a frieza necessária para lutar.

— E como eles pegaram os guardiões de surpresa? — perguntou Dimitri.

Hesitei. Guardiões, via de regra, não são pegos de surpresa.

— Porque os escudos foram quebrados. Em uma casa sem escudos, o guardião teria que fazer a ronda pelo jardim durante a noite. Mas, por causa dos escudos, eles não precisavam fazer isso aqui.

Esperei pela pergunta seguinte, que era óbvia: de que maneira os escudos foram anulados? Mas Dimitri não perguntou. Não era preciso. Todos nós sabíamos. Todos tínhamos visto a estaca. Mais uma vez um arrepio subiu pela minha espinha. Humanos trabalhando com os Strigoi — com um grupo grande de Strigoi.

Dimitri simplesmente fez um sinal de aprovação com a cabeça, e o grupo continuou a investigação. Quando chegamos a um dos banheiros, comecei a evitar olhar naquela direção. Eu já tinha visto aquele ambiente com Dimitri mais cedo e não tinha a menor vontade de repetir a experiência. Havia um homem morto ali dentro, e o sangue coagulado dele sobressaía em extremo contraste com o ladrilho branco do banheiro. Além disso, uma vez que aquele cômodo era menos arejado do que os demais, estava menos frio ali do que na sala próxima ao pátio aberto. Ou seja, nenhuma preservação. O corpo ainda não estava exatamente fedendo, mas também já não tinha mais um cheiro comum.

Quando comecei a me retirar, entretanto, vislumbrei algo de um vermelho-escuro, mais para o marrom, na verdade, que ficara marcado no espelho. Eu não tinha notado aquilo antes porque o restante da cena tomara inteiramente a minha atenção. Havia algo escrito no espelho, escrito com sangue.

Pobres, pobres Badica. Restam tão poucos. Uma família real quase extinta. Outras a seguirão.

Tamara resfolegou de nojo e virou as costas para o espelho, estudando outros detalhes do banheiro. Enquanto saíamos de lá, no entanto, aquelas palavras se repetiam na minha mente. *Uma família real quase extinta. Outras a seguirão.*

O clã dos Badica era um dos menores da realeza, isso era verdade. Mas era bastante improvável que os que haviam sido assassinados naquela casa fossem os últimos. Restavam ainda, talvez, quase duzentos Badica vivos. Não eram tantos quanto uma família como, digamos, os Ivashkov, uma família real de fato grande e que estava espalhada pelo mundo. Havia, no entanto, muito mais Badica do que algumas outras famílias reais.

Como os Dragomir.

Lissa era a única Dragomir viva.

Se os Strigoi queriam extinguir as linhagens reais, o caminho mais fácil seria ir atrás dela. O sangue Moroi fortalecia os Strigoi, então eu podia compreender o desejo que eles tinham desse sangue. Imaginei que tentar eliminar especificamente as famílias reais era parte da crueldade dos Strigoi e da sua natureza sádica. Era irônico o fato de que eles pareciam querer destruir a alta sociedade Moroi, já que muitos fizeram parte dela.

O espelho e o aviso me consumiram durante o resto do tempo em que permanecemos na casa, e vi o meu medo e choque se transformarem em raiva. Como podiam fazer aquilo? Como uma criatura pode ter a mente tão distorcida e maligna a ponto de cometer tamanha atrocidade com uma família, a ponto de querer extirpar toda uma casta? Como pode uma criatura fazer isso, quando, antes de se tornarem quem são, tinham sido pessoas como Lissa e eu?

E pensar em Lissa, pensar na hipótese de os Strigoi quererem extinguir a família dela também ativou em mim um sentimento de raiva violento. A intensidade quase me nocauteou. Era uma sombra densa e asfixiante, que crescia e se agitava dentro de mim. Uma nuvem tempestuosa pronta para explodir. Senti uma vontade instantânea de destruir todo Strigoi em que eu pudesse pôr as mãos.

Quando entrei no carro com Dimitri para a viagem de volta para a Escola São Vladimir, bati a porta com tanta força que não sei como ela não quebrou.

Ele olhou surpreso para mim.

— Qual é o problema?

— Você está falando sério? — questionei, incrédula. — Como você pode me fazer uma pergunta dessas? Você estava lá. Você viu tudo.

— Eu vi — concordou ele. — Mas não estou descontando no carro.

Eu apertei o cinto de segurança e disse, furiosa:

— Eu odeio eles. Odeio todos eles! Queria estar lá quando entraram. Eu teria rasgado as gargantas de *todos* eles!

Eu estava quase berrando. Dimitri me olhava fixo, com a fisionomia calma, mas evidentemente pasmo com o meu desabafo.

— Você acha mesmo que faria isso? — perguntou. — Acha que teria se saído melhor do que Art Schoenberg depois de ver o que os Strigoi fizeram ali? Depois de ver o que Natalie fez com você?

Eu titubeei. Eu lutara brevemente com a prima de Lissa, Natalie, quando ela se transformou numa Strigoi, pouco antes de Dimitri aparecer para salvar o dia. Mesmo sendo uma Strigoi novata — fraca e ainda um pouco desajeitada —, ela literalmente me lançou para todos os lados e contra as paredes do lugar.

Fechei os olhos e respirei fundo. E me senti estúpida. Já tinha sentido na pele o que um Strigoi conseguia fazer. Se eu tivesse entrado impetuosamente ali e tentado salvar a todos, só teria conseguido uma morte rápida para mim mesma. Eu estava me transformando numa guardiã, mas ainda tinha muito o que aprender — e uma garota de dezessete anos não poderia enfrentar seis Strigoi.

Abri os olhos.

— Desculpe — disse, recuperando a razão.

A raiva que explodira dentro de mim se dissolveu. Não sabia dizer de onde ela viera. Eu tinha pavio curto e frequentemente agia por impulso, mas aquilo fora intenso e pavoroso, mesmo para uma pessoa como eu. Estranho.

— Tudo bem — disse Dimitri. Ele esticou o braço e colocou a mão sobre a minha por um instante. Depois a retirou e ligou o carro.

— Este dia está mesmo sendo um pesadelo. Pra todos nós.

Quando chegamos à Escola São Vladimir, por volta da meia-noite, todos já sabiam do massacre. O dia escolar vampiresco acabara de terminar, e eu já estava mais de 24 horas sem dormir. Estava com os olhos turvos e sem nenhuma energia, e Dimitri ordenou que eu fosse para o dormitório descansar. Ele, evidentemente, parecia estar alerta e pronto para o que desse e viesse. Às vezes eu tinha sérias dúvidas se ele chegava mesmo a dormir. Ele foi se reunir com outros guardiões para discutir o ataque, e eu prometi que iria direto para a cama. Em vez disso, quando ele já não estava mais por perto, desviei do caminho e fui para a biblioteca. Precisava ver Lissa, e nosso laço me dizia que era lá que eu a encontraria.

Estava escuro como nunca quando atravessei o caminho de pedras que cruzava a quadra entre o meu dormitório e o prédio principal da escola de ensino médio. A neve cobrira toda a grama, mas a trilha de pedras estava limpa, sem sinal de gelo e neve. A imagem me fez lembrar da calçada da casa dos infelizes Badica.

O prédio comunitário era grande e de arquitetura gótica, parecendo mais um cenário de filme medieval do que uma escola. Dentro dele, o ar de mistério e de história antiga ainda era latente: paredes de pedra trabalhadas e pinturas antigas contrastavam com os computadores e lâmpadas fluorescentes. A tecnologia moderna era uma presença forte, mas nunca seria o traço dominante do prédio.

Passei pela porta eletrônica da biblioteca e me dirigi imediatamente para um dos cantos no fundo da sala, para a seção onde ficavam os livros de geografia e de viagem. Como eu imaginava, encontrei Lissa sentada no chão, encostada numa prateleira de livros.

— Oi — disse ela, levantando os olhos do livro aberto apoiado sobre um dos joelhos.

Ela afastou uma mecha do cabelo claro do rosto. Seu namorado, Christian, estava deitado no chão perto dela, com a cabeça repousada sobre seu outro joelho. Ele me cumprimentou com um aceno de cabeça. Considerando o antagonismo que volta e meia faiscava entre nós, aquele cumprimento equivalia a um abraço apertado. Apesar do pequeno sorriso que ela abriu, pude sentir a tensão e o medo dentro dela; os sentimentos gritavam através do laço.

— Você já soube — concluí, sentando-me com as pernas cruzadas.

O sorriso desapareceu de seu rosto, e o desconforto e o medo se intensificaram dentro dela. Eu gostava do fato de que a nossa conexão psíquica me ajudava a protegê-la, mas não achei a menor graça em experimentar uma ampliação de meus próprios sentimentos complexos.

os trilhos, um barulho suave que, no entanto, soou alto e quebrou o silêncio pavoroso que reinava no ambiente.

Entrei e fiquei de pé sob a luz do sol que passava pela porta aberta. Meus olhos, acostumados com a luz do dia, se adaptavam à fraca iluminação daquele cômodo. O vento redemoinhava no pátio aberto, fazendo as cortinas à minha volta dançarem. Eu estava na sala de estar. Tinha todos os móveis que se espera encontrar numa sala comum. Sofás, televisão, uma cadeira de balanço.

E um corpo.

Era uma mulher. Estava deitada de costas na frente da televisão, e seus cabelos escuros se espalhavam pelo chão. Os olhos arregalados fitavam o teto, fixos, inexpressivos. O rosto estava pálido, pálido demais, até mesmo para um Moroi. Pensei por um instante que o cabelo estivesse escondendo uma marca no pescoço, mas logo vi que a mancha escura que atravessava sua pele era sangue, sangue coagulado. Sua garganta fora cortada.

A cena hedionda era tão surreal que eu não acreditei, de cara, no que estava vendo. Pelo jeito como estava deitada, a mulher podia muito bem estar dormindo. Então me deparei com o outro corpo: um homem deitado de lado a apenas alguns passos da mulher. Seu sangue escuro manchava o carpete ao redor. Um outro corpo estava caído ao lado do sofá: pequeno, um corpo de criança. Do outro lado da sala, havia mais um. E mais outro. Havia corpos em toda parte, corpos e sangue.

Subitamente me dei conta da escalada de mortes à minha volta, e meu coração começou a bater forte. Não, não. Não era possível. Era dia claro. Coisas ruins não aconteciam à luz do dia. Um grito começou a nascer na minha garganta, um grito que foi impedido por uma mão enluvada que tapou minha boca por detrás. Comecei a lutar, até que senti o cheiro da loção de barba de Dimitri.

— Por que você não obedece nunca? — perguntou ele. — Você estaria morta se *eles* ainda estivessem aqui.

Não consegui responder. Não só por causa da mão dele me tapando a boca, mas também porque estava em choque. Eu já vira uma pessoa morrer, mas nunca vira a morte nesta magnitude. Depois de quase um minuto, Dimitri por fim retirou a mão, mas continuou bem perto, atrás de mim. Eu não queria mais olhar, mas não conseguia tirar os olhos daquela cena. Corpos por toda a parte. Corpos e sangue.

Finalmente, me virei para ele.

— É dia claro — sussurrei. — Coisas ruins não acontecem de dia.

Percebi o desespero na minha voz, a súplica de uma garotinha para que alguém lhe dissesse que tudo aquilo era apenas um sonho ruim.

— Coisas ruins podem acontecer a qualquer hora — disse ele. — E não foi durante o dia. Provavelmente aconteceu umas duas noites atrás.

Eu ousei dar uma nova olhada nos corpos e senti o estômago revirar.

Dois dias. Mortos há dois dias, com a existência sugada, sem que ninguém no mundo soubesse que se foram. Meus olhos deram com o corpo de um homem perto da entrada da sala que dava num corredor. Ele era alto, corpulento demais para ser um Moroi. Dimitri deve ter percebido para onde eu estava olhando.

— Arthur Schoenberg — disse ele.

Fixei o olhar na garganta ensanguentada de Arthur.

— Ele está morto — informei, como se isso não fosse completamente óbvio. — Como é que ele pode estar morto? Como um Strigoi matou Arthur Schoenberg? — Não parecia possível. Não se pode matar uma lenda.

Dimitri não respondeu. A mão dele foi descendo até se aproximar da minha, que segurava a estaca. Eu estremeci.

— Onde você encontrou isso? — perguntou ele. Eu abri a mão e o deixei pegar a estaca.

— Lá fora. No chão.

Ele ergueu a estaca e a examinou enquanto ela brilhava sob a luz do sol.

— Ela quebrou o escudo.

Minha mente, ainda tonta, demorou algum tempo para compreender o que ele dissera. E então eu entendi. Escudos eram anéis mágicos

— Você acha mesmo que faria isso? — perguntou. — Acha que teria se saído melhor do que Art Schoenberg depois de ver o que os Strigoi fizeram ali? Depois de ver o que Natalie fez com você?

Eu titubeei. Eu lutara brevemente com a prima de Lissa, Natalie, quando ela se transformou numa Strigoi, pouco antes de Dimitri aparecer para salvar o dia. Mesmo sendo uma Strigoi novata — fraca e ainda um pouco desajeitada —, ela literalmente me lançou para todos os lados e contra as paredes do lugar.

Fechei os olhos e respirei fundo. E me senti estúpida. Já tinha sentido na pele o que um Strigoi conseguia fazer. Se eu tivesse entrado impetuosamente ali e tentado salvar a todos, só teria conseguido uma morte rápida para mim mesma. Eu estava me transformando numa guardiã, mas ainda tinha muito o que aprender — e uma garota de dezessete anos não poderia enfrentar seis Strigoi.

Abri os olhos.

— Desculpe — disse, recuperando a razão.

A raiva que explodira dentro de mim se dissolveu. Não sabia dizer de onde ela viera. Eu tinha pavio curto e frequentemente agia por impulso, mas aquilo fora intenso e pavoroso, mesmo para uma pessoa como eu. Estranho.

— Tudo bem — disse Dimitri. Ele esticou o braço e colocou a mão sobre a minha por um instante. Depois a retirou e ligou o carro.

— Este dia está mesmo sendo um pesadelo. Pra todos nós.

Quando chegamos à Escola São Vladimir, por volta da meia-noite, todos já sabiam do massacre. O dia escolar vampiresco acabara de terminar, e eu já estava mais de 24 horas sem dormir. Estava com os olhos turvos e sem nenhuma energia, e Dimitri ordenou que eu fosse para o dormitório descansar. Ele, evidentemente, parecia estar alerta e pronto para o que desse e viesse. Às vezes eu tinha sérias dúvidas se ele chegava mesmo a dormir. Ele foi se reunir com outros guardiões para discutir o ataque, e eu prometi que iria direto para a cama. Em

— É horrível — disse ela com um tremor. Christian mudou de posição e entrelaçou os dedos nos dela, apertando-lhe a mão. Ela também apertou a mão dele. Aqueles dois estavam tão apaixonados e eram tão doces um com o outro que me dava vontade de escovar os dentes depois de estar com eles. Mas eles estavam mais contidos depois das notícias sobre o massacre. — Estão dizendo... estão dizendo que foram seis ou sete Strigoi. E que humanos os ajudaram a anular os escudos.

Recostei a cabeça contra uma estante. As notícias realmente voam. De repente me senti tonta.

— É verdade.

— Mesmo? — perguntou Christian. — Eu achei que fosse só uma paranoia geral.

— Não... — Então me dei conta de que ninguém sabia onde eu estivera o dia inteiro. — Eu... eu estava lá.

Os olhos de Lissa se arregalaram, o choque passou dela para mim pelo laço. Até Christian — o estereótipo do garoto metido a inteligente — pareceu chocado. Não fosse pelo horror daquilo tudo, eu teria me divertido com o fato de tê-lo surpreendido.

— Você está brincando — disse ele com um tom de incerteza na voz.

— Eu pensei que você tinha ido fazer o exame de qualificação... — As palavras de Lissa se dissiparam.

— Era o que eu ia fazer — expliquei. — Foi só uma questão de estar no lugar errado na hora errada. Os guardiões que iam me passar o teste moravam naquela casa. Dimitri e eu entramos lá e...

Não consegui terminar a frase. As imagens de sangue e morte que encheram a casa dos Badica voltaram, mais uma vez, como flashes à minha mente. As feições de Lissa e o nosso laço ficaram tomados de preocupação.

— Rose, você está bem? — perguntou ela suavemente.

Lissa era minha melhor amiga, mas eu não queria que ela soubesse o quanto aquilo tudo me amedrontara e me perturbara. Eu queria me manter firme.

— É horrível — disse ela com um tremor. Christian mudou de posição e entrelaçou os dedos nos dela, apertando-lhe a mão. Ela também apertou a mão dele. Aqueles dois estavam tão apaixonados e eram tão doces um com o outro que me dava vontade de escovar os dentes depois de estar com eles. Mas eles estavam mais contidos depois das notícias sobre o massacre. — Estão dizendo... estão dizendo que foram seis ou sete Strigoi. E que humanos os ajudaram a anular os escudos.

Recostei a cabeça contra uma estante. As notícias realmente voam. De repente me senti tonta.

— É verdade.

— Mesmo? — perguntou Christian. — Eu achei que fosse só uma paranoia geral.

— Não... — Então me dei conta de que ninguém sabia onde eu estivera o dia inteiro. — Eu... eu estava lá.

Os olhos de Lissa se arregalaram, o choque passou dela para mim pelo laço. Até Christian — o estereótipo do garoto metido a inteligente — pareceu chocado. Não fosse pelo horror daquilo tudo, eu teria me divertido com o fato de tê-lo surpreendido.

— Você está brincando — disse ele com um tom de incerteza na voz.

— Eu pensei que você tinha ido fazer o exame de qualificação...
— As palavras de Lissa se dissiparam.

— Era o que eu ia fazer — expliquei. — Foi só uma questão de estar no lugar errado na hora errada. Os guardiões que iam me passar o teste moravam naquela casa. Dimitri e eu entramos lá e...

Não consegui terminar a frase. As imagens de sangue e morte que encheram a casa dos Badica voltaram, mais uma vez, como flashes à minha mente. As feições de Lissa e o nosso laço ficaram tomados de preocupação.

— Rose, você está bem? — perguntou ela suavemente.

Lissa era minha melhor amiga, mas eu não queria que ela soubesse o quanto aquilo tudo me amedrontara e me perturbara. Eu queria me manter firme.

— Estou bem — respondi com os dentes trincados.

— Como foi? — perguntou Christian. Sua voz estava cheia de curiosidade, mas também de culpa, como se ele soubesse que era errado querer saber mais sobre algo tão horrível. Mas ele não pôde conter a pergunta. A impulsividade era uma das coisas que tínhamos em comum.

— Foi... — Balancei a cabeça em sinal negativo. — Não quero falar sobre isso.

Christian começou a protestar, mas Lissa correu a mão pelos cabelos pretos e macios do namorado. A gentil advertência o silenciou. Um instante de constrangimento se instalou entre nós. Li a mente de Lissa e vi que ela procurava desesperadamente por um novo assunto.

— Estão dizendo que isso vai atrapalhar todas as visitas de feriados — disse ela depois de alguns instantes. — A tia de Christian vem visitá-lo, mas a maioria das pessoas prefere não viajar e quer que seus filhos fiquem aqui, a salvo. Estão apavorados com a possibilidade de esse grupo de Strigoi estar preparando um novo ataque.

Eu não tinha me dado conta das consequências de um ataque como aquele. Estávamos a quase uma semana do Natal. Geralmente nesta ocasião há um grande número de viagens no mundo dos Moroi. Os alunos iam para casa visitar os pais ou os pais viajavam para o campus para visitar os filhos.

— Isso vai separar muitas famílias — murmurei.

— E atrapalhar muitos encontros de membros da realeza — disse Christian. O breve tom sério desapareceu da sua voz; a atitude sarcástica estava de volta. — Você sabe como eles ficam nesta época do ano. Competindo uns com os outros para ver quem dá as melhores festas. Não vão saber o que fazer desta vez.

Dava para acreditar numa coisa dessas. Minha vida era dedicada inteiramente a lutar, mas os Moroi certamente tinham suas disputas internas — especialmente os nobres e a realeza. Eles travavam as próprias batalhas com palavras e alianças políticas, e, honestamente, eu preferia o confronto pelo método mais direto de bater e socar. Lissa e

Christian, principalmente, tinham que navegar por águas turbulentas. Eram ambos de famílias reais, o que significava que eram bastante visados tanto dentro como fora da escola.

As coisas eram piores para eles do que para a maior parte dos Moroi da realeza. A família de Christian vivia sob a sombra lançada por seus pais. Eles tinham se transformado em Strigoi de propósito, trocando a magia e a moral pela imortalidade e por uma vida baseada em matar os outros. Os pais dele estavam mortos, mas isso não impedia as pessoas de não confiarem nele. Pareciam achar que Christian também se tornaria um Strigoi a qualquer momento e levaria todos junto com ele. Seu senso de humor abrasivo e ácido também não ajudava muito.

Lissa chamava atenção por ser a última que restou de sua família. Nenhum outro Moroi tinha sangue Dragomir suficiente para merecer o nome. Seu futuro marido teria provavelmente nobreza suficiente na árvore genealógica para que os filhos dela fossem dos Dragomir, mas, por ora, ser a única desta linhagem fazia dela uma espécie de celebridade.

Isso me fez lembrar do aviso rabiscado no espelho. A náusea me subiu pelo corpo. Aquela raiva e o desespero violentos foram ressurgindo, mas eu os afastei com uma piada.

— Vocês que são da realeza deveriam tentar resolver seus problemas como nós fazemos. Uma briga e alguns socos de vez em quando fariam bem a vocês.

Tanto Lissa quanto Christian riram da minha piadinha. Ele olhou para a namorada com um sorriso astuto, mostrando os caninos.

— O que você acha? Eu aposto que ganharia de você se encarássemos um corpo a corpo.

— É o que você pensa — provocou ela. Sua aflição diminuiu um pouco.

— Eu penso mesmo — disse ele, prendendo o olhar dela.

Havia uma nota de sensualidade na voz dele que fez o coração de Lissa disparar. Fui tomada pelo ciúme. Ela e eu fomos melhores amigas por toda a nossa vida. Eu podia ler a mente dela. Mas o fato era que Christian passou a ocupar uma enorme parte do mundo dela, e ele tinha um papel que eu nunca poderia assumir, assim como ele nunca poderia participar da conexão que existia entre ela e eu. Nós dois meio que aceitávamos, mas não gostávamos de ter que dividir a atenção dela, e, às vezes, parecia que a trégua que mantínhamos era fina como papel.

Lissa passou a mão no queixo dele.

— Comporte-se.

— Eu me comporto — respondeu ele, com a voz ainda um pouco sensual —, às vezes. Mas tem horas em que você não quer que eu me comporte...

— Deus do céu. Vou deixar vocês sozinhos — protestei, e já fui me levantando.

Lissa piscou e tirou os olhos de Christian, subitamente constrangida.

— Desculpe — murmurou. Um delicado tom rosado se espalhou pelas bochechas dela. Como era bem branca, como todos os Moroi, o rubor na verdade a deixou mais bonita, não que ela precisasse de ajuda nesse departamento. — Você não precisa ir...

— Não, tudo bem. Estou exausta — garanti. Christian não pareceu tão desapontado com a minha retirada. — A gente se vê amanhã.

Comecei a dar meia-volta, mas Lissa me chamou.

— Rose? Você está... Você tem certeza de que está bem? Depois de tudo o que aconteceu?

Eu encarei os olhos cor de jade de Lissa. Sua preocupação era tão forte e profunda que fez o meu peito doer. Eu podia ser mais íntima dela do que qualquer outra pessoa no mundo, mas não queria que ela se preocupasse *comigo*. Meu trabalho era mantê-la a salvo. Não era ela que tinha que se ocupar em me proteger, principalmente quando os Strigoi tinham resolvido fazer uma lista de membros da realeza para aniquilar.

Olhei para ela com um sorriso malicioso.

— Estou bem. Não precisa se preocupar com nada. Só tomem cuidado para não começar a tirar as roupas um do outro enquanto eu ainda estou aqui.

— Então é melhor você ir agora mesmo — disse Christian, seco.

Ela deu uma cotovelada nele, e eu revirei os olhos.

— Boa noite — desejei a eles.

Assim que fiquei de costas, porém, meu sorriso desapareceu. Fui para o dormitório com o coração pesado, rezando para não sonhar com os Badica naquela noite.

TRÊS

No dia seguinte, enquanto eu descia correndo as escadas para o treinamento diário antes das aulas, fui atingida pelo burburinho que vinha do saguão do dormitório. A comoção não me surpreendeu. Uma boa noite de sono me ajudara a afastar da cabeça as imagens da noite anterior, mas eu sabia que nem eu, nem meus colegas de turma esqueceríamos facilmente os acontecimentos perto de Billings.

E, no entanto, ao estudar os rostos e os grupos de aprendizes, percebi algo estranho. O medo e a tensão do dia anterior ainda estavam presentes, mas havia uma coisa nova também: excitação. Dois aprendizes calouros praticamente davam gritinhos animados enquanto cochichavam entre si. Ali perto, um grupo de rapazes da minha idade fazia gestos largos e abria sorrisos entusiasmados.

Eu devia estar por fora de alguma coisa — a não ser que tudo o que acontecera no dia anterior tivesse sido um sonho. Precisei usar cada grama do autocontrole que eu não tinha para não me aproximar de alguém e perguntar. Se eu demorasse mais, chegaria atrasada ao treinamento. Mas a curiosidade estava me matando. Será que os Strigoi e os humanos que estavam trabalhando com eles foram mortos? Seria com certeza uma ótima notícia, mas alguma coisa me dizia que não era o caso. Abri a porta para sair do dormitório

SANGUE E GELO

lamentando ter que esperar até o café da manhã para descobrir o que estava acontecendo.

— Hathaway, não fuja de mim — chamou uma voz cantarolante.

Olhei para trás e abri um largo sorriso. Mason Ashford, outro aprendiz e um bom amigo meu, veio correndo e alcançou rápido o meu passo.

— Quantos anos você tem? Doze? — perguntei, sem parar de andar em direção ao ginásio.

— Quase isso — disse ele. — Ontem senti falta do seu sorriso maravilhoso. Onde você estava?

Percebi que a minha presença na casa dos Badica ainda não era do conhecimento de todos. Não era nenhum segredo nem nada, mas eu não estava com vontade de discutir detalhes sangrentos.

— Tive um treinamento extra com Dimitri.

— Caramba — resmungou Mason. — Esse cara está sempre fazendo você trabalhar. Será que ele não percebe que está nos privando da sua beleza e encanto?

— Sorriso maravilhoso? Beleza e encanto? Você está pegando um pouco pesado nas cantadas hoje de manhã, não está, não? — Dei uma risada.

— Poxa, estou apenas dizendo a verdade. Sério, você tem sorte de ter alguém tão gentil e inteligente como eu interessado em você.

Continuei sorrindo. Mason era um grande paquerador e gostava especialmente de flertar comigo. Em parte porque eu era boa nisso e gostava de flertar também. Mas eu sabia que os sentimentos dele com relação a mim iam além da amizade, e eu ainda não sabia bem como lidar com isso. Tínhamos o mesmo tipo de senso de humor meio bobo e o dom de sempre atrair a atenção de nossos colegas nas aulas ou quando estávamos entre amigos. Ele tinha belos olhos azuis e cabelos ruivos que pareciam nunca estar alinhados. Era um cara bonitinho.

Mas namorar alguém ia ser um pouco difícil, pois eu ainda pensava nos momentos em que estivera quase nua na cama com Dimitri.

— Gentil e inteligente, é? — Balancei a cabeça, fazendo cara de reprovação. — Eu acho que você presta muito mais atenção no seu ego do que em mim. Alguém precisa diminuí-lo um pouco.

— Ah, é? Bom, você pode dar o melhor de si e tentar fazer isso nos declives.

Eu parei de andar.

— Nos o quê?

— Nos declives. — Ele inclinou a cabeça. — Você sabe do que eu estou falando. A viagem para a estação de esqui.

— Que viagem para estação de esqui? — Percebi que estava realmente por fora de alguma coisa.

— Onde você esteve esta manhã? — perguntou ele, olhando para mim como se eu fosse uma maluca.

— Na cama! Só acordei uns cinco minutos atrás. Agora comece do início e me conte tudo o que sabe. — Meu corpo estremeceu por causa da falta de movimento. — E vamos continuar andando.

Voltamos a andar.

— Bom, você sabe que todos estão com medo de levar os filhos para passar o Natal em casa, não é? E tem uma estação de esqui *enorme* em Idaho que só é usada pelos membros da realeza e pelos Moroi ricos. Os donos da estação estão abrindo as portas para os alunos da escola e suas famílias, e para qualquer outro Moroi que queira ir. Com todos no mesmo lugar, milhares de guardiões estarão lá para proteger a estação, e o ambiente ficará inteiramente seguro.

— Você não pode estar falando sério.

Chegamos ao ginásio e entramos logo, fugindo do frio. Mason fez um frenético gesto afirmativo com a cabeça.

— É verdade. Parece que o lugar é o máximo. — Ele me lançou o sorriso largo que sempre me fazia sorrir também. — Nós vamos levar uma vida de rei, Rose. Pelo menos durante pouco mais de uma semana. A viagem está marcada para o dia seguinte ao Natal.

Fiquei sem palavras e ao mesmo tempo empolgada e chocada. Não esperava por isso. Era realmente uma ideia brilhante. Permitiria que as famílias se reunissem num ambiente seguro. E que lugar para se reunirem! Uma estação de esqui da realeza. Minha expectativa era passar boa parte do feriado andando pelo campus e vendo televisão com Lissa e Christian. Mas o que ia realmente acontecer era que eu ia curtir a vida em acomodações cinco estrelas. Lagosta no jantar. Massagens. Instrutores de esqui bonitões...

O entusiasmo de Mason era contagiante. Eu já estava sentindo que ele tomaria conta de mim, mas, de repente, o entusiasmo esbarrou numa preocupação.

Observando o meu rosto, ele viu a mudança imediatamente.

— Qual é o problema? Isso é muito legal!

— É. Eu sei — admiti. — E eu entendo por que todos estão animados, mas o motivo pelo qual estamos indo para esse lugar é que, bem, pessoas morreram. Quer dizer, isso tudo não parece estranho?

A expressão de felicidade de Mason ficou mais sóbria.

— É, mas nós estamos vivos, Rose. Não podemos parar de viver porque outras pessoas estão mortas. E nós temos que nos certificar de que *mais* pessoas não morram. É por isso que esse lugar é uma ideia tão incrível. É um lugar seguro. — O olhar dele ficou tempestuoso. — Meu Deus, mal posso esperar para sair da escola e começar a trabalhar de verdade. Depois que eu soube do que aconteceu, só penso em partir esses Strigoi ao meio. Eu queria que pudéssemos sair agora, sabe? Não tem por que não trabalharmos. Eles podem precisar de uma ajuda extra, e nós já sabemos quase tudo o que precisamos saber.

A fúria no tom de voz dele me lembrou do meu surto de raiva do dia anterior, embora ele não estivesse tão agitado quanto eu. A vontade dele de agir era impetuosa e ingênua; a minha, por sua vez, nascera de um estranho e sombrio impulso irracional que eu ainda não compreendera inteiramente.

Não respondi, e Mason me lançou um olhar intrigado.

— Você não quer?

— Não sei, Mase. — Olhei fixamente para o chão, evitando o olhar dele enquanto examinava a ponta do meu sapato. — Quer dizer, eu também não quero que os Strigoi continuem andando por aí, atacando as pessoas. E teoricamente eu quero impedi-los… Mas, bom, nós não estamos nem perto de estarmos prontos para isso. Eu vi o que eles conseguem fazer… Não sei, não. Nos precipitarmos não é a solução. — Eu balancei a cabeça e levantei o olhar. Credo! Meu raciocínio era tão lógico e cauteloso. Parecia o Dimitri falando. — Isso não importa, já que não vai acontecer mesmo. Acho que devemos ficar animados apenas com a viagem, não é?

O humor de Mason mudou rapidamente e ele ficou leve de novo.

— Claro! E já vai tentando lembrar como se esquia, porque estou convocando você a nocautear o meu ego nas montanhas. Não que eu ache que isso vá acontecer.

Sorri novamente.

— Cara, com certeza vai ser muito triste quando eu fizer você chorar. Já estou até me sentindo culpada.

Ele abriu a boca, sem dúvida para mandar de volta alguma resposta espertinha, e de repente viu alguma coisa — ou melhor, alguém — atrás de mim. Eu olhei para trás e vi a silhueta alta de Dimitri chegando do outro lado do ginásio.

Mason fez uma reverência galante para mim.

— Seu amo e senhor. Vejo você mais tarde, Hathaway. Comece a planejar suas estratégias para o desafio de esqui. — Ele abriu a porta e desapareceu na escuridão gelada. Eu me virei e fui ao encontro de Dimitri.

Como outros aprendizes dampiros, metade do meu dia escolar era dedicado ao treinamento para ser guardiã, fosse no combate físico real, fosse aprendendo sobre os Strigoi e como me defender deles. Os aprendizes algumas vezes também praticavam depois do horário das aulas. Eu, porém, vivia uma situação única.

Ainda defendia a minha decisão de ter fugido da Escola São Vladimir quando foi necessário. Victor Dashkov fora uma enorme ameaça para Lissa. Mas as nossas férias prolongadas tiveram consequências. Por ter ficado dois anos fora, minha formação de guardiã estava atrasada, então a escola determinou que eu compensasse o período perdido fazendo aulas extras antes e depois do horário escolar.

Com Dimitri.

Mal sabiam eles que estavam me dando lições também sobre como evitar a tentação. Fora a minha atração por ele, porém, eu aprendia rápido, e, com a ajuda dele, já quase alcançara o nível dos alunos mais avançados.

Como ele não estava usando casaco, vi que íamos trabalhar dentro do ginásio, o que era uma boa notícia. O dia estava gelado demais para treinar ao ar livre. Mas a alegria que eu senti por conta disso não foi nada comparada à que senti quando vi exatamente o que ele preparara numa das salas de treinamento.

Ele tinha espalhado bonecos de treinamento contra a parede do fundo, bonecos que pareciam cheios de vida. Nada de sacos com enchimento de palha. Eram homens e mulheres, vestindo roupas comuns, com pele de borracha e cabelos e olhos de cores diferentes. As expressões deles variavam. Iam da alegria a expressões de medo e de raiva. Eu já tinha praticado com esses bonecos antes, em outros treinamentos, para aperfeiçoar socos e chutes. Mas eu nunca tinha praticado com eles usando como arma o que Dimitri trazia na mão: uma estaca de prata.

— Maravilha — suspirei.

Era idêntica à que eu encontrara na casa dos Badica. Tinha um cabo parecido com o de um punhal, mas sem as pequenas reentrâncias e arabescos. Era aí que acabava a semelhança com um punhal. No mais, em vez de uma lâmina chata, a estaca era redonda e grossa, finalizando numa ponta afiada, um pouco parecida com um pingente de gelo. A estaca inteira era um pouco menor do que o meu antebraço.

Dimitri se recostou casualmente contra a parede, numa postura descontraída que ele assumia com uma graciosidade admirável, apesar de ter quase um metro e noventa e cinco de altura. Com uma só mão, ele lançou a estaca para o alto. Ela girou em piruetas no ar umas duas vezes e depois caiu. Ele a apanhou pelo cabo.

— Por favor, me diz que eu vou aprender a fazer *isso aí* hoje mesmo — pedi.

Os olhos escuros e fundos dele brilharam, divertidos com o que eu dissera. Nem sempre era fácil para ele manter a expressão séria quando estava comigo.

— Você estará com sorte se eu deixar você *tocar* nela hoje — disse ele. E jogou a estaca para cima novamente. Meus olhos a seguiram, ansiosos. Comecei a alegar que eu já tivera uma nas mãos, mas sabia que o argumento não me levaria a lugar algum.

Deixei de lado a discussão, joguei minha mochila no chão, tirei o casaco, cruzei os braços e fiquei na expectativa. Estava vestindo uma calça larga amarrada na cintura e uma camiseta sem manga com um blusão de moletom com capuz por cima. Meus cabelos escuros estavam bem amarrados num rabo de cavalo. Eu estava pronta para qualquer coisa.

— Você quer me falar sobre como se deve usá-las e os motivos pelos quais eu devo ser sempre cautelosa quando estiver com uma dessas por perto — anunciei.

Dimitri parou de jogar a estaca para o alto e me encarou espantado.

— Qual é! — Soltei uma risada. — Você acha que depois de todo esse tempo eu já não sei como é que você gosta de trabalhar? Estou treinando com você há quase três meses. Você sempre fala sobre segurança e responsabilidade antes de fazermos qualquer coisa mais divertida.

— Ah, sim — disse ele. — Bom, estou vendo que você já sabe tudo. Sendo assim, pode dar prosseguimento à aula. Eu vou apenas esperar aqui, caso você precise de mim novamente.

Ele guardou a estaca numa bainha de couro fixada no cinto e se recostou confortavelmente contra a parede, com as mãos dentro dos bolsos. Eu esperei, imaginando que ele estivesse de brincadeira, mas ele não disse mais nada, e eu então percebi que era sério. Dei de ombros e comecei a disparar tudo o que eu sabia.

— A prata tem sempre forte eficiência quando usada contra ou a favor de qualquer criatura mágica; ela pode tanto ajudá-las como machucá-las se for revestida de bastante magia. Estas estacas são muito resistentes e poderosas porque é preciso quatro Moroi para fazê-las, e eles usam cada um dos elementos quando as estão forjando. — Franzi as sobrancelhas, resolvendo levar em consideração uma outra coisa. — Bom, eles não usam o espírito. Então, estas coisas são hiperturbinadas e são a única arma capaz de causar sérios danos a um Strigoi sem precisar decapitá-lo. Mas, para matá-lo, elas têm que atravessar o coração dele.

— Elas podem ferir *você?*

Eu fiz que não com a cabeça.

— Não. Quer dizer: se você lançar uma estaca dessas direto no meu coração, vai me ferir, mas não vai me ferir como a um Moroi. Um pequeno corte com uma estaca de prata num Moroi causa um ferimento fundo, mas não tanto quanto o que ela pode causar em um Strigoi. E elas também não ferem humanos.

Parei de falar por um instante e, com a mente ausente, fixei o olhar na janela atrás de Dimitri. O gelo cobria o vidro formando cristalinos desenhos cintilantes, mas eu mal notei. Quando falei em humanos e estacas, fui transportada de volta à casa dos Badica. Flashes de sangue e morte tomaram o meu pensamento.

Ao ver que Dimitri me observava, afastei as lembranças e continuei a aula. Dimitri ocasionalmente fazia um sinal afirmativo com a cabeça ou me pedia para esclarecer alguma coisa. Conforme o tempo passava, fui ficando na expectativa de que ele me pedisse para finalizar a fala para que eu pudesse começar a atacar os bonecos. Mas ele me deixou falar até quase chegarmos aos últimos dez minutos da nossa sessão e só então me levou para perto de um dos bonecos. Era um homem com cabelos loiros e cavanhaque. Dimitri desembainhou a estaca, mas não a entregou a mim.

— Qual o órgão que deve ser atingido? — perguntou.

— O coração — respondi com alguma irritação. — Eu já disse isso a você umas cem vezes. Posso pegar a estaca agora?

Ele se permitiu abrir um sorriso.

— Onde fica o coração?

Eu olhei para ele como quem diz: está falando sério? Ele simplesmente deu de ombros.

Com uma ênfase hiperdramática, eu apontei para o lado esquerdo do peito do boneco. Dimitri balançou a cabeça em sinal negativo.

— Não é aí que fica o coração — disse.

— É claro que é. As pessoas colocam a mão no coração quando fazem o juramento à bandeira ou quando cantam o hino nacional.

Ele continuou me olhando, na expectativa.

Eu me virei para o boneco e o observei. Bem do fundo da minha mente, veio a lembrança da aula de RCP e de onde tínhamos que colocar as mãos. Dei um tapinha no centro do peito do boneco.

— É aqui?

Ele arqueou uma sobrancelha. Geralmente eu achava aquilo legal. Mas naquele dia o gesto apenas me irritou.

— Não sei — disse ele. — É aí?

— É isso que eu estou perguntando a você!

— Você não deveria ter que me perguntar. Vocês não têm aula de fisiologia?

— Temos. No primeiro ano. Eu estava de "férias", lembra? — Apontei para a estaca brilhante. — Eu posso, por favor, tocar nela agora?

Ele lançou a estaca para o alto novamente, deixando-a brilhar contra a luz, e depois ela desapareceu na bainha.

— No próximo treino você vai me dizer *onde* fica o coração. O lugar exato. E quero saber também que partes do corpo devem ser atravessadas para se chegar a ele.

Eu lancei o olhar mais feroz que pude em sua direção, o que, a julgar pela expressão que ele fez, não deve ter sido feroz o suficiente.

Noventa por cento das vezes eu achava Dimitri a pessoa mais sexy que existia no mundo. Mas em momentos como aquele...

Fui direto para a minha primeira aula do dia, a aula de combate, de mau humor. Não gostava de parecer incompetente na frente de Dimitri, e eu queria muito, *muito mesmo*, usar uma daquelas estacas. Então, na aula, eu descontei o meu aborrecimento em todos os que eu pude socar ou chutar. No final da aula, ninguém queria fazer dupla comigo. Sem querer, bati com tanta força em Meredith — uma das poucas garotas, além de mim, que estudavam na minha sala — que ela sentiu toda a potência de meus socos no queixo, apesar da proteção que usávamos nas aulas de luta. Ela ia ficar com uma mancha roxa horrível e me olhou como se eu tivesse feito de propósito. Pedi desculpas, mas não adiantou muito.

Depois da aula, esbarrei com Mason novamente.

— Caramba — disse ele, estudando a expressão no meu rosto. — Quem foi que aborreceu você tanto assim?

Contei a ele a história da minha decepção por conta do coração e da estaca de prata.

Para me deixar ainda mais irritada, ele riu.

— Como é que você não sabe onde fica o coração? Principalmente levando em conta a quantidade de corações que você partiu?

Lancei a ele o mesmo olhar feroz que eu lançara a Dimitri. Mas desta vez funcionou. Mason empalideceu.

— Belikov é um homem mau e doente que deveria ser jogado num buraco cheio de víboras raivosas pela grande ofensa que ele cometeu contra você esta manhã.

— Muito obrigada — disse eu prontamente. Depois pensei um pouco. — Víboras podem contrair raiva?

— Não vejo por que não. Todos podem. Eu acho. — Ele abriu a porta do corredor para mim. — Mas gansos canadenses podem ser piores do que víboras.

Eu dei uma longa olhada de canto de olho para ele.

— Gansos canadenses são mais letais do que víboras?

— Você já tentou alimentar aqueles desgraçados? — perguntou ele, tentando manter a seriedade, mas sem conseguir. — Eles são selvagens. Se você é jogado às víboras, morre rápido. Mas aos gansos? Morte lenta, pode levar dias. O sofrimento é maior.

— Uau. Não sei se devo ficar impressionada ou amedrontada por você ter pensado em tudo isso — comentei.

— Estava só tentando imaginar modos criativos de vingar a sua honra, só isso.

— Você nunca me pareceu fazer o tipo criativo, Mase.

Estávamos parados na porta da sala onde teríamos a segunda aula do dia. A expressão no rosto de Mason ainda era leve e divertida, mas havia um tom malicioso na sua voz quando ele voltou a falar.

— Rose, quando estou perto de você, a minha criatividade vai longe. Penso em *milhares* de coisas criativas para fazer.

Eu, que estava ainda dando risada por conta da história das víboras, parei imediatamente e fiquei olhando para ele, surpresa. Sempre achei Mason bonitinho, mas, com aquele olhar sério e nebuloso, de súbito me ocorreu, pela primeira vez, que ele era, de verdade, bem atraente.

— Ih! Olha isso! — Ele riu, percebendo que me apanhara de surpresa. — Rose ficou sem palavras. Um ponto para Ashford, zero para Hathaway.

— Nada disso. É que eu não quero fazer você chorar antes da viagem. Não ia ter graça nenhuma se eu acabasse com você antes mesmo de chegarmos aos declives.

Ele riu, e nós entramos na sala. Era uma aula teórica para guarda-costas. A matéria era ministrada numa sala de aula tradicional e não num ginásio. Era uma boa forma de descansar depois de todo o esforço físico despendido até aquele momento. Naquele dia, três guardiões que não pertenciam ao regimento da escola estavam de pé na frente da sala. *Visitas de feriado*, pensei. Os pais e seus guardiões tinham começado a chegar ao campus para acompanhar os filhos até a estação de esqui. Fiquei imediatamente interessada.

Um dos convidados era um sujeito alto que devia ter uns cem anos de idade, mas que ainda parecia capaz de nocautear muita gente. O outro tinha mais ou menos a idade de Dimitri. Tinha a pele bastante queimada de sol e o corpo bem trabalhado. Algumas das garotas na sala quase desmaiaram ao vê-lo.

A última guardiã era uma mulher. Tinha o cabelo castanho-avermelhado e encaracolado mantido num corte bem curtinho, e os olhos castanhos estavam concentrados nos próprios pensamentos. Como já expliquei, muitas mulheres dampiras escolhiam ter filhos em vez de seguir a carreira de guardiãs. Uma vez que eu também era uma das poucas mulheres na profissão, sempre ficava animada quando conhecia outras — como Tamara.

Mas aquela não era Tamara. Aquela era uma pessoa que eu conhecia desde sempre, alguém que me inspirava tudo menos orgulho e animação. Na verdade, o que eu sentia por ela era ressentimento. Ressentimento, raiva e uma violência que me queimava por dentro.

A mulher que estava de pé na frente da sala era a minha mãe.

QUATRO

Inacreditável. Janine Hathaway. Minha mãe. Uma mãe incrivelmente famosa e absurdamente ausente. Ela não era nenhum Arthur Schoenberg, mas tinha uma reputação estelar no mundo dos guardiões. Eu não a via há anos porque ela estava sempre viajando, ocupada com alguma missão impossível. E no entanto... ali estava ela, na Escola São Vladimir, naquele exato momento — bem na minha frente —, e nem se dera ao trabalho de me avisar que viria. Isso é o que chamam de amor materno?

E por que ela estava ali? A resposta logo me veio à mente. Todos os Moroi que estavam chegando no campus trouxeram seus guardiões a reboque. Minha mãe protegia um nobre do clã dos Szelsky, e vários membros dessa família estavam na escola para as festas. É claro que ela o acompanharia.

Sentei-me e afundei na cadeira sentindo que alguma coisa encolhia dentro de mim. Tive quase certeza de que ela me vira entrar, mas sua atenção estava concentrada em outra coisa. Ela vestia uma calça jeans e uma camiseta bege coberta pela jaqueta de brim mais sem graça que eu já vira. Com apenas pouco mais de um metro e meio de altura, ela parecia uma anã perto dos outros guardiões, mas tinha uma presença e uma postura tão firmes que aparentava ser mais alta.

Nosso instrutor, Stan, apresentou os convidados e explicou que eles iriam relatar experiências reais pelas quais tinham passado como guardiões. Enquanto falava, ele caminhava de um lado para o outro na frente da sala, mexendo as sobrancelhas grossas.

— Sei que isso não é comum — explicou. — Guardiões que vem à escola acompanhando visitantes geralmente não têm tempo de passar pelas nossas salas de aula. Nossos três convidados, no entanto, abriram espaço em suas agendas para virem até aqui conversar com vocês por conta do que aconteceu recentemente... — Ele fez uma pausa. Não havia necessidade de nos dizer sobre o que estava falando. O ataque aos Badica. Ele limpou a garganta e retomou a fala interrompida: — Por conta do que aconteceu, achamos que vocês aprenderiam mais com a experiência daqueles que estão trabalhando em campo.

A turma ficou tensa, tomada pela expectativa. Ouvir histórias — principalmente histórias cheias de sangue e ação — era mil vezes mais interessante do que analisar teorias em livros escolares. Percebi que os guardiões da escola estavam igualmente interessados. Muitas vezes eles assistiam às nossas aulas, mas naquele dia a sala estava mais cheia de guardiões do que o normal. Dimitri estava entre eles no fundo da sala.

O guardião mais velho falou primeiro. Contou uma história que prendeu minha atenção. Descreveu uma ocasião em que o filho mais novo da família que ele protegia saiu andando a esmo, afastando-se do grupo, num lugar público onde os Strigoi estavam de tocaia.

— O sol estava prestes a se pôr — nos contou com um tom de voz grave. E fez um gesto com as mãos de cima para baixo, talvez querendo nos mostrar como funciona um pôr do sol. — Éramos apenas dois guardiões e precisávamos tomar uma decisão rápida sobre como devíamos agir naquela situação.

Eu me debrucei na carteira com os cotovelos sobre a mesa. Guardiões trabalhavam quase sempre em duplas. Um — o guardião próximo — geralmente ficava mais perto de quem estava protegendo, enquanto o outro — o guardião distante — focava a atenção no que se passava ao redor. O guardião distante, ainda assim, mantinha contato visual com o parceiro, então entendi de cara qual era o dilema vivido pelos dois naquele momento. Pensei um pouco e conclui que, se estivesse numa situação como aquela, diria ao guardião próximo para que levasse o resto da família para um lugar seguro enquanto eu ficaria encarregada de procurar pelo garoto.

— Encaminhamos a família para dentro de um restaurante, onde ficaram sob os cuidados de meu parceiro, enquanto eu vasculhava toda a região — continuou o velho guardião. Ele fez um gesto largo com os braços, como quem varre o ar, e eu me senti orgulhosa de mim mesma por ter antecipado a solução correta. A história terminou com um final feliz: o garoto foi encontrado e não esbarrou com nenhum Strigoi.

O caso contado pelo segundo guardião tratava-se de uma situação em que ele se vira inesperadamente em meio à perseguição de um grupo de Strigoi a alguns Moroi.

— Tecnicamente, eu não estava nem trabalhando — contou. Ele era realmente muito bonito, e uma garota sentada perto de mim olhava para ele com um ar apaixonado. — Estava visitando um amigo e a família que ele protegia. Quando saí do apartamento deles, vi um Strigoi se escondendo nas sombras. Ele não esperava que um guardião aparecesse por ali. Dei a volta no quarteirão, apanhei-o por trás e... — O sujeito fez um gesto de esfaquear de um jeito muito mais dramático do que os usados pelo guardião mais velho. O cara chegou a imitar a estaca girando até chegar no coração do Strigoi.

Depois chegou a vez da minha mãe. Franzi as sobrancelhas antes mesmo de ela começar a falar. Fechei a cara para valer assim que ela deu início ao relato. Juro que, se eu não conhecesse a falta de imaginação dela — e as roupas sem graça eram uma prova de que ela realmente não tinha nenhuma —, eu teria achado que ela estava mentindo. Era mais do que uma história. Era um épico, do tipo que é adaptado para o cinema e acaba ganhando milhares de prêmios.

Ela contou que, certa vez, seu protegido, o lorde Szelsky, e a esposa dele foram a um baile oferecido por outro membro importante da família real. Vários Strigoi estavam no local, à espreita, disfarçados. Minha mãe descobriu um deles e imediatamente o matou com uma estaca. Depois alertou os outros guardiões presentes na festa. Com a ajuda deles, caçou os outros Strigoi que estavam de tocaia e ela mesma matou quase todos.

— Não foi fácil — explicou. Se essa história tivesse sido contada por qualquer outra pessoa, pareceria arrogância. Mas ela não estava se gabando. Falava de maneira seca e sem floreios. Apenas descrevia os fatos. Ela tinha sido criada em Glasgow e em algumas de suas palavras ainda se podia reconhecer o sotaque escocês. — Havia três outros nas redondezas. Naquele tempo, esse número de Strigoi trabalhando juntos era considerado grande demais. Agora não é mais tão incomum, se pensarmos no ataque aos Badica. — Algumas pessoas estremeceram diante da naturalidade com que ela mencionou o ataque. As imagens dos corpos me vieram mais uma vez à mente. — Nós tínhamos que nos livrar dos últimos Strigoi bem rápido e sem fazer barulho, para não chamar a atenção dos outros. Se estamos em posição de surpreendê-los, a melhor maneira de destruir um Strigoi é atacá-lo por trás, quebrar o pescoço dele e depois enfiar a estaca no coração. Quebrar o pescoço não irá matá-lo, como sabemos, mas vai deixá-lo tonto, dando tempo para finalizar o trabalho antes que ele possa fazer algum barulho. Na verdade, a parte mais difícil é conseguir se aproximar sorrateiramente para fazer o ataque surpresa, porque eles têm uma audição hiperaguçada. Como eu sou menor e mais leve do que a maioria dos guardiões, consigo me mover sem fazer quase nenhum barulho. Então acabei matando, eu mesma, dois dos três que ainda restavam.

Mais uma vez, ela usou um tom seco para descrever a própria capacidade de agir com eficiência e discrição. Ela era irritante. Mais irritante até do que se estivesse anunciando, com orgulho, o quanto era espetacular. Os rostos dos meus colegas de classe brilhavam cheios de admiração; eles com certeza estavam mais interessados na ideia de quebrar o pescoço de um Strigoi do que em analisar as qualidades narrativas da minha mãe.

E a história não acabava ali. Depois que ela e os outros guardiões mataram os três últimos Strigoi, descobriram que dois Moroi que estavam na festa tinham sido raptados. Isso não era incomum. Às vezes, os Strigoi gostavam de guardar algum Moroi para fazer um lanchinho mais tarde; outras vezes, os Strigoi mais poderosos mandavam os mais fracos buscarem a presa. De todo modo, dois Moroi estavam desaparecidos, e seus guardiões foram encontrados feridos.

— Naturalmente, nós não podíamos deixar aqueles Moroi nas garras dos Strigoi — disse ela. — Seguimos os rastros até o esconderijo deles e encontramos vários vivendo juntos. Vocês sabem como isso é raro.

E era raro mesmo. A natureza egoísta e demoníaca dos Strigoi fazia com que se voltassem uns contra os outros com a mesma facilidade com que atacavam suas vítimas. O máximo que eles faziam em colaboração era se organizarem para ataques em conjunto quando tinham em mente um objetivo imediato e sanguinolento. Mas viver juntos? Não. Isso era algo quase impossível de imaginar.

— Conseguimos libertar os dois Moroi raptados. E foi então que descobrimos que havia mais Moroi aprisionados ali — contou minha mãe. — Não podíamos deixar os que nós tínhamos acabado de salvar voltarem sozinhos para a festa, então os guardiões que estavam comigo os escoltaram e eu fiquei por lá para resgatar os outros Moroi.

Ah, sim, claro, pensei. Minha mãe encarou tudo sozinha e cheia de bravura. Em meio à aventura, ela foi capturada, mas conseguiu escapar e resgatar os prisioneiros. Para isso, realizou a façanha do século, matando Strigoi de três maneiras diferentes: enfiando a estaca no coração, decapitando e tacando fogo neles.

— Tinha acabado de matar um deles com a estaca quando outros dois surgiram — explicou. — Eles saltaram na minha direção e não daria tempo de tirar a estaca do corpo do Strigoi morto. Por sorte havia uma lareira acesa bem perto, e eu joguei um deles dentro dela e corri. O outro me perseguiu até um galpão velho. Encontrei um machado lá dentro e, armada com ele, fui pra cima do Strigoi e cortei a cabeça dele fora. Depois peguei um galão de gasolina e voltei para a casa. O Strigoi que eu tinha jogado dentro da lareira ainda não estava inteiramente consumido pelo fogo. Joguei a gasolina nele e ele se extinguiu rapidamente.

A turma toda a ouvia com reverência. Estavam de queixo caído. E de olhos esbugalhados. O silêncio era absoluto. Olhei em volta e senti como se o tempo tivesse congelado para todos — menos para mim. Parecia que eu era a única a não se deixar impressionar pelo relato estarrecedor que acabáramos de ouvir. E a admiração nos rostos de todos me deu uma raiva tremenda. Quando ela acabou de falar, uma dúzia de mãos se ergueram metralhando-a com as perguntas mais variadas: quais as técnicas utilizadas, se ela sentira medo etc.

Depois da décima pergunta, eu não aguentei mais. Levantei a mão. Ela demorou um tempo para perceber e me dar a palavra. Pareceu um pouco surpresa de me ver na sala. Achei até curioso ela ter me reconhecido.

— Então, guardiã Hathaway — comecei. — Por que vocês não se certificaram de que o lugar da festa era seguro?

Ela franziu as sobrancelhas. Acho que assumiu uma atitude defensiva desde o momento em que me passou a palavra.

— O que você está querendo dizer?

Dei de ombros e me recostei na cadeira, tentando manter um ar de conversa casual.

— Não sei, não. Me parece que vocês deram uma mancada. Por que não examinaram o lugar minuciosamente logo de cara para se certificarem de que não havia nenhum Strigoi à espreita? Acho que isso teria evitado esse trabalhão todo.

Todos os olhos se voltaram para mim. Minha mãe ficou momentaneamente sem palavras.

— Se nós não tivéssemos tido "esse trabalhão todo", teríamos sete Strigoi a mais vagando pelo mundo, e os outros Moroi que estavam em cativeiro ou estariam mortos, ou, a esta altura, teriam sido transformados em novos Strigoi.

— Claro, claro, eu entendi que vocês foram heróis e salvaram a todos e tudo o mais, mas o que estou tentando fazer aqui é voltar à causa primária de todo o problema. Quer dizer, esta é uma aula de teoria, certo? — Dei uma olhada para Stan, que me observava com um olhar violento. Ele e eu tínhamos um longo e desagradável histórico de conflitos em sala de aula, e eu suspeitei naquele momento que estávamos prestes a enveredar por mais um. — Então, eu só quero entender o que deu errado no início disso tudo.

Preciso admitir uma coisa: minha mãe tinha um autocontrole muito maior do que o meu. Se os papéis estivessem invertidos, eu teria saído da frente da sala e dado um soco em mim naquele exato instante. O rosto dela, no entanto, manteve a mesma expressão calma. Ela apenas apertou um pouco os lábios. Aquele foi o único sinal de que eu a estava irritando.

— Não é tão simples — respondeu. — O lugar tinha uma arquitetura interior bastante complexa. Nós o inspecionamos de cima a baixo e não encontramos nada. Provavelmente os Strigoi se infiltraram quando a festa já tinha começado. Ou então havia passagens e quartos secretos que nós desconhecíamos.

A turma toda soltou exclamações de surpresa e excitação com a ideia de passagens secretas, mas eu, mais uma vez, não me deixei impressionar.

— Então, o que você está dizendo é que ou vocês falharam por não descobrir as passagens secretas quando fizeram a inspeção do lugar, ou eles passaram pela a segurança que vocês armaram para a festa. Continua parecendo que vocês deram mancada de um jeito ou de outro.

Os lábios dela se apertaram ainda mais, e o seu tom de voz ficou gélido.

— Nós fizemos o melhor que podíamos numa situação inteiramente fora do comum. Compreendo que uma pessoa no seu nível de aprendizagem talvez encontre dificuldades em ver as complicações por trás de tudo o que estou descrevendo, mas, quando tiver aprendido o suficiente para ir além da teoria, você verá como as coisas são diferentes quando se está trabalhando no mundo real e há vidas em suas mãos.

— Sem dúvida — concordei. — Quem sou eu para questionar seus métodos? Ou melhor, o que proporcionou a você a oportunidade de ganhar suas marcas *molnija*, não é mesmo?

— Senhorita Hathaway. — O timbre profundo da voz de Stan trovejou pela sala. — Por favor, apanhe suas coisas e espere lá fora até a aula terminar.

Eu o encarei espantada.

— Está falando sério? Desde quando não é mais permitido fazer perguntas?

— O que não é permitido é uma atitude como a sua. — Ele apontou para a porta. — Saia.

Fez-se um silêncio ainda mais pesado e profundo do que o que se abatera na sala quando minha mãe contou a história. Eu fiz o que pude para não me acovardar sob os olhares dos guardiões e aprendizes. Aquela não era a primeira vez que eu era expulsa da aula de Stan. Também não era a primeira vez que eu era expulsa da aula de Stan na frente de Dimitri. Joguei a mochila no ombro, atravessei o curto caminho entre a minha carteira e a porta — que pareceu ter quilômetros de distância — e evitei o olhar da minha mãe quando sai da sala.

Mais ou menos cinco minutos antes de a aula terminar, ela saiu da sala e foi até o lugar onde eu estava sentada no corredor. Colocou as mãos na cintura e me olhou de cima daquele jeito irritante que fazia com que ela parecesse mais alta do que de fato era. Não era justo que alguém quase quinze centímetros mais baixa do que eu conseguisse fazer com que eu me sentisse tão pequena.

— Bom, estou vendo que os seus modos não melhoraram nada.

Eu me levantei e me senti mais forte.

— Foi bom ver você também. Fiquei surpresa de você ter me reconhecido. Na verdade, quando vi que estava aqui e que nem se deu ao trabalho de me avisar, fiquei achando que você nem se lembrava mais da minha existência.

Ela tirou as mãos da cintura e cruzou os braços no peito, assumindo, se é que isso era possível, uma postura ainda mais impassível.

— Não posso negligenciar meu trabalho para ficar dando colo a você.

— Dar colo? — perguntei. Aquela mulher, em toda a sua vida, jamais me dera colo. Fiquei impressionada por ela conhecer aquela expressão.

— Eu não podia mesmo esperar que você entendesse. Pelo que eu ouvi, você nem sabe o que significa "trabalho".

— Eu sei muito bem o que significa — rebati com uma voz intencionalmente arrogante. — Bem melhor do que a maioria das pessoas.

Ela arregalou os olhos com deboche, fingindo surpresa. Eu lançava olhares sarcásticos como aquele o tempo todo e não gostei nem um pouco que ele estivesse direcionado para mim.

— Ah, é mesmo? Onde você esteve nos últimos dois anos?

— E onde você esteve nos últimos cinco? — questionei. — Se ninguém tivesse avisado, você saberia que eu tinha fugido?

— Não vire o assunto para mim. Estive longe porque precisei. *Você* fugiu para fazer compras e ficar acordada até tarde.

Minha mágoa e constrangimento se transformaram em pura fúria. Pelo jeito eu jamais me livraria das consequências de ter fugido com Lissa.

— Você não faz a menor ideia do que me fez fugir — disse eu. Meu tom de voz começou a se elevar. — E você não tem o direito de fazer suposições sobre a minha vida já que você não sabe nada dela.

— Eu li os relatórios sobre o que aconteceu. Você tinha motivos para se preocupar, mas agiu de forma incorreta. — As palavras dela eram formais e ríspidas. Parecia estar dando uma aula. — Você deveria ter procurado ajuda.

— Não havia ninguém para me ajudar. Ninguém em quem eu pudesse confiar inteiramente. Além do mais, aqui a gente está aprendendo que é preciso pensar com independência.

— Isso — respondeu ela. — Coloque a ênfase no *aprendizado*. Algo que você perdeu durante dois anos. Não está em condições de me dar lições sobre protocolos de guardião.

Eu tinha a capacidade de manter uma argumentação violenta; era algo que a minha natureza me impelia a fazer. Então eu estava acostumada a me defender e a ser insultada. Eu era dura na queda. Mas, por alguma razão, perto dela — nos breves momentos em que ela estava por perto — sempre me senti como se tivesse três anos de idade. A atitude dela me humilhava, e, quando mencionou os treinamentos que eu perdi — um assunto que ainda me incomodava —, me senti ainda pior. Cruzei os braços, imitando a postura assumida por ela, e tentei armar um olhar convencido.

— Ah, é? Mas não é isso o que os meus professores pensam. Mesmo tendo perdido todo esse tempo, ainda assim eu consegui alcançar o nível dos meus colegas de turma.

Ela demorou um pouco a responder. Finalmente, com uma voz seca, ela disse:

— Se você não tivesse fugido, já os teria superado.

Virando-se como uma militar, ela seguiu pelo corredor. No minuto seguinte, o sinal tocou e a turma toda saiu da sala de Stan, enchendo o corredor.

Nem Mason conseguiu me animar depois daquilo. Passei o resto do dia chateada e com raiva, certa de que todos estavam comentando sobre minha mãe e eu. Não almocei e fui para a biblioteca ler um livro sobre fisiologia e anatomia.

Quando chegou a hora do treinamento com Dimitri depois do horário escolar, eu praticamente me lancei para cima dos bonecos de borracha. Com o punho fechado, dei um soco no peito de um deles, bem perto do centro e só um pouco para a esquerda.

— Aqui — disse a ele. — O coração fica aqui, e antes dele tem o esterno e as costelas. Pode me dar a estaca agora?

Cruzei os braços e levantei o olhar para ele, triunfante, esperando que me cobrisse de elogios pela minha sabedoria. Em vez disso, ele fez apenas um sinal afirmativo com a cabeça, como se eu já devesse saber aquilo tudo. E, realmente, eu deveria saber.

— E como você faz para passar pelo esterno e pelas costelas? — perguntou.

Suspirei. Só porque eu sabia a resposta para uma pergunta ele me fazia outra? Como não adivinhei que isso aconteceria?

Passamos a maior parte do treino trabalhando essa questão. Ele fez demonstrações de várias técnicas que levariam a mortes mais rápidas. Todos os movimentos eram ao mesmo tempo graciosos e mortais. Ele os fazia de um jeito que não parecia exigir quase nenhum esforço, mas eu sabia que não era bem assim.

Quando ele de repente estendeu a mão e me ofereceu a estaca, eu, a princípio, não entendi.

— Você está me dando a estaca?

Os olhos dele faiscaram.

— Não acredito que você está recuando. Imaginei que você fosse apanhá-la e sair correndo imediatamente.

— Você não está sempre me ensinando a recuar? — perguntei.

— Não diante de tudo.

— Mas diante de *algumas* coisas.

Percebi o duplo sentido que eu tinha dado às palavras e me perguntei de onde viera aquilo. Já tinha entendido que existiam muitos motivos para que eu não devesse nem pensar mais nele romanticamente. Mas, de vez em quando, eu dava uns deslizes e ansiava que ele correspondesse. Teria sido bom saber que ele ainda me queria. Só que, estudando a expressão do rosto dele naquele momento, percebi que talvez ele nunca mais caísse em tentação porque eu não o tirava mais do sério. Pensar nisso me entristecia.

— Isso mesmo — disse ele, deixando bem claro que estávamos falando estritamente de questões de aprendizado. — É como tudo o mais. Equilíbrio. Saber para que coisas devemos nos lançar e quais devemos deixar quietas. — Ele enfatizou bem a última alternativa.

Nossos olhares se cruzaram por um instante, e eu senti uma eletricidade correr pelo meu corpo. Ele sabia do que eu estava falando. E, como sempre, ignorava e se portava apenas como professor e fazia exatamente o que tinha que fazer. Com um suspiro, arranquei da cabeça os meus sentimentos por ele e tentei me lembrar de que estava prestes a botar as mãos na arma na qual eu ansiara tocar desde criança. A lembrança da casa dos Badica me veio à cabeça mais uma vez. Os Strigoi rondavam lá fora. Eu precisava manter o foco.

Com hesitação, quase com reverência, estiquei o braço e envolvi o punho da arma com os dedos. Senti o metal frio formigar minha pele. O punho tinha entalhes para que se pudesse segurá-lo com mais firmeza, mas, ao passar os dedos por ele, achei a superfície tão lisa quanto vidro. Tirei a estaca da mão de Dimitri e a trouxe para perto de mim. Passei um bom tempo estudando a forma e me acostumando com o peso. A ansiedade me instigava a me virar e atravessar cada um dos bonecos com ela, mas, em vez disso, olhei para ele e perguntei:

— O que eu devo fazer primeiro?

Como sempre fazia, Dimitri me ensinou o básico antes, lapidando o jeito como eu deveria segurar e movimentar a estaca. Por fim, mais tarde, ele me deixou atacar um dos bonecos, e eu de fato descobri que exigia mesmo muito esforço para atingir o coração. A evolução humana tinha feito um bom trabalho protegendo esse órgão vital com o esterno e as costelas. No entanto, durante todo o treinamento, Dimitri se manteve diligente e paciente, guiando cada passo e me corrigindo nos mínimos detalhes.

— Escorregue a estaca para cima, entre as costelas — explicou ele, vendo que eu tentava encaixar a ponta da estaca em um buraco em meio aos ossos. — Assim é mais fácil, já que você é mais baixa do que a maioria dos Strigoi. E você pode também fazê-la entrar por debaixo da ponta da última costela.

Quando terminou o treino, ele pegou a estaca de volta e fez um sinal de aprovação com a cabeça.

— Bom. Muito bom.

Fiquei surpresa. Ele não era de fazer elogios.

— Mesmo?

— Nem parece que foi sua primeira aula.

Senti um sorriso largo se espalhar pelo meu rosto enquanto nós dois nos encaminhávamos para a saída do ginásio. Quando nos aproximamos da porta, vi que havia um boneco com cabelos cacheados avermelhados. Tudo o que tinha acontecido na aula de Stan me veio de volta à mente. Fechei a cara.

— Posso apunhalar aquele ali na próxima vez?

Ele apanhou o casaco e o vestiu. Era um casaco marrom e comprido, feito de couro. Parecia muito com um sobretudo de caubói, embora ele nunca o admitisse. Ele tinha um fascínio secreto pelo Velho Oeste. Eu não entendia muito bem aquilo, na verdade, mas não era só isso que eu não entendia sobre ele. Seu estranho gosto musical era algo incompreensível para mim.

— Acho que não seria saudável — disse.

— Seria melhor do que apunhalar a pessoa real — grunhi, jogando minha mochila nas costas. Saímos do ginásio.

— A violência não é a solução para os seus problemas — disse ele sabiamente.

— É ela quem tem problemas. E eu achava que o ponto central de todo meu aprendizado aqui estivesse no fato de que a violência é, sim, a solução.

— Apenas com quem é violento com você. A sua mãe não está atacando você. Vocês duas são só muito parecidas, é isso.

Eu parei de andar.

— Eu não sou nem um pouco parecida com ela! Quer dizer... só os olhos. Mas eu sou bem mais alta. E meu cabelo é completamente diferente. — Apontei para o rabo de cavalo, para o caso de ele não ter percebido que o meu cabelo cheio e castanho não se parecia em nada com os cachos ruivos dela.

Ele ainda estava com uma expressão divertida no rosto, mas também exibia uma preocupação no olhar.

— Você sabe bem que não estou falando de aparência física.

Desviei os olhos daquele olhar familiar. Minha atração por Dimitri começara quase quando nos conhecemos — e não foi só porque ele era tão bonito. Eu sentia que ele compreendia uma parte de mim que nem eu mesma compreendia, e às vezes tinha certeza de que eu compreendia partes dele que ele não entendia.

O único problema era que ele tinha a tendência irritante de ressaltar coisas sobre mim que eu *não queria* compreender.

— Você acha que eu sinto ciúme?

— Você sente? — perguntou ele. Eu odiava quando ele respondia minhas perguntas com outra pergunta. — Se sim, do que exatamente você sente ciúme?

Olhei para Dimitri.

— Não sei. Talvez eu queira ter a reputação dela. Talvez eu sinta ciúme porque ela dedica mais tempo para cuidar dessa reputação do que de mim. Não sei.

— Você não acha que o que ela fez foi incrível?

— Acho. Não. Eu não sei. É que soou um pouco... Não sei... Um pouco como se ela estivesse se vangloriando. Como se tivesse feito tudo aquilo só pela glória. — Dei um sorriso sarcástico. — Pelas marcas.

As marcas *molnija* eram tatuagens que os guardiões ganhavam quando matavam um Strigoi. Cada uma parecia um pequeno X feito de raios. Eram tatuadas na nuca e mostravam o nível de experiência que um guardião tinha.

— Você acha que vale a pena encarar um Strigoi só para ganhar uma marca? Eu achei que você tinha aprendido alguma coisa na casa dos Badica.

Eu me senti uma idiota.

— Não é isso que eu estou...

— Venha.

Parei de andar.

— O quê?

Estávamos indo para o meu dormitório, mas, de repente, ele fez um sinal com a cabeça em direção ao lado oposto do campus.

— Quero mostrar uma coisa a você.

— O que é?

— Quero que você veja que nem todas as marcas são medalhas de honra.

CINCO

Eu não fazia a menor ideia do que Dimitri estava falando, mas o segui, obediente.

Para minha surpresa, ele me levou para fora dos limites do campus, para o bosque que circundava a escola. A escola era proprietária de muitas terras, mas nem toda a sua extensão era de fato usada com objetivos educacionais. Estávamos numa região remota de Montana, e, de vez em quando, eu tinha a impressão de que a escola se mantinha isolada no meio de um mundo selvagem que parecia querer ultrapassar as fronteiras que os separavam.

Caminhamos em silêncio por um tempo, e nossos pés rangiam no contato com a neve grossa e inquebrável. Alguns pássaros atravessaram o caminho voando, e saudando, com seu canto, o sol nascente, mas o que mais vi foram árvores tortas, daquelas que não perdem as folhas no inverno, carregadas de neve. Tive que fazer algum esforço para acompanhar os passos largos de Dimitri, especialmente porque a neve atrapalhava um pouco o meu ritmo habitual. Depois de um tempo eu vi, logo adiante, uma espécie de construção grande e escura.

— O que é aquilo? — perguntei.

Antes que ele respondesse, distingui uma pequena choupana feita de troncos de árvore. Observando mais de perto, vi que algumas partes dos troncos pareciam velhos e podres. O telhado estava meio danificado.

— Antigos postos de vigia — disse ele. — Alguns guardiões moravam nas fronteiras do campus e mantinham a vigilância contra os Strigoi.

— Por que não fazem mais isso?

— Não temos guardiões suficientes. E, além disso, os Moroi cercaram o campus com anéis de proteção com mágica tão intensa que a maioria não julga necessário manter postos de vigília.

Desde que não apareçam humanos dispostos a quebrar a magia com estacas, pensei.

Por um breve instante, me diverti com a esperança de que Dimitri estivesse me levando para algum refúgio romântico. Então ouvi vozes do lado oposto à choupana. Um zumbido familiar de sentimentos se infiltrou na minha mente. Lissa estava lá.

Dimitri e eu demos a volta ao redor da casa, e nos deparamos com uma cena surpreendente. Havia um pequeno lago congelado ali, e Christian e Lissa estavam patinando. Uma mulher que eu não conhecia os acompanhava, mas estava de costas para mim. Só pude ver uma onda de cabelos bem pretos que ondulavam enquanto ela deslizava pelo gelo, evoluindo para uma parada graciosa.

Lissa abriu um sorriso largo quando me viu.

— Rose!

Christian deu uma olhada para mim quando ela me cumprimentou, e eu tive a nítida impressão de que ele sentiu como se eu estivesse me intrometendo no momento romântico deles.

Lissa veio caminhando em passos meio desequilibrados até a beira do lago. Ela não era muito adepta da patinação no gelo.

Eu só pude olhar espantada; e com ciúme.

— Obrigada por me convidar para a festa — reclamei.

— Imaginei que você estaria ocupada — disse ela. — E isso é um segredo. Nós não devíamos estar aqui.

Eu poderia ter dito isso a eles.

Christian veio patinando para perto dela, e a mulher desconhecida o seguiu.

— Você está trazendo penetras para a festa, Dimka? — perguntou ela.

Não entendi com quem ela estava falando até ouvir a risada de Dimitri, e aí fiquei ainda mais surpresa.

— É impossível manter Rose longe dos lugares em que ela não deveria estar. Ela sempre acaba encontrando-os.

A mulher sorriu e se virou, jogando os cabelos longos sobre um dos ombros, de modo que eu pude ver, de súbito, o rosto inteiro dela. Precisei usar cada grama do meu já duvidoso autocontrole para não reagir. Seu rosto em forma de coração ostentava olhos grandes da mesma cor dos de Christian, um azul pálido invernoso. Os lábios que sorriam para mim eram delicados e gentis, pintados com um batom cor-de-rosa que os destacavam do resto de seu semblante.

Mas, atravessando o lado esquerdo do rosto, desfigurando a pele que já tinha sido lisa e branca, se espalhavam cicatrizes arroxeadas. O formato delas dava a impressão de que alguém a mordera e arrancara parte da bochecha. Eu percebi logo em seguida que era exatamente o que tinha acontecido.

Engoli em seco. Eu sabia quem era aquela mulher. Era a tia de Christian. Quando os pais dele se transformaram em Strigoi, voltaram para buscá-lo, com a intenção de escondê-lo até que crescesse e pudesse ser também transformado. Eu não conhecia todos os detalhes da história, mas sabia que a tia os afastara dele. No entanto, os Strigoi são letais. Ela os distraiu o suficiente até que os guardiões chegassem, mas não foi o suficiente para que saísse do combate totalmente ilesa.

Ela esticou a mão coberta por uma luva.

— Tasha Ozera — disse. — Ouvi falar muito de você, Rose.

Lancei um olhar ameaçador para Christian, e Tasha riu.

— Não se preocupe — disse. — Só ouvi coisas boas.

— Não foram só coisas boas, não — retrucou ele.

Ela balançou a cabeça demonstrando exasperação.

— Sinceramente, eu não sei onde ele aprendeu a se comportar de maneira tão horrível. Não foi comigo.

Isso era evidente, pensei.

— O que vocês estão fazendo aqui fora? — perguntei.

— Eu queria passar algum tempo com estes dois. Mas não gosto muito de ficar dentro da escola. Acho que o ambiente nem sempre é muito hospitaleiro...

De início, eu não entendi o que ela quis dizer. Os funcionários da escola eram sempre reverentes quando os membros da realeza visitavam a instituição. Então eu entendi.

— Por causa... por causa do que aconteceu...

Levando em conta a maneira como Christian era tratado por todos por causa dos pais, eu não devia ter me surpreendido ao ver que sua tia enfrentava o mesmo tipo de discriminação.

Tasha deu de ombros.

— As coisas são desse jeito mesmo. — Ela esfregou as mãos uma na outra e suspirou, formando com a respiração uma nuvem gelada no ar. — Mas não vamos ficar aqui no frio se podemos acender uma lareira lá dentro.

Lancei um último olhar pensativo para o lago congelado e segui os outros para dentro. A choupana estava vazia, coberta com camadas de poeira e sujeira. Tinha um único cômodo. Os poucos móveis se resumiam a uma cama estreita sem cobertas em um dos cantos e algumas prateleiras, provavelmente usadas no passado para estocar comida. E havia a lareira, então logo fizemos um fogo que aqueceu o pequeno ambiente. Sentamos, amontoados, perto do calor, e Tasha abriu um saco de *marshmallows* para assarmos nas chamas.

Enquanto nos deleitávamos com aquelas guloseimas grudentas, Lissa e Christian conversavam bem à vontade e descontraídos como sempre. Para minha surpresa, Tasha e Dimitri também conversavam com familiaridade e leveza. Eles certamente se conheciam havia muito tempo. Na verdade, eu nunca o vira tão animado. Mesmo quando era carinhoso comigo, ele sempre mantinha um ar sério. Com Tasha, ele gracejava e dava risadas.

Quanto mais eu a ouvia falar, mais gostava dela. Por fim, sem conseguir me manter fora da conversa, eu perguntei:

— Então, você também vai para a estação de esqui?

Ela fez que sim com a cabeça. Reprimindo um bocejo, se espreguiçou como um gato.

— Eu não esquio há anos. Não tenho tempo. Guardei todas as minhas férias para esse passeio.

— Férias? — Olhei para ela com surpresa. — Você tem... um emprego?

— Infelizmente, sim — disse Tasha, embora não parecesse triste com isso. — Dou aulas de artes marciais.

Olhei para ela com espanto. Eu teria ficado menos surpresa se ela tivesse dito que era astronauta ou vidente, daquelas que dão consultas por telefone.

Muitos membros da realeza simplesmente não trabalham, e os que trabalham geralmente se dedicam a algum tipo de investimento, ou a um negócio especulativo ou a alguma forma de aumentar a fortuna da família. E os que trabalham de fato certamente não se dedicam a artes marciais nem nada que exija muita atividade física. Os Moroi têm qualidades incríveis: sentidos extremamente apurados — olfato, visão e audição — e a capacidade de manejar a magia. Mas, fisicamente, eles são altos e esguios e, em geral, a ossatura é leve. Eles também enfraquecem se expostos à luz solar. É verdade que essas coisas não são impedimentos para uma pessoa praticar algum tipo de luta, mas dificultam bastante, tornando a tarefa um desafio. Por anos os Moroi alimentaram a ideia de que o melhor ataque era uma boa defesa, e a maioria se esquivou da perspectiva de enfrentar conflitos físicos. Eles se escondiam em lugares bem-protegidos, como a escola, sempre confiando em dampiros mais fortes e resistentes para mantê-los a salvo.

— E então, Rose? — Christian parecia estar se divertindo demais com a minha surpresa. — Acha que a venceria numa luta?

— É difícil dizer — respondi.

Tasha abriu um largo sorriso.

— Você está sendo modesta. Eu já vi vocês em ação. A luta para mim é apenas um hobby.

Dimitri riu discretamente.

— Agora quem está sendo modesta é você. Você poderia ensinar muita coisa para os alunos daqui.

— Pouco provável — disse ela. — Seria bastante constrangedor apanhar de um bando de adolescentes.

— Não acho que isso aconteceria — falou ele. — Eu me lembro bem dos estragos que você fez em Neil Szelsky.

Tasha revirou os olhos.

— Jogar meu drinque na cara dele não foi o que eu chamaria de um grande estrago. A não ser que você considere estrago o que a bebida fez com o terno dele. E nós sabemos bem como ele se preocupa com o que veste.

Os dois riram da piada interna que não pudemos acompanhar, mas eu estava com a minha atenção dividida. O que ainda me intrigava era como ela tinha lutado com os Strigoi.

O autocontrole que eu mantivera até aquele momento finalmente acabou.

— Você começou a aprender a lutar antes ou depois do que aconteceu com o seu rosto?

— Rose! — Lissa me censurou rispidamente.

Mas Tasha não pareceu se incomodar. Tampouco Christian, e ele geralmente sentia-se bastante desconfortável quando o assunto era o ataque que envolvera seus pais. Ela me observou com um olhar pensativo e equilibrado. Lembrou-me o olhar com que Dimitri às vezes me encarava quando eu o surpreendia com alguma coisa que ele aprovava.

— Depois — disse ela. Ela não baixou o olhar nem se mostrou constrangida, mas eu senti uma tristeza nela. — O que você sabe sobre essa história?

Olhei para Christian.

— O básico.

Ela assentiu.

— Eu sabia… Eu sabia no que Lucas e Moira tinham se transformado, mas mesmo assim eu não estava preparada. Nem psicológica, nem física, nem emocionalmente. Acho que, se tivesse que passar por tudo aquilo de novo, ainda não estaria preparada. Mas, depois daquela noite, olhei para mim mesma, metaforicamente falando, e me dei conta de como era indefesa. Passei toda a minha vida esperando que os guardiões me protegessem e tomassem conta de mim. E não estou querendo dizer com isso que os guardiões não conseguem cumprir essa função. Como já disse, você provavelmente me venceria numa luta. Mas eles, Lucas e Moira, destruíram nossos dois guardiões antes mesmo que pudéssemos perceber o que estava acontecendo. Eu os mantive longe de Christian, mas com muita dificuldade. Se outros guardiões não tivessem aparecido, eu estaria morta, e ele teria sido… — Ela fez uma pausa, franziu o rosto e depois retomou a fala. — Decidi que não morreria daquele jeito, não sem lutar e fazer tudo o que estivesse ao meu alcance para me proteger e para proteger quem eu amo. Então me dediquei a aprender todo tipo de autodefesa. E, depois de algum tempo, não conseguia mais me ajustar ao convívio com a alta sociedade daqui. Então me mudei para Mineápolis e passei a me sustentar como professora.

Eu não duvidava de que outros Moroi morassem em Mineápolis, mas, não sei por quê, consegui ler as palavras não ditas por ela. Estava claro que ela se mudara para lá e passara a viver no mundo dos humanos, mantendo-se afastada dos outros vampiros, como Lissa e eu tínhamos feito por dois anos. Comecei a me perguntar se não haveria mais coisas não ditas que eu não tinha percebido. Ela disse que aprendeu "todo tipo de autodefesa", então não foram só artes marciais. Os Moroi não só acreditavam que a melhor arma era a defesa, mas também achavam que a magia não devia ser usada como arma. Há muito tempo ela fora usada com esse fim, e alguns Moroi ainda a usavam secretamente. Christian, eu bem sabia, era um deles. Então me veio um palpite certeiro sobre com quem ele aprendera a usar a magia daquele jeito.

Um silêncio se abateu sobre nós. É difícil prosseguir com uma conversa depois de ouvir uma história tão triste como aquela. Mas Tasha, eu logo percebi, era dessas pessoas que conseguem sempre levantar o humor de um grupo. Isso fez com que eu gostasse dela ainda mais, e ela passou o resto do tempo nos contando histórias divertidas. Ela não se comportava como se fosse superior, como a maioria dos membros da realeza fazia, e sabia os podres de muita gente. Dimitri conhecia muitas das pessoas que ela mencionou — sinceramente, como uma pessoa tão antissocial podia conhecer todo mundo tanto entre os Moroi quanto entre os guardiões? — e até acrescentou algum detalhe a uma ou outra história. Estávamos dando gargalhadas até Tasha finalmente olhar as horas no relógio.

— Qual é o melhor lugar para uma garota fazer compras por aqui? — perguntou ela.

Lissa e eu trocamos olhares.

— Missoula — dissemos juntas.

Tasha suspirou.

— Fica a umas duas horas daqui, mas, se eu sair cedo, acho que chego a tempo de fazer algumas compras antes de as lojas fecharem. Estou bem atrasada com as compras de Natal.

— Eu poderia matar alguém só para fazer umas comprinhas — resmunguei.

— Eu também — disse Lissa.

— Quem sabe não podemos dar uma escapada e irmos juntas? — Lancei um olhar esperançoso para Dimitri.

— Não — respondeu ele sem demora. Desta vez fui eu quem deu um profundo suspiro.

Tasha bocejou novamente.

— Vou precisar de uma xícara de café para não dormir ao volante.

— Um dos seus guardiões não pode dirigir por você?

Ela fez que não com a cabeça.

— Não tenho guardiões.

— Não tem... — Franzi as sobrancelhas, digerindo as palavras dela. — Você não tem nenhum guardião?

— Não.

Não pude acreditar.

— Mas isso não é possível! Você é da realeza. Deveria ter pelo menos um. Deveria ter dois, na verdade.

Os guardiões eram distribuídos entre os Moroi de maneira obscura e supercontrolada pelo Conselho de Guardiões. Era um sistema um pouco injusto, considerando o desequilíbrio entre os guardiões a que diferentes Moroi tinham direito. Os que não eram da realeza normalmente conseguiam obter guardiões por um sistema de loteria. Já aos membros da realeza sempre era concedido ao menos um. Membros da alta realeza frequentemente angariavam mais de um, mas mesmo os menos favorecidos em títulos recebiam pelo menos um guardião.

— Os Ozera não são exatamente os primeiros da fila quando se trata de destinar guardiões familiares — disse Christian com mágoa. — Desde que meus pais morreram... houve uma espécie de "corte" no número de guardiões para nós.

A raiva me subiu à cabeça.

— Mas isso não é justo. Eles não podem punir você pelo que os seus pais fizeram.

— Não é uma punição, Rose. — Tasha não demonstrou nem de longe a mesma raiva que eu achava que ela deveria sentir. — É apenas... uma reorganização de prioridades.

— Mas isso é o mesmo que deixar vocês indefesos. Vocês não podem ficar circulando por aí sozinhos!

— Não estou indefesa, Rose. Já disse isso a você. E, se eu realmente quisesse ter um guardião, poderia reivindicar e me tornar um incômodo para eles, mas essa é uma chateação que não vale a pena. Estou muito bem assim.

Dimitri olhou para ela.

— Quer que eu vá com você?

— E fazer você ficar acordado a noite inteira? — Tasha fez que não com a cabeça. — Eu não faria isso com você, Dimka.

— Ele não se importa — disse eu rapidamente, empolgada com aquela solução.

Dimitri pareceu se divertir com o fato de eu ter falado por ele, mas não me contradisse.

— Não me importo mesmo.

Ela hesitou.

— Está bem, mas então devemos sair logo.

Nossa festinha ilícita se dispersou. Os Moroi caminharam numa direção; Dimitri e eu tomamos outro caminho. Ele e Tasha combinaram de se encontrar em meia hora.

— Então, o que você achou dela? — perguntou ele quando ficamos sozinhos.

— Gostei dela. Ela é muito legal. — Fiquei em silêncio por um instante. — E entendi o que você quis me dizer sobre as marcas.

— Entendeu mesmo?

Fiz que sim, olhando para os meus próprios passos enquanto caminhávamos pela trilha. Mesmo sem a neve e com o caminho coberto de sal, meus pés ainda apanhavam camadas ocultas de gelo.

— Ela não fez o que fez para alcançar glória alguma. Ela o fez porque precisou. Assim como… assim como a minha mãe. — Detestei ter que admitir, mas era verdade. Janine Hathaway podia ser a pior mãe do mundo, mas era uma excelente guardiã. — As marcas não são importantes. Sejam elas *molnija* ou cicatrizes.

— Você aprende rápido — aprovou.

Deliciei-me com o elogio.

— Por que ela chama você de Dimka?

Ele deu uma risada suave. Tinha ouvido muito dessa risada naquela noite e senti que gostaria de ouvi-la mais vezes.

— É um apelido para Dimitri.

— Isso não faz nenhum sentido. Não soa nem um pouco parecido com Dimitri. Um bom apelido para você seria, talvez, Dimi ou algo assim.

— Mas em russo os apelidos são assim — disse ele.

— O russo é uma língua estranha. — Em russo, o apelido de Vasilisa era Vasya, o que para mim não fazia o menor sentido.

— A língua inglesa também é.

Olhei para ele com alguma malícia.

— Se você me ensinasse alguns palavrões em russo, eu apreciaria melhor a língua.

— Você já usa palavrões demais.

— Estou apenas expressando meus sentimentos.

— Ah, Roza... — suspirou ele, e eu senti uma excitação me fazer cócegas. "Roza" era o meu nome em russo. Ele raramente me chamava assim. — Você expressa seus sentimentos mais do que qualquer pessoa que eu conheço.

Sorri e continuei andando um pouco em silêncio. Meu coração se acelerou um pouco — eu estava tão feliz de caminhar ao lado dele. Havia algo de aconchegante e *certo* em estarmos juntos daquele jeito.

Mesmo flutuando de alegria, minha mente se agitava com algo que eu estava matutando.

— Sabe de uma coisa? Tem algo estranho com as cicatrizes de Tasha.

— O quê? — perguntou ele.

— As cicatrizes... Elas modificaram o rosto dela — fui falando devagar. Estava com dificuldades de colocar meus pensamentos em palavras. — Quer dizer, é evidente que ela devia ser muito bonita antes. Mas, mesmo agora, com as cicatrizes... Não sei. Ela continua bonita, só que de um jeito diferente. É como se... como se as marcas fizessem parte dela. Como se a completassem. — Pareceu uma observação tola, mas era verdade.

Dimitri não disse nada, mas me lançou um longo olhar com o canto dos olhos. Eu devolvi o olhar e, quando eles se encontraram, vi um breve relance daquela velha atração que sentíamos um pelo outro. Foi efêmero e logo terminou, mas registrei o momento. O orgulho e a aprovação substituíram aquele olhar, e isso era quase tão bom quanto.

Quando ele falou novamente, foi para ecoar o que tinha dito antes.

— Você aprende rápido, Roza.

SEIS

No dia seguinte fui caminhando, de bem com a vida, em direção ao ginásio para o meu treino diário antes das aulas. O encontro secreto na noite anterior tinha sido superdivertido, e eu estava cheia de orgulho por ter reagido contra o sistema e encorajado Dimitri a ir para a cidade com Tasha. E, o que era melhor ainda: tinha treinado pela primeira vez com a estaca de prata e me saíra muito bem. Feliz da vida, eu mal podia esperar para usá-la novamente.

Depois de vestir as roupas de treinamento, fui praticamente saltando para o ginásio. Mas, quando meti a cabeça no interior da sala de treinamento, vi que ela estava escura e silenciosa. Acendi a luz e inspecionei todo o local, imaginando que talvez Dimitri tivesse preparado algum tipo estranho de treinamento. Nada. A sala estava vazia. Nada de estacas também.

— Merda — resmunguei.

— Ele não está aqui.

Soltei um grito de susto e saltei quase três metros para trás. Ao me virar, dei de cara com os olhos castanhos e intensos de minha mãe.

— O que você está fazendo aqui? — Assim que as palavras saíram da minha boca, percebi qual seria a resposta pelas roupas que ela estava vestindo. Uma camiseta de elastano de mangas curtas. Calças largas de ginástica amarradas na cintura por um cordão, semelhantes às que eu estava usando. — Merda — disse novamente.

— Veja lá como fala — falou ela rispidamente. — Se você quer se comportar como se não tivesse educação alguma, ao menos tente não usar um vocabulário tão chulo.

— Onde está Dimitri?

— O *guardião Belikov* está no quarto. Voltou há apenas duas horas e precisa dormir.

Outro xingamento me veio aos lábios, mas eu o reprimi. É claro que Dimitri estava dormindo. Ele tinha ido com Tasha até Missoula para chegar lá ainda durante o horário de compras dos humanos. Basicamente ele ficara acordado durante toda a noite escolar e provavelmente acabara de voltar. Droga. Eu não o teria encorajado a ajudá-la com tanto entusiasmo se soubesse que resultaria *nisso*.

— Bom — já fui falando —, imagino que o treinamento tenha sido cancelado, então…

— Pare de falar e ponha isso.

Ela me entregou umas luvas de luta. Eram parecidas com luvas de boxe, só que menos grossas e cheias, mas eram usadas para o mesmo objetivo: proteger as mãos e impedir você de cravar as unhas no oponente.

— Nós estávamos trabalhando com estacas de prata — reclamei, mal-humorada, enquanto enfiava as luvas nas mãos.

— Pois hoje vai ser outra coisa. Vamos.

Desejei que um ônibus tivesse me atropelado no meio do caminho até o ginásio, mas a segui até o centro da sala. Os cabelos cacheados de minha mãe estavam presos para cima, para não atrapalhar os movimentos, revelando a parte de trás do pescoço. Ela tinha a nuca coberta de tatuagens. A primeira, no alto, era uma linha serpenteada: a marca do juramento, tatuada quando os guardiões se formavam em escolas como a São Vladimir e concordavam em cumprir sua função. Abaixo dela estavam as marcas *molnija* que os guardiões ganhavam a cada vez que matavam um Strigoi. Tinham o formato dos raios que inspiraram seu nome. Não consegui contar o número exato de marcas, mas posso afirmar que talvez ela não tivesse mais espaço no pescoço para outras tatuagens. Ela matara muitos quando estava no auge da forma.

Quando ela chegou ao lugar que queria, virou-se para mim e se colocou em postura de ataque. Meio esperando que ela saltasse em mim pelas laterais, imitei sua postura.

— O que você está fazendo? — perguntei.

— Exercícios básicos de defesa e ataque em dupla. Mantenha-se entre as linhas vermelhas.

— Só isso? — perguntei.

Ela saltou na minha direção. Eu me esquivei — mas foi por pouco — e tropecei nos meus próprios pés. Endireitei a postura rapidamente.

— Bom — disse ela, com um tom quase sarcástico —, como você parece gostar tanto de me lembrar, não a vejo há cinco anos. Não tenho ideia do que você sabe fazer.

Ela fez outro movimento de ataque para cima de mim, e mais uma vez eu mal pude me manter dentro dos limites das linhas vermelhas na tentativa de escapar dela. E foi assim durante todo o exercício. Ela não me deu nem uma chance de atacar. Ou talvez eu simplesmente não fosse hábil o suficiente para criar espaço para ataque. Passei todo o tempo me defendendo — pelo menos fisicamente. Tive que reconhecer para mim mesma, com má vontade, que ela era boa. *Muito* boa. Mas com certeza eu não diria isso a ela.

— Quer dizer, então, que este é o seu jeito de compensar a negligência maternal? — perguntei.

— Este é o meu jeito de fazer com que você pare com essa atitude agressiva. Desde que eu cheguei, você só foi arrogante comigo. Você quer brigar? — Ela fechou o punho e me atingiu no braço. — Então vamos brigar. Ponto.

— Ponto — reconheci, recuando para o meu lado do ringue. — Não quero brigar. Estava apenas tentando conversar com você.

— Fazer grosserias em sala de aula não é bem o que eu chamaria de conversar. Ponto.

Eu gemi ao ser atingida. Quando comecei os treinamentos com Dimitri, eu reclamava que não era justo ter que lutar com alguém trinta centímetros mais alto. Ele argumentou que eu teria que enfrentar muitos Strigoi mais altos do que eu e me disse ainda que o velho ditado era verdadeiro: tamanho não é documento. Às vezes eu pensava que ele estava me dando falsas esperanças, mas, a julgar pela performance da minha mãe ali no ringue comigo, estava começando a acreditar nele.

Eu nunca tinha lutado contra alguém menor que eu. Como não havia muitas meninas na minha turma, já tinha me conformado em ser mais baixa e mais frágil que meus oponentes. Mas minha mãe era ainda menor e parecia não ter nada além de músculos naquele corpo pequeno.

— Eu tenho um estilo de comunicação incomum, só isso — disse eu.

— Você tem essa pequena ilusão adolescente de que, de algum modo, foi tratada com negligência nos últimos dezessete anos. — Ela atingiu minha coxa com o pé. — Ponto. Mas, na verdade, você recebeu o mesmo tratamento que qualquer outro dampiro recebe. Pensando bem, foi até melhor. Eu poderia ter mandado você para morar com as minhas primas. Você quer ser uma prostituta de sangue? Era isso que você queria?

O termo "prostituta de sangue" sempre me fazia estremecer. Era uma expressão frequentemente usada para as mães solo dampiras que decidiam criar os filhos em vez de se tornarem guardiãs. Essas mulheres tinham breves relações amorosas com os Moroi e por isso eram malvistas — embora elas não pudessem realmente fazer nada quanto a isso, uma vez que os homens Moroi geralmente acabavam se casando com mulheres da raça deles. O termo "prostituta de sangue" vinha do fato de algumas mulheres dampiras deixarem os homens beberem o sangue delas durante o ato sexual. No nosso mundo, apenas humanos doavam sangue. Quando uma dampira faz isso, o ato é considerado uma perversão — especialmente durante o sexo. Eu suspeitava que apenas algumas mulheres dampiras faziam isso de verdade, mas, injustamente, o termo era aplicado a todas elas. Eu tinha fornecido sangue para Lissa quando nós fugimos da escola, e, embora tivesse sido um gesto necessário, o estigma ainda estava comigo.

— Não. É claro que eu não queria ser uma prostituta de sangue. — Minha respiração estava ficando pesada. — E nem todas elas são assim. Apenas algumas são de fato o que esse nome sugere.

— Elas criaram essa reputação para si mesmas — rosnou ela. Eu me desviei do ataque. — Elas deviam cumprir seu dever como guardiãs, e não continuar se envolvendo em casos amorosos com os Moroi.

— Elas estão cuidando dos filhos — grunhi. Eu queria gritar, mas não podia gastar o fôlego. — Uma coisa que você desconhece inteiramente. Por sinal, você não é igual a elas? Não vejo aliança no seu dedo. Meu pai não teve apenas um caso com você?

Ela enrijeceu a expressão do rosto, o que não significava muita coisa quando já se estava dando uma surra na própria filha.

— Você — disse ela, trincando os dentes — não sabe *nada* sobre isso. Ponto.

Estremeci com o golpe, mas fiquei feliz de ter tocado num ponto fraco dela. Eu não tinha ideia de quem era meu pai. A única informação que eu tinha era a de que ele era turco. Eu posso ter herdado de minha mãe as formas curvilíneas do corpo e o rosto bonito — embora eu possa dizer com presunção que eu era mais bonita —, mas a pele cor de amêndoa e os cabelos e olhos escuros eu tinha herdado dele.

— Como foi que aconteceu? — perguntei. — Você estava em alguma missão na Turquia? Conheceu ele em algum mercado de rua local? Ou foi algo ainda mais baixo do que isso? Você escolheu ele segundo a lógica da evolução, selecionando um cara que passaria para o filho os genes de um guerreiro? Quer dizer, eu sei que você só me teve para cumprir o seu dever, então imagino que precisasse ter certeza de que estaria gerando o melhor espécime possível para os guardiões.

— Rosemarie — me alertou ela entre os dentes trincados —, ao menos uma vez na sua vida, cale a boca.

— Por quê? Estou manchando a sua reputação? É como você falou: você também não é nem um pouco diferente das outras dampiras. Você dormiu com ele e...

Existe um motivo pelo qual dizem: "O orgulho precede a queda". Eu estava tão exaltada e convencida do meu próprio triunfo que parei de prestar atenção nos meus pés. Estava próxima demais da linha vermelha. Se a ultrapassasse, daria a ela mais um ponto, então eu me contorci para ficar dentro do limite e, ao mesmo tempo, me esquivar do golpe dela. Mas só consegui fazer uma dessas duas coisas. E o soco dela veio voando para mim, rápido e forte — e, o que talvez seja o mais importante, um pouco acima do permitido de acordo com as regras daquele tipo de exercício. Explodiu na minha cara com o poder de um caminhão pequeno, e eu voei para trás, batendo com as costas e depois com a cabeça no chão do ginásio. Eu estava fora das linhas vermelhas. Droga.

A dor me invadiu por trás da cabeça, e a minha visão ficou embaçada e cheia de pontos luminosos. Segundos depois, minha mãe estava debruçada sobre mim.

— Rose? Rose? Você está bem? — A voz dela estava rouca e apavorada. O mundo desapareceu por alguns instantes.

Em algum momento depois disso, surgiram outras pessoas e eu fui levada para a enfermaria da escola. Lá, alguém acendeu uma luz direcionada aos meus olhos e começou a me fazer perguntas incrivelmente idiotas.

— Qual é o seu nome?

— O quê? — perguntei, apertando os olhos contra a luz.

— O seu nome. — Reconheci a doutora Olendzki me examinando.

— Você sabe qual é o meu nome.

— Eu quero que você me diga.

— Rose. Rose Hathaway.

— Sabe qual é o dia do seu aniversário?

— É claro que eu sei. Por que você está me fazendo perguntas tão estúpidas? Perdeu a minha ficha?

A doutora Olendzki deu um suspiro de exasperação e se afastou, levando consigo aquela luz irritante.

— Acho que ela está bem — comentou. — Vou mantê-la aqui durante o horário escolar, só para me certificar de que não sofreu nenhuma concussão. Mas não quero que ela chegue nem perto das aulas práticas de guardiã.

Passei o dia dormindo e acordando, porque a doutora Olendzki me chamava o tempo todo para fazer testes. Ela também me deu um saco de gelo e pediu que eu o mantivesse próximo ao rosto. Depois de um tempo, quando as aulas já tinham terminado, ela concluiu que eu estava bem o suficiente para sair da enfermaria.

— Sério, Rose, você devia ter uma espécie de cartão ambulatorial como paciente constante. — Ela tinha um pequeno sorriso no rosto. — Um cartão destes que as pessoas com problemas crônicos como alergias e asma possuem. Acho que nunca vi nenhum outro aluno aqui dentro tantas vezes e em tão pouco tempo quanto você.

— Obrigada — respondi, sem saber ao certo se queria ter aquele cartão. — Então, nenhuma concussão?

Ela fez que não com a cabeça.

— Não. Mas você vai sentir um pouco de dor. Vou lhe dar um remédio para isso antes de você ir. — Então o sorriso dela se desmanchou, e ela pareceu subitamente nervosa. — Para ser honesta, Rose, acho que o estrago maior foi no seu rosto.

Eu me levantei depressa da cama.

— O que você quer dizer com "o estrago maior foi no meu rosto"?

Ela fez um gesto em direção ao espelho sobre a pia que havia do outro lado da sala. Corri até ele e vi meu reflexo.

— Filha da mãe!

Manchas roxas avermelhadas cobriam o lado esquerdo superior do meu rosto, principalmente perto do olho. Virei-me para a médica, desesperada.

— Isso vai sair logo, não vai? Se eu ficar colocando gelo o tempo todo?

Ela fez mais um sinal negativo com a cabeça.

— O gelo pode ajudar… mas eu acho que você vai ficar com o olho bem roxo. Vai estar pior amanhã, mas depois deve ir melhorando. Acredito que em mais ou menos uma semana voltará ao normal.

Saí da clínica com uma tonteira que não tinha nada a ver com o machucado na cabeça. Ficar boa em uma semana, mais ou menos? Como é que a doutora Olendzki podia falar uma coisa dessas de maneira tão casual? Será que ela não percebia o que estava acontecendo? Eu passaria todo o Natal e a viagem para a estação de esqui parecendo uma mutante. Estava com um olho roxo. Uma droga de olho roxo.

Um olho roxo feito pela minha mãe.

SETE

Empurrei com raiva as portas duplas que levavam até o dormitório dos Moroi. A neve redemoinhava atrás de mim, e algumas das pessoas que estavam ali no primeiro andar se viraram para me olhar. Alguns olharam duas vezes, o que não foi de surpreender. Engoli em seco e me esforcei para não reagir. Ficaria tudo bem. Eu não precisava me desesperar. Aprendizes se machucavam o tempo todo. Na verdade, era raro que não estivéssemos com algum machucado. Eu tinha que admitir que aquele era um ferimento mais evidente do que o normal, mas eu poderia sobreviver com aquilo até sarar, não é mesmo? E ao menos não era de conhecimento público como eu ganhara aquele olho roxo.

— E aí, Rose, é verdade que a sua própria mãe esmurrou você?

Congelei. Conhecia aquela voz fininha de algum lugar. Lentamente me virei e olhei bem nos profundos olhos azuis de Mia Rinaldi. Os cachinhos loiros emolduravam um rosto que até poderia ser bonito, não fosse pelo sorriso maldoso que o atravessava.

Um ano mais nova do que nós, Mia resolvera disputar com Lissa, e comigo, por tabela, para ver quem conseguia destruir mais rapidamente a vida da outra — uma guerra, devo acrescentar, que *ela* começou. Tinha a ver com o fato de ela ter roubado o ex-namorado de Lissa — apesar de Lissa ter decidido, no final das contas, que não o queria mais — e de ter espalhado todo tipo de boato maldoso.

É bem verdade que o ódio de Mia não era inteiramente injustificado. O irmão mais velho de Lissa, Andre — que morrera no mesmo acidente de carro que tecnicamente me "matou" —, usara Mia de maneira bastante feia, quando ela ainda era uma caloura. Se ela não tivesse se tornado uma idiota, eu sentiria pena dela. Ele tinha agido errado com ela, mas, mesmo entendendo sua raiva, não achava certo ela descontar em Lissa como fizera.

Lissa e eu tínhamos vencido a guerra no final, mas Mia inexplicavelmente conseguira se reerguer. Não frequentava a mesma elite de antes, mas tinha um pequeno grupo de amigos que a cercava. Maldosos ou não, líderes fortes sempre conseguem atrair seguidores.

Aprendi que noventa por cento das vezes o melhor a fazer era apenas ignorá-la. Mas tínhamos acabado de cruzar os outros dez por cento, porque era impossível simplesmente ignorar alguém que está anunciando ao mundo que a sua mãe socou você no rosto — mesmo sendo verdade. Parei de andar e dei meia-volta. Mia estava de pé, perto de uma máquina de lanches, e ela sabia que tinha me tirado do sério. Eu nem me dei ao trabalho de perguntar como ela soube que minha mãe era a responsável pelo olho roxo. As coisas raramente ficavam em segredo na escola.

Quando ela viu meu rosto inteiro, arregalou os olhos sentindo um prazer descarado.

— Uau. Um rostinho que só uma mãe pode amar.

Rá. Que engraçado. Se tivesse vindo de qualquer outra pessoa, eu teria aplaudido a piadinha.

— Bom, você é mesmo versada em ferimentos faciais — disse eu. — Como vai o seu nariz?

O sorriso gélido de Mia desmanchou um pouco, mas ela não se deixou abater. Eu mesma quebrara o nariz dela um mês atrás, mais ou menos — num baile organizado pela escola, se podia haver melhor lugar. O nariz já estava curado, mas levemente torto. Uma cirurgia plástica provavelmente o consertaria, mas conhecendo a situação financeira dos pais dela, eu sabia que ela não poderia fazer uma naquele momento.

— Está melhor — respondeu de imediato. — Felizmente quem o quebrou foi uma vagabunda psicopata e não algum parente meu.

Lancei em sua direção meu melhor sorriso de psicopata.

— Que pena. Familiares batem na gente por acidente. Vagabundas psicopatas costumam voltar para bater mais.

Uma ameaça de violência física era geralmente uma boa tática, mas havia gente demais à nossa volta para que ela se preocupasse com a possibilidade. E Mia sabia disso. Não que eu não me arriscasse a atacar alguém num ambiente como aquele — eu já fizera isso milhares de vezes —, mas nos últimos tempos estava tentando controlar os meus impulsos.

— Não está parecendo um acidente — disse ela. — Vocês não têm regras quando se trata de socos na cara? Quer dizer, isso daí está parecendo ter ultrapassado de longe os limites.

Abri a boca para dar um fora nela, mas não consegui dizer nada. Ela tinha razão. Meu ferimento ultrapassara *de longe* os limites; nesse tipo de combate, não se deve bater acima do pescoço. Isso estava *muito* acima do permitido.

Mia percebeu a minha hesitação, e foi como se o Natal tivesse chegado mais cedo para ela. Até aquele momento, em nossa relação de antagonismo, eu não me lembrava de ela ter me deixado sem palavras.

— Senhoritas — ouvimos uma severa voz feminina. A inspetora Moroi que ficava na mesa em frente à sala se inclinou e nos lançou um olhar reprovador. — Isto aqui é uma recepção, não uma sala de estar. Das duas uma: ou vocês sobem, ou vão lá para fora.

Por um momento, a possibilidade de quebrar o nariz de Mia novamente me pareceu a melhor ideia do mundo — que se danasse a detenção ou a suspensão. Mas, depois de respirar fundo, decidi que recuar seria a ação mais digna. Segui em direção às escadas que levavam até o dormitório feminino. Mia ainda soltou mais uma das suas ofensas, bem atrás de mim:

— Não se preocupe, Rose. Vai sarar. E, além do mais, não é no seu rosto que os rapazes estão interessados.

Trinta segundos depois, eu estava batendo na porta de Lissa com tanta força que não sei como o meu punho não atravessou a madeira. Ela abriu a porta devagar e olhou em volta.

— É só você que está aí fora? Pensei que fosse um exército inteiro batendo na minha... Ai, meu Deus. — Ela franziu as sobrancelhas quando viu o lado esquerdo do meu rosto. — O que aconteceu?

— Você ainda não sabe? Deve ser a única pessoa da escola que ainda não ficou sabendo — resmunguei. — Me deixe entrar.

Eu me joguei na cama dela e contei os acontecimentos do dia. Ela ficou horrorizada.

— Ouvi dizer que você tinha se machucado, mas imaginei que fosse mais um ferimento normal — disse ela.

Olhei fixo para o teto, que me pareceu cheio de pontos luminosos, sentindo-me péssima.

— O pior de tudo é que Mia está certa. Não foi um acidente.

— Como assim? Você está dizendo que a sua mãe fez isso de propósito? — Eu não respondi, e Lissa ficou incrédula. — Imagine, ela não faria uma coisa dessas. De jeito nenhum.

— Por que não? Porque ela é a perfeita Janine Hathaway, que sabe controlar o temperamento como ninguém? O negócio é o seguinte: ela é também a perfeita Janine Hathaway, que sabe lutar e controlar as próprias ações. De um jeito ou de outro, ela errou feio.

— Isso é o que você acha — disse Lissa. — Acho que a hipótese de ela ter escorregado e errado o soco é mais provável do que ela ter feito isso de propósito. Só se ela tivesse perdido o controle completamente.

— Bom, ela estava falando comigo. Isso é o suficiente para descontrolar qualquer pessoa. E eu a acusei de dormir com o meu pai porque ele parecia a melhor escolha para gerar um filho com bons genes.

— Rose — rosnou Lissa. — Você não me contou isso. Por que você disse uma coisa dessas para ela?

— Porque provavelmente é a verdade.

— Mas você sabia que isso a chatearia. Por que você continua provocando sua mãe? Por que você não tenta fazer as pazes com ela?

Eu me sentei na cama.

— Fazer as pazes com ela? *Ela me deixou com um olho roxo.* Provavelmente de propósito! Como é que eu posso fazer as pazes com uma pessoa que faz isso?

Lissa apenas balançou a cabeça em sinal de reprovação e foi até o espelho para verificar a maquiagem. Os sentimentos que passavam dela para mim através do nosso laço eram de frustração e exasperação. Lá no fundo dava para sentir um pouco de expectativa também. Tive a paciência de observá-la com cuidado, já que tinha terminado de desabafar. Ela estava vestindo uma blusa de seda cor de alfazema e uma saia preta na altura dos joelhos. Os cabelos estavam tão lisos que ela devia ter perdido pelo menos uma hora de sua vida escovando-o com um secador e uma chapinha para conseguir um resultado daqueles.

— Você está bonita. Qual é o programa da noite?

Os sentimentos dela mudaram levemente, e sua irritação comigo diminuiu um pouco.

— Vou me encontrar com Christian daqui a pouco.

Aqueles poucos minutos no quarto fizeram parecer que Lissa e eu tínhamos voltado no tempo. Só nós duas, juntas, conversando. Quando ela mencionou Christian e me dei conta de que ela teria que me deixar para ir ficar com *ele*, a lembrança incitou sentimentos ruins no meu peito... sentimentos que, precisei admitir, nada mais eram que ciúme. Naturalmente, não revelei o que estava sentindo.

— Uau. O que ele fez para merecer tudo isso? Resgatou órfãos de um prédio em chamas? Se for isso, você precisa averiguar se não foi ele mesmo que tacou fogo no prédio para sair de herói. — O elemento que Christian manejava era exatamente o fogo. Combinava bem, já que era o elemento mais destrutivo.

Rindo, ela se virou de costas para o espelho e me viu apalpando o inchaço do rosto. Seu sorriso ficou doce.

— Não está tão ruim.

SANGUE E GELO

— Tudo bem. Você sabe que eu percebo quando está mentindo. E a doutora Olendzki disse que amanhã vai estar ainda pior. — Eu me deitei de costas na cama. — Provavelmente nem existe corretivo suficiente no mundo que esconda isso, existe? Tasha e eu precisamos investir em algum tipo de máscara, como em O *fantasma da ópera*.

Ela suspirou e sentou na cama ao meu lado.

— É uma pena que eu não possa curar o seu olho.

Eu sorri.

— Isso seria muito bom.

A compulsão e o carisma que o espírito proporcionava a ela eram incríveis, mas a cura era a habilidade mais bacana. A gama de coisas que ela conseguia fazer era assustadora.

Lissa também estava pensando nas coisas que o espírito podia fazer.

— Eu queria que houvesse uma outra maneira de controlar o espírito... de modo que eu pudesse usar a magia...

— Eu sei — disse eu. Eu compreendia o enorme desejo dela de fazer grandes coisas e ajudar os outros. Era algo que irradiava dela. E, nossa, eu também adoraria que ela pudesse curar o meu olho em alguns segundos, sem ter que enfrentar os dias de recuperação. — Eu também queria que houvesse outro jeito de controlar o espírito.

Ela suspirou novamente.

— E o que eu sinto não é só desejo de poder curar e fazer outras coisas com o espírito. Eu também sinto falta da magia. Ela está aqui; está apenas bloqueada pelos remédios. Mas queima dentro de mim. Ela me quer, e eu a quero. Mas tem um muro entre nós. Você nem pode imaginar como é.

— Na verdade, eu posso.

E podia mesmo. Além de conseguir ter uma visão geral dos sentimentos dela, eu podia, de vez em quando, "escorregar para dentro dela". Era difícil explicar e mais difícil ainda suportar. Quando acontecia, eu conseguia literalmente ver pelos olhos dela e sentir o que ela estava vivendo. Naqueles momentos, eu era ela. Estive na cabeça de Lissa muitas vezes enquanto ela ansiava pelo exercício da magia, e sentira a necessidade ardente de que ela falava. Com frequência ela acordava durante a noite, desejando dolorosamente o poder que não estava mais conseguindo alcançar.

— Ah, sim — disse ela num tom de lamento. — Esqueço disso às vezes.

Uma sensação de amargor tomou conta dela. Não era direcionada a mim, mas, sim, à situação insolúvel que vivia. Ela, assim como eu, também não gostava de se sentir impotente. A raiva e a frustração se intensificaram, transformando-se em algo mais pesado e sombrio, e eu não gostei daquilo.

— Ei — disse eu, tocando o braço dela. — Você está bem?

Ela fechou os olhos por uns instantes, e depois os abriu.

— Odeio isso.

A intensidade dos sentimentos dela me lembrou da conversa que tivéramos pouco antes de eu ir para a casa dos Badica.

— Você ainda está achando que o efeito da medicação talvez esteja enfraquecendo?

— Eu não sei. Um pouco.

— Está piorando?

Ela fez que não com a cabeça.

— Não. Eu ainda não posso usar a magia. Sinto-me mais próxima dela... mas ela ainda está bloqueada.

— Mas você ainda... O seu humor...

— Tudo bem... O meu humor está irregular. Mas não se preocupe — disse ela, ao ver a expressão do meu rosto. — Não estou vendo coisas nem estou tentando me ferir.

— Bom. — Fiquei feliz de ouvir isso, mas continuei preocupada. Mesmo ela não conseguindo alcançar a magia, eu não gostava da ideia de sua mente ficar instável de novo. Desesperada, desejei que a situação simplesmente se estabilizasse por conta própria. — Eu estou aqui — disse com calma, prendendo seu olhar ao meu. — Se alguma coisa estranha acontecer... conte para mim, está bem?

Os sentimentos sombrios desapareceram subitamente de dentro dela. Ao se esvanecerem, senti uma estranha ondulação atravessar o laço. Não sei explicar o que foi, mas meu corpo se arrepiou sob a força da onda. Lissa não percebeu. Ela recuperou o bom humor e sorriu para mim.

— Obrigada — disse ela. — Se acontecer, eu aviso.

Sorri, então, feliz de ver que ela voltara ao normal. Ficamos em silêncio e, por um breve momento, quis contar a ela tudo o que se passava no meu coração. Tanta coisa me ocupava a cabeça ultimamente: minha mãe, Dimitri e a casa dos Badica. Eu vinha mantendo aqueles sentimentos todos trancafiados, e eles estavam me consumindo. Estava me sentindo tão confortável com Lissa pela primeira vez, depois de tanto tempo, que achei que podia deixá-la entrar nos meus sentimentos, para variar.

Antes que eu pudesse abrir a boca, no entanto, senti os pensamentos dela mudarem de repente. Ficaram ansiosos e nervosos. Havia alguma coisa que ela queria me contar, alguma coisa sobre a qual ela estava ponderando fazia algum tempo. Não dava mais para abrir o coração. Se ela queria falar, eu não a sobrecarregaria com os meus problemas, então deixei tudo de lado e esperei que ela começasse.

— Eu descobri uma coisa nas minhas pesquisas com a professora Carmack. Uma coisa estranha…

— Mesmo? — perguntei, com a minha curiosidade instantaneamente atiçada.

Os Moroi em geral desenvolvem o elemento em que irão se especializar durante a adolescência. Depois disso, eles são direcionados para cursos de magia específicos desse elemento. Mas como, até aquele momento, Lissa era a única pessoa que conhecíamos capaz de manejar o espírito, não havia um curso que ela pudesse frequentar. A maioria das pessoas acreditava que ela apenas não se especializara em nenhum elemento, mas ela e a senhora Carmack — professora de magia da Escola São Vladimir — estavam mantendo reuniões particulares para estudar o que pudessem sobre o espírito. Elas pesquisavam em fontes atuais e antigas, procurando pistas que pudessem levar a outros usuários desse elemento, agora que conheciam alguns dos sinais reveladores: incapacidade de se especializar, instabilidade psíquica etc.

— Não encontrei nenhum usuário confirmado do espírito, mas achei... registros de, hum... de um fenômeno inexplicável.

Eu pisquei, surpresa.

— Que tipo de coisa? — perguntei, tentando imaginar o que poderia ser considerado "fenômeno inexplicável" para os vampiros. Quando nós duas morávamos entre os humanos, *nós* teríamos sido consideradas fenômenos inexplicáveis, se tivéssemos sido descobertas.

— São registros dispersos... mas eu achei um sobre um cara que consegue fazer com que os outros vejam coisas que não existem. Ele pode fazê-los acreditar que estão vendo monstros, outras pessoas ou qualquer outra coisa.

— Isso pode ser compulsão.

— Compulsão muito poderosa. Eu não conseguiria fazer isso, e eu tenho, ou tinha, uma habilidade da compulsão mais forte do que qualquer outra pessoa que conheço. E é o espírito que me dá este poder...

— Então — completei —, você acha que esse cara ilusionista deve ser um usuário do espírito também. — Ela fez um sinal afirmativo com a cabeça. — Não seria o caso de entrar em contato com ele e descobrir?

— Não podemos. Os relatórios não nos dão informações de contato! É secreto. E existem outros casos tão estranhos quanto esse. Como o caso de uma pessoa que consegue enfraquecer os outros. As pessoas que estão por perto vão ficando fracas e perdem toda a força até desmaiarem. E encontramos um outro que consegue fazer os objetos pararem no ar quando são lançados contra ele. — Seu rosto se iluminou de empolgação.

— Este pode ser um usuário do elemento ar — alertei.

— Pode ser — disse ela. Senti a curiosidade e a empolgação redemoinhando dentro dela. Ela queria muito acreditar que havia outros Moroi iguais a ela por aí.

Eu sorri.

— Quem sabe? Os Moroi também têm suas teorias e folclores sobre objetos não identificados, esse tipo de coisas. É surpreendente que eu não esteja sendo estudada em algum lugar para ver se eles conseguem compreender o nosso laço.

A disposição especulativa de Lissa se transformou. Ela passou a me provocar.

— Eu queria poder ver dentro da *sua* cabeça de vez em quando. Queria saber o que você sente por Mason.

— Ele é meu amigo — respondi com firmeza, surpreendida com a mudança abrupta de assunto. — Só isso.

Ela não acreditou.

— Você gostava de flertar, e de outras coisas mais, com qualquer garoto no qual pudesse colocar as mãos.

— Ei! — disse eu, ofendida. — Eu não era assim tão safada.

— É... talvez não. Mas não vejo mais você interessada nos caras.

Eu tinha interesse neles. Bom, em um cara em especial.

— Mason é um cara muito bacana — continuou ela. — E é louco por você.

— Ele é — concordei.

Pensei em Mason e me lembrei daquele breve momento, antes da aula de Stan, em que me dei conta de como ele era atraente. E também era superdivertido, e a gente se dava muito bem. Ele daria um bom namorado.

— Vocês dois são muito parecidos. Estão sempre fazendo coisas que não deveriam.

Eu dei uma risada. Isso era verdade. Lembrei da ânsia de Mason de sair matando todos os Strigoi do mundo. Eu podia não estar pronta para fazer isso — apesar do desabafo no carro com Dimitri —, mas era tão imprudente quanto ele. *Talvez fosse o momento de dar uma chance a ele*, pensei. Era divertido provocá-lo, e já fazia muito tempo que eu não beijava ninguém. Dimitri fazia meu coração doer... mas ele não era o único homem no mundo, e eu estava viva.

Lissa me observava com atenção, como se ela estivesse lendo meus pensamentos — talvez exceto a parte que envolvia Dimitri.

— Meredith disse que você é uma idiota de não aceitar sair com ele. Ela disse que é porque você se acha boa demais para ele.

— O quê!? Isso não é verdade.

— Ei, não sou eu que estou dizendo isso. Ela também disse que está pensando em investir nele.

— Mason e Meredith? — cacoei. — Essa dupla seria um desastre. Eles não têm nada em comum.

Era egoísmo da minha parte, mas eu estava acostumada com a idolatria de Mason. A possibilidade de alguém roubar a atenção dele me irritou.

— Você é possessiva — disse Lissa, adivinhando meus pensamentos mais uma vez.

Eu entendia por que ela ficava tão aborrecida comigo de eu poder ler os pensamentos dela.

— Só um pouquinho.

Ela riu.

— Rose, mesmo se não for com Mason, você devia voltar a namorar. Tem um monte de garotos que dariam tudo para sair com você. Garotos que na verdade são bem legais.

Eis um setor no qual nem sempre eu fazia as melhores escolhas. Mais uma vez fui tomada pelo desejo de me abrir, de contar tudo o que me preocupava. Hesitei por muito tempo em contar a ela sobre Dimitri. E aquele segredo me queimava por dentro. Sentada ali, com ela, me lembrei de que era a minha melhor amiga. Eu podia contar tudo a Lissa, e ela não me julgaria. Mas, como já tinha acontecido naquele dia, perdi a chance de me abrir.

Ela deu uma olhada para o relógio e se levantou da cama num pulo.

— Estou atrasada! Tenho que ir encontrar Christian!

A alegria tomou conta dela por inteiro, mas, no fundo, ainda havia um pouco de nervosismo e expectativa. Amor. O que se podia fazer? Engoli o ciúme que ressurgiu de maneira sombria. Mais uma vez

Christian a roubava de mim. Eu não ia poder dividir os meus segredos com ela naquela noite.

Lissa e eu deixamos dormitório e ela praticamente saiu correndo, prometendo que conversaríamos no dia seguinte. Fui caminhando devagar para o meu próprio dormitório. Quando entrei no quarto, passei em frente ao espelho e rosnei ao ver meu reflexo. Uma mancha roxo-escura rodeava meu olho. Na conversa com Lissa, eu quase me esquecera de todo o incidente com minha mãe. Parei para olhar mais de perto e encarei meu próprio rosto. Talvez fosse narcisismo, mas eu sabia que era bonita. Vestia um sutiã tamanho 42 e tinha um corpo com curvas que chamavam a atenção numa escola onde a maioria das meninas era magra como uma modelo de passarela. E meu rosto era bonito também. Num dia comum, eu daria para mim mesma nota 9 — até 10, num dia mais favorável.

Mas naquele momento? Bom, naquele momento eu me sentia abaixo de zero. Uma aparência na temperatura adequada para a estação de esqui.

— A minha mãe me deu uma surra — informei ao meu próprio reflexo. Ele me devolveu um olhar de pena.

Suspirei e decidi que o melhor era me preparar para dormir. Não havia mais nada que eu quisesse fazer naquela noite, e talvez dormir algumas horas a mais ajudasse a acelerar a cura. Caminhei pelo corredor até o banheiro para lavar o rosto e pentear o cabelo. Quando voltei para o quarto, vesti meu pijama favorito, e o toque da flanela macia me alegrou um pouco.

Estava arrumando a mochila para o dia seguinte quando uma onda de emoção abruptamente invadiu o meu laço com Lissa. Pegou-me desprevenida e não me deu chance de reagir. Foi como ser nocauteada por um vento com a força de um furacão e, de repente, eu não estava mais olhando para a minha mochila. Eu estava "dentro" de Lissa, vivendo o mundo dela.

E foi aí que as coisas ficaram constrangedoras.

Porque Lissa estava com Christian.

E as coisas entre eles estavam ficando... quentes.

OITO

Christian a beijava, e, caramba, que beijo. Ele não estava de brincadeira. Era um beijo daqueles que deviam ser proibidos para menores. Era um beijo daqueles que *qualquer um* devia ser proibido de ver — e ainda mais vivenciá-lo através de um laço psíquico.

Como eu já disse antes, os sentimentos fortes que tomavam conta de Lissa podiam provocar este fenômeno — isso de eu ser sugada para dentro da cabeça dela. Mas acontecia sempre, *sempre*, em função de algum sentimento ruim. Se ela ficasse chateada, deprimida ou com raiva, esses sentimentos me alcançavam e me levavam para dentro dela. Mas aquele beijo? Ela decididamente não estava chateada.

Ela estava feliz. Muito, muito feliz.

Ai, caramba. Eu precisava sair logo dali.

Eles estavam no sótão da capela da escola, um lugar que era tipo o ninho de amor dos dois. Eles o frequentavam individualmente antes de se conhecerem, quando se sentiam avessos aos ambientes sociais ou quando queriam escapar de alguma coisa. Por fim começaram a ser antissociais juntos, e uma coisa levou à outra. Desde que tinham assumido o namoro, achei que tinham deixado de frequentar o sótão. Talvez tenham voltado para relembrar os velhos tempos.

E parecia mesmo que eles estavam celebrando alguma coisa. O ambiente empoeirado e antigo estava todo preenchido de pequenas velas, que enchiam o ar com perfume de alfazema. Eu teria ficado um pouco nervosa de manter todas aquelas velas acesas em um espaço fechado e cheio de caixas e livros inflamáveis, mas Christian certamente se certificara da possibilidade de controlar qualquer incêndio acidental.

Eles interromperam, afinal, aquele beijo insanamente longo e se afastaram um pouco para olharem um para o outro. Estavam deitados de lado, no chão, sobre vários cobertores arrumados.

Christian olhava para Lissa com sinceridade e doçura. Seus olhos azul-claros estavam incandescentes com uma emoção profunda. Era diferente de como Mason olhava para mim. Ele me olhava com uma espécie de adoração, o tipo de adoração de quem entra em suma igreja e cai de joelhos tomado pela maravilha e pelo temor de algo que adora, mas ao mesmo tempo não compreende por inteiro. Christian visivelmente adorava Lissa do seu jeito, mas havia em seus olhos um brilho que indicava familiaridade, uma noção de que os dois compartilhavam uma compreensão mútua tão perfeita e intensa que eles nem precisavam de palavras para expressá-la.

— Você acha que nós vamos para o inferno por causa disso? — perguntou Lissa.

Ele esticou a mão para tocá-la no rosto e percorreu, com os dedos, o queixo e o pescoço dela, descendo um pouco mais até o decote da blusa de seda que Lissa usava. Ela inspirou fundo com o toque gentil e singelo e, ao mesmo tempo, capaz de evocar uma paixão tão forte.

— Por causa disso? — Ele brincou com o decote da blusa dela, escorregando os dedos só um pouco para dentro da roupa.

— Não. — Ela riu. — Por causa *disso*. — Ela fez um gesto mostrando o sótão. — Estamos numa igreja. Não deveríamos estar fazendo, hum... esse tipo de coisa neste lugar.

— Não é verdade — argumentou ele, deitando-a de costas com delicadeza e se debruçando sobre ela. — A igreja é lá embaixo. Isso aqui é só um depósito. Deus não vai se importar.

— Você não acredita em Deus — censurou ela. Suas mãos passeavam pelo peito dele, dirigindo-se para baixo. Os gestos dela eram tão suaves e determinados quanto os dele, e provocavam a mesma reação intensa.

Christian deixou escapar um suspiro de prazer enquanto as mãos dela escorregavam para dentro da camisa dele, descendo até a barriga.

— Estou brincando com você.

— Você diria qualquer coisa neste momento — acusou ela. Seus dedos agarraram a beirada da camisa dele e a puxaram para cima. Ele mudou de posição para que Lissa pudesse ajudá-lo a tirar a camisa e depois se deitou novamente sobre o corpo dela, já com o peito nu.

— Você está certa — concordou ele. Então, cuidadosamente, ele desabotoou um dos botões da blusa dela. Só um. Depois se aproximou uma vez mais e deu-lhe outro daqueles beijos intensos e profundos. Quando se afastou para tomar ar, continuou a conversa como se nada tivesse acontecido. — Me fala o que você quer ouvir de mim que eu digo. — Ele desabotoou outro botão.

— Não há nada que eu queira que você diga. — Ela riu. Outro botão se soltou na blusa. — Pode me falar o que você quiser, só vou ficar feliz se for verdade.

— A verdade? Ninguém gosta de ouvir a verdade. A verdade nunca é prazerosa. Mas você… — O último botão foi desabotoado, e ele abriu a blusa dela por inteiro. — Você é sedutora demais para ser de verdade.

Nas palavras dele, podia-se ouvir o tom sarcástico que lhe era habitual, mas os olhos expressavam algo bem diferente. Eu estava testemunhando aquela cena pelos olhos de Lissa, mas podia imaginar o que ele via. A pele macia, branca e aveludada. A cintura e os quadris delicados. Um sutiã branco rendado. Através do laço eu podia sentir que a renda do sutiã pinicava, mas ela não parecia se importar.

Sentimentos de afeto e desejo se espalhavam no rosto dele. Pude sentir o coração e a respiração de Lissa acelerarem. Emoções semelhantes às de Christian obscureciam todos os pensamentos dela. Ele se deitou, pressionando o corpo contra o dela. A boca dele procurou a dela mais uma vez e, quando seus lábios e línguas se tocaram, percebi que eu *tinha* que sair dali.

Foi então que entendi. Entendi por que Lissa se arrumara tanto e por que o ninho de amor dos dois fora todo decorado como a vitrine de uma loja de velas e incensos. Aquele era *o* dia. O momento. Depois de um mês de namoro, eles iam transar. Eu sabia que Lissa já tinha transado antes, com um ex-namorado. Não conhecia o passado amoroso de Christian, mas, sinceramente, duvidava de que muitas garotas tivessem caído nas garras daquele charme abrasivo.

Como eu estava sentindo o que Lissa sentia, posso dizer que nada disso importava para ela. Não naquele momento. Naquele exato momento havia apenas os dois e o sentimento que nutriam um pelo outro. E, em meio a uma vida carregada de mais preocupações do que qualquer pessoa da sua idade deveria ter, Lissa sentia-se inteiramente certa sobre o que estava fazendo. Era o que ela queria. Era o que ela queria fazer com ele já havia muito tempo.

E eu não tinha *nenhum* direito testemunhar aquele encontro. Não sentia prazer algum em ver outras pessoas transando, e certamente não queria vivenciar qualquer experiência sexual com Christian. Seria como perder a minha virgindade virtualmente.

Mas, por Deus, Lissa não estava facilitando para que eu conseguisse sair da cabeça dela. Ela não manifestava o menor desejo de se desapegar de seus sentimentos e emoções e, quanto mais fortes eles ficavam, com mais força me prendiam a ela. Tentei me distanciar, usando toda a energia para voltar para dentro de mim, me concentrando o máximo que eu podia.

Mais roupas foram tiradas...

Vamos lá, vamos lá, eu disse a mim mesma, quase brava.

Apareceu uma camisinha... eca.

Você é senhora de si mesma, Rose. Volte para a sua cabeça.

Seus membros se entrelaçaram, os corpos se moviam juntos...

"Mas que droga..."

Saí, por fim, da cabeça dela. Estava de novo no meu quarto, mas perdera o interesse em arrumar a mochila. Todo o meu mundo estava de cabeça para baixo. Me senti estranha e violentada. Quase sem saber se eu era mesmo Rose ou se eu era Lissa. E também senti de novo certa raiva de Christian. Com certeza eu não queria transar com Lissa, mas senti aquela mesma aflição súbita dentro de mim, aquele sentimento frustrante de não ser mais o centro do universo dela.

Larguei a mochila desarrumada mesmo e fui direto para a cama. Enrosquei-me toda, formando uma bola com o corpo, para tentar inibir a dor que ardia dentro do meu peito.

Caí no sono bem rápido e acabei acordando cedo no dia seguinte. Geralmente eu tinha que me arrastar da cama para o primeiro treino com Dimitri, mas naquele dia me adiantei de tal forma que cheguei ao ginásio antes dele. Enquanto esperava, vi Mason passar em direção a um dos prédios do colégio.

— Olá — chamei. — Desde quando você acorda tão cedo?

— Desde que fui obrigado a refazer uma prova de Matemática — disse ele, caminhando na minha direção e abrindo um sorriso malicioso. — Mas talvez valha a pena perder a prova para ficar por aqui com você.

Dei uma risada, lembrando da conversa com Lissa. Sim, eu podia fazer coisas bem piores do que paquerar e começar um romance com Mason.

— Melhor não. Se você tiver problemas com a escola, não vou ter ninguém para me desafiar nos declives.

Ele revirou os olhos, ainda sorrindo.

— Sou *eu* que não tenho ninguém para me desafiar, lembra?

— Quer apostar desde já? Ou está com medo?

— Olha como fala — avisou —, ou não vai ganhar seu presente de Natal.

— Você vai me dar um presente? — Eu não esperava por isso.

— Vou. Mas, se você continuar falando desse jeito, pode ser que eu decida dar o presente pra outra pessoa.

— Tipo a Meredith? — provoquei.

— Ela não chega aos seus pés, e você sabe disso.

— Mesmo com este olho roxo? — perguntei com um sorriso largo.

— Mesmo se você estivesse com dois olhos roxos.

O olhar que ele me lançou não foi de provocação nem de segundas intenções. Foi apenas gentil. Gentil, simpático e interessado. Como se ele realmente se importasse comigo. Depois de todo o estresse dos últimos dias, pensei que era bom ter alguém que se importasse. E, como estava começando a me sentir negligenciada por Lissa, me dei conta de como seria agradável ter alguém me dando atenção.

— O que você vai fazer no Natal? — perguntei.

Ele deu de ombros.

— Nada. Minha mãe quase veio me ver, mas teve que cancelar a viagem no último minuto... sabe como é, com tudo o que aconteceu.

A mãe de Mason não era guardiã. Era uma dampira que optara pela vida doméstica e por ter filhos. Por isso eu sabia que ele a via bastante. Fiquei pensando em como o fato de minha mãe realmente *estar* na escola era irônico, quando na realidade ela também poderia estar em qualquer outro lugar.

— Por que você não passa o Natal comigo? — convidei num impulso. — Vou passar com Lissa, Christian e a tia dele. Vai ser divertido.

— Mesmo?

— Muito divertido.

— Não era isso que eu estava perguntando.

Eu sorri.

— Eu sei. Mas vê se vai, tá bom?

Ele fez uma daquelas reverências galantes que gostava de fazer.

— Com certeza.

Assim que Mason saiu, Dimitri chegou. Conversar com Mason me alegrou e me deixou mais leve; estar com ele nunca me deixava preocupada com a minha aparência, mas, diante de Dimitri, fiquei de repente consciente demais do olho roxo estampado na minha cara. Eu queria estar sempre perfeita na presença dele; então, enquanto entrávamos no ginásio, fiz um caminho diferente para me desviar, de modo que ele não pudesse ver todo o meu rosto. Por conta disso, meu humor piorou e todas as outras coisas que estavam me chateando nos últimos tempos voltaram com força total para a minha cabeça.

Fomos para a sala onde estavam os bonecos, e ele apenas me disse que queria que eu praticasse as manobras aprendidas dois dias antes. Feliz por ele não ter mencionado a briga, me lancei na tarefa com ardente entusiasmo, mostrando àqueles bonecos exatamente o que aconteceria se eles resolvessem se meter com Rose Hathaway. Sabia que a minha fúria na luta fora incentivada por mais do que o simples desejo de me sair bem. Meus sentimentos estavam descontrolados, intensos e brutais depois da briga com minha mãe e de testemunhar o encontro de Lissa e Christian na noite anterior. Dimitri se sentou e ficou me observando, fazendo críticas pontuais à minha técnica de combate e oferecendo sugestões de novas táticas.

— O cabelo está atrapalhando — disse ele a certa altura. — Não só está bloqueando a sua visão periférica, como você também está correndo o risco de o inimigo agarrar você pelos cabelos.

— Se eu estivesse numa luta de verdade, estaria com o cabelo preso — resmunguei, enquanto tentava cravar a estaca bem no meio das "costelas" do boneco. Eu não sabia de que eram feitos aqueles ossos artificiais, mas estava difícil contorná-los. Pensei em minha mãe novamente e acrescentei uma forcinha extra ao golpe. — Só estou com o cabelo solto hoje, não tem nada de mais nisso.

— Rose — disse ele, com um tom de advertência. Eu o ignorei e continuei golpeando. — *Rose*. Pare — ordenou, com um tom mais ríspido.

Eu me afastei do boneco, surpresa ao sentir que a minha respiração revelava cansaço. Não tinha percebido que estava trabalhando com tanto afinco. Apoiei as costas na parede. Sem ter para onde ir, desviei o olhar do dele e mirei o chão.

— Olhe para mim — exigiu ele.

— Dimitri...

— *Olhe para mim.*

Por mais que houvesse uma história de intimidade entre nós, ele ainda era o meu instrutor. Eu não podia ignorar uma ordem direta. Lenta e com relutância, eu me virei para ele, deixando a cabeça ainda meio inclinada para baixo para que o cabelo tapasse as laterais do meu rosto. Ele se levantou da cadeira, caminhou e ficou bem na minha frente.

Evitei olhar direto em seus olhos, mas vi o gesto que ele esboçou com a mão para afastar meu cabelo da frente. Mas ele interrompeu o gesto. E a minha respiração também se interrompeu. Nossa atração mútua era cheia de dúvidas e reservas, mas de uma coisa eu tinha certeza: Dimitri adorava o meu cabelo. Talvez ele ainda o adorasse. De fato, era um cabelo bonito. Longo, sedoso e castanho-escuro. Ele sempre encontrava uma desculpa para mexer nele e me disse para não cortá-lo, como muitas guardiãs fazem.

A mão dele parou no ar, e o mundo ficou paralisado enquanto eu esperava o próximo movimento. Depois de alguns segundos que pareceram uma eternidade, ele deixou a mão cair gradualmente para baixo. Uma decepção tremenda me tomou por inteiro, mas, ao mesmo tempo, percebi uma coisa. Ele tinha hesitado. Teve medo de me tocar, o que talvez significasse que ele ainda queria muito aquela aproximação. Teve que censurar o próprio gesto.

Levantei a cabeça devagar para que nos olhássemos nos olhos. Meu cabelo caiu quase todo para trás, mas algumas mechas ainda resistiram e permaneceram sobre o rosto. A mão dele ameaçou se mover novamente, e eu tive esperanças de que ele ainda tocaria meu rosto. Mas a mão se aquietou. Minha excitação diminuiu.

— Está doendo? — perguntou ele. O perfume daquela loção pós--barba, misturado com o suor dele, entrou dentro de mim. Caramba, como eu queria que ele tivesse me tocado.

— Não — menti.

— Não está tão feio — disse. — Vai melhorar.

— Eu odeio aquela mulher — falei, assustada com a quantidade de cólera que aquelas três palavras continham. Mesmo cheia de desejo por Dimitri, eu não conseguia esquecer o ressentimento que sentia pela minha mãe.

— Não odeia — retrucou ele com gentileza.

— Odeio, sim.

— Você não tem tempo para odiar ninguém — advertiu com a voz ainda suave. — Não na nossa profissão. Você devia fazer as pazes com ela.

Lissa dissera exatamente a mesma coisa. O ultraje se juntou às minhas outras emoções. Os sentimentos sombrios dentro de mim começaram a se mostrar mais fortes.

— Fazer as pazes com ela? Depois de ela me deixar com um olho roxo de propósito? Por que só eu vejo como isso é absurdo?

— Ela não fez isso de propósito, de jeito *nenhum* — disse ele, com um tom de voz duro. — Apesar de todo o ressentimento que você sente por ela, você tem que acreditar nisso. Ela não faria isso. Eu a encontrei ontem, ela estava preocupada com você.

— Aposto que estava preocupada de ser acusada de violência contra menores — rugi.

— Você não acha que esta é a época do ano para perdoar as pessoas?

Soltei um suspiro bem alto.

— Isso não é um especial de Natal! É a minha vida. No mundo real, os milagres e as boas ações simplesmente não acontecem assim.

Ele ainda me olhava com serenidade.

— No mundo real, você pode fazer seus próprios milagres.

Minha frustração de repente chegou ao limite, e desisti de tentar manter o controle. Estava tão cansada de ouvir coisas razoáveis e práticas toda vez que alguma coisa dava errado... Em algum lugar dentro de mim, sabia que Dimitri só queria ajudar, mas não estava com paciência para conversas cheias de boas intenções. Eu queria consolo para os meus problemas. Não queria ficar pensando no que faria de mim uma pessoa melhor. Só queria que ele me abraçasse e me dissesse que eu não precisava me preocupar.

— Ótimo, já entendi. Agora você pode parar com isso? — ordenei com as mãos na cintura.

— Parar com o quê?

— Com toda essa baboseira zen profunda. Você não conversa comigo como uma pessoa de verdade. Você só fica falando coisas sábias e me dando lições de vida sem sentido. Parece que você saiu de algum programa natalino de televisão. — Sabia que não era justo descontar minha raiva nele, mas, de repente, me vi praticamente aos berros. — Sério, às vezes parece que você só quer ouvir o som da sua própria voz! E eu *sei* que você não é sempre assim. Conversou normalmente com Tasha. Mas comigo? Comigo você só repete os movimentos do treino, como uma máquina. Não se importa comigo. Está preso a este papel estúpido de mentor.

Ele me encarou, surpreso, com uma expressão nada característica dele.

— Eu não me importo com você?

— Não. — Eu estava sendo mesquinha, *muito*, muito mesquinha. E eu sabia a verdade. Sabia que ele se importava, sim, e que era muito mais do que um mentor. Mas eu não consegui me controlar. As palavras continuavam jorrando de dentro de mim. Cutuquei o peito dele com o dedo. — Eu sou só mais uma aluna para você. E você continua dando as suas estúpidas lições de vida para que...

A mão que eu desejara que tivesse tocado o meu cabelo subitamente agarrou a mão que eu apontava para ele e a prendeu na parede. Fiquei surpresa de ver uma chama de emoção nos olhos dele. Não era exatamente raiva... era uma frustração de outra ordem.

— Não venha me dizer o que eu sinto — rugiu.

Eu vi então que parte de tudo o que eu dissera era verdade. Ele estava quase sempre calmo e controlado, mesmo quando lutava. Mas ele também me contara sobre o dia em que dera uma surra no pai Moroi. Na verdade, ele já tinha se sentido como eu, quase à beira de agir sem pensar, de fazer coisas que ele sabia que não podia.

— É isso, não é? — perguntei.

— O quê?

— Você está sempre lutando para manter o controle. Você é igual a mim.

— Não — respondeu, obviamente ainda irritado. — Eu aprendi a me controlar.

Alguma coisa nessa nova afirmação me encorajou.

— Não — informei a ele. — Não aprendeu. Você faz cara de bonzinho e, na maior parte das vezes, realmente mantém o controle. Mas às vezes você não consegue. E às vezes… — Me inclinei para a frente e abaixei o volume da voz. — Às vezes você não quer.

— Rose…

Senti a respiração dele pesar e sabia que o coração dele batia tão acelerado quanto o meu. E ele não estava se afastando. Eu sabia que aquilo era errado. Conhecia todos os motivos lógicos pelos quais nós devíamos nos manter afastados. Mas naquele momento não queria saber de nada. Não queria me controlar. Não queria ser boazinha.

Antes que ele se desse conta do que estava acontecendo, eu o beijei. Nossos lábios se encontraram, e quando senti que ele retribuía o beijo, vi que estava certa. Ele se aproximou, prendendo o meu corpo contra a parede. Continuou segurando a minha mão, mas a outra mão dele serpenteou para trás da minha cabeça e escorregou entrelaçada ao meu cabelo. O beijo era cheio de intensidade; havia raiva, paixão, alívio…

Foi ele quem interrompeu o beijo. Afastou-se bruscamente de mim e recuou vários passos para trás. Parecia perturbado.

— Não faça isso de novo — disse ele com firmeza.

— Então não corresponda quando eu tentar beijar você — retruquei.

Ele ficou me encarando por um instante que pareceu eterno.

— Eu não dou "lições zen" porque quero ouvir a minha própria voz. Eu não falo essas coisas porque você é apenas mais uma aluna. Eu faço isso para ensinar você a se controlar.

— Está fazendo um excelente trabalho — revidei, com amargura.

Ele fechou os olhos por meio segundo, soltou o ar e resmungou algo em russo. Sem me lançar mais nenhum olhar, deu meia-volta e saiu da sala.

NOVE

Não vi Dimitri por algum tempo depois disso. Ele me mandou uma mensagem naquele mesmo dia, mais tarde, dizendo que achava que devíamos cancelar as duas próximas sessões de exercícios por conta dos preparativos para a viagem. O período letivo estava terminando, disse ele; fazer um intervalo nos treinamentos lhe parecia uma escolha sensata.

Era uma desculpa esfarrapada, e eu sabia que não era por isso que ele tinha cancelado as aulas. Se ele queria mesmo me evitar, eu preferia que ele tivesse inventado que ele e os outros guardiões tinham sido obrigados a aumentar a segurança dos Moroi ou a praticar movimentos ninja ultrassecretos.

Apesar daquela desculpa, eu sabia que ele estava me evitando por causa do beijo. O maldito beijo. Eu não me arrependia, não exatamente. Só Deus sabe o quanto eu desejei fazer aquilo. Mas fiz pelas razões erradas. Eu o beijei porque estava chateada, frustrada e simplesmente queria provar que eu *podia*. Estava tão cansada de fazer sempre a coisa certa, de tomar a decisão inteligente. Eu até estava tentando me manter mais sob controle, mas acho que não me saí muito bem.

Não tinha me esquecido da advertência que ele certa vez me fizera, de que o problema de ficarmos juntos não era a diferença de idade.

Era porque isso interferiria no nosso trabalho. Aquele beijo inesperado reacendeu as chamas de um problema que podia, em algum momento, prejudicar Lissa. Eu não devia ter feito aquilo. Mas não tinha conseguido me conter. Depois que o momento esfriou, vi com mais clareza e mal conseguia acreditar no que tinha feito.

Mason se encontrou comigo na manhã do Natal e fomos nos reunir com os outros. Seria uma boa oportunidade para tirar Dimitri da cabeça. Eu gostava de Mason. Gostava muito. E não era como se eu tivesse que fugir e casar com ele. Como Lissa dissera, seria saudável voltar a namorar alguém.

Tasha organizou nosso *brunch* de Natal num salão do alojamento dos visitantes. Muitas festinhas e reuniões estavam acontecendo na escola, mas logo percebi que a presença de Tasha sempre criava uma perturbação. As pessoas reagiam olhando discretamente ou desviando do caminho para evitar cruzar com ela. Às vezes ela os desafiava. Às vezes ela apenas os ignorava. Mas era manhã de Natal e ela decidira ficar longe da realeza e simplesmente aproveitar aquela festinha particular com quem não se esquivava dela.

Dimitri era um dos convidados da reunião, e um pouco da minha resolução falhou quando eu o vi. Ele chegou todo arrumado para a ocasião. Certo, "todo arrumado" pode ser exagero meu, mas aquilo era o mais perto que eu o vira chegar disso. Geralmente ele se vestia de maneira um pouco rústica... como se estivesse pronto para uma batalha que poderia começar a qualquer momento. O cabelo escuro estava preso na altura da nuca, como se ele tivesse realmente tentado arrumá-lo. Ele vestia a calça jeans habitual e botas de couro, mas, em vez de uma camiseta ou de uma blusa térmica, ele estava usando um suéter preto de tricô. Era uma peça comum, sem marca nem feita por um estilista, mas dava um toque sofisticado que não era comum em Dimitri. E, céus, como caía bem nele.

Dimitri não foi desagradável nem nada disso, mas não se deslocou de onde estava para falar comigo. Estava com Tasha, e eu os observei fascinada enquanto conversavam, admirada com a descontração que havia entre os dois. Um amigo muito próximo de Dimitri era um primo distante da família de Tasha e foi assim que eles se conheceram.

— Cinco? — perguntou Dimitri, surpreso. Estavam conversando sobre os filhos do tal amigo. — Eu não sabia disso.

Tasha fez um sinal afirmativo com a cabeça.

— É uma loucura. Eu juro, acho que a esposa dele não teve nem seis meses de folga entre o nascimento de um filho e a gravidez de outro.

— Quando eu o conheci, ele jurava que nunca teria filhos.

Os olhos dela se arregalaram.

— *Eu sei!* É quase inacreditável. Mas se você visse ele agora... Ele se mistura com as crianças. Mal dá para entender o que ele diz. Fala mais na língua delas do que na nossa.

Dimitri abriu um sorriso como ele raramente fazia.

— Bom... crianças transformam as pessoas.

— Eu não consigo imaginar isso acontecendo *com você.* — Ela riu. — Você é sempre tão cheio de pose. A não ser, é claro... que você ande falando como um bebê em russo, mas aí ninguém nunca saberá.

Os dois gargalhavam, e eu me virei, grata por ter Mason ali para conversar comigo. Ele era uma boa distração para aquilo tudo, porque, além de Dimitri estar me ignorando, Lissa e Christian também conversavam isolados no mundinho deles. Pelo jeito, o sexo os aproximara e os deixara ainda mais apaixonados, e eu me perguntei se conseguiria desfrutar da companhia dela em algum momento na tal estação de esqui. Ela se afastou um pouco dele quando veio me dar meu presente de Natal.

Abri a caixa e olhei lá dentro. Vi um cordão de contas marrons, e um perfume de rosas exalou da caixa.

— Mas o que...

Levantei as contas e um crucifixo pesado de ouro balançou na ponta do cordão. Ela me presenteara com um *chotki*. Era semelhante a um rosário, só que menor. Do tamanho de um bracelete.

SANGUE E GELO

— Você está tentando me converter? — perguntei, de maneira irônica. Lissa não era nenhuma fanática religiosa, mas acreditava em Deus e frequentava a igreja regularmente. Como muitas famílias Moroi vindas da Rússia e do Leste Europeu, ela era cristã ortodoxa.

Eu? Quanto às minhas crenças, eu era o que se poderia chamar de uma agnóstica ortodoxa. Imaginava que Deus provavelmente existia, mas não tinha tempo nem energia para investigar o assunto. Lissa respeitava isso e nunca tentara me forçar a ter qualquer crença, o que tornava o presente ainda mais estranho.

— Vire a cruz — disse ela, claramente divertindo-se com o meu espanto.

Eu virei. Nas costas da cruz havia, gravado no ouro, um dragão decorado com flores. O emblema dos Dragomir. Levantei o olhar para ela, sem entender.

— É uma herança de família — disse ela. — Um dos grandes amigos do meu pai guardou algumas caixas cheias de coisas dele. Isto estava dentro de uma delas. Pertenceu ao guardião da minha bisavó.

— Liss... — falei. O *chokti* ganhou um significado inteiramente novo. — Eu não posso... Você não pode me dar uma coisa dessas.

— Bom, certamente não posso ficar com ele para mim. Foi feito para um guardião. Para a minha guardiã.

Coloquei as contas ao redor de um dos meus pulsos. O contato da cruz contra a minha pele era agradável.

— Sabe — provoquei —, existe uma boa chance de eu ser expulsa da escola antes de conseguir me tornar guardiã.

Ela abriu um sorriso largo.

— Bom, se isso acontecer, você pode me devolver o presente.

Todos gargalharam. Tasha começou a dizer alguma coisa, mas parou quando olhou em direção à porta.

— Janine!

Minha mãe estava lá, mais dura e impassível do que nunca.

— Me desculpe pelo atraso — disse ela. — Tive que resolver um assunto de trabalho.

Trabalho. Como sempre. Até no Natal.

Senti um embrulho e uma queimação no estômago que subiu para o rosto quando me lembrei dos detalhes da nossa briga. Ela não tinha mandado nem uma mísera mensagem e não tentara qualquer contato desde o ocorrido entre nós dois dias antes. Nem mesmo quando eu estava na enfermaria. Nenhum pedido de desculpas. Nada. Rangi os dentes.

Ela se sentou conosco e logo se integrou à conversa. Descobri cedo na minha vida que ela só sabia falar sobre um assunto: coisas de guardião. Eu me perguntava se ela tinha algum outro interesse, algum hobby. O ataque aos Badica era um assunto que pairava no ar, e isso a levou a uma conversa sobre alguma luta semelhante em que ela estivera envolvida. Para meu horror, Mason ficou fascinado por cada palavra que ela dizia.

— Bom, decapitar não é uma coisa tão fácil quanto parece — disse ela, como quem fala sobre uma coisa qualquer, banal, como era seu estilo. Eu jamais imaginaria que decapitar alguém fosse fácil, mas o tom de voz dela dava a entender que ela acreditava que todos pensassem que fosse mole. — Você precisa cortar a medula espinhal e os tendões.

Através do laço, senti que Lissa começava a ficar enjoada. Ela não era muito chegada a conversas horripilantes como aquela.

Os olhos de Mason se acenderam.

— Qual é a melhor arma para se fazer isso?

Minha mãe pensou um pouco.

— Um machado. Você pode usar o peso dele a seu favor. — Ela fez um movimento para ilustrar o que queria dizer.

— Legal — disse ele. — Cara, espero que me deixem andar sempre com um machado.

Era uma hipótese cômica e ridícula, uma vez que os machados não eram armas lá muito convenientes para se sair carregando por aí. Durante meio segundo, imaginar Mason andando pela rua com um machado apoiado no ombro me divertiu um pouco. Mas o momento passou logo.

Era difícil acreditar que estávamos tendo uma conversa como aquela em pleno Natal. A presença dela deixara tudo com gosto azedo. Felizmente, a reunião logo se dispersou. Christian e Lissa saíram para fazer as coisas deles, e Dimitri e Tasha, pelo jeito, tinham mais assuntos para colocar em dia. Mason e eu estávamos a caminho do nosso dormitório de dampiros quando minha mãe se juntou a nós.

Não dissemos nada. As estrelas se aglomeravam no céu noturno, brilhantes e pontiagudas, e o brilho delas combinava com o gelo e a neve que nos rodeava. Eu estava vestindo minha parca cor de marfim com uma borda de pele falsa. Ela mantinha meu corpo bem aquecido, mas não era nada eficiente contra o vento gelado que ardia no meu rosto. Por toda a caminhada, torci para que minha mãe desse meia-volta e fosse para as outras áreas onde ficavam os guardiões, mas ela entrou conosco no dormitório.

— Quero conversar com você — disse ela afinal. Meus alarmes internos dispararam na mesma hora. O que eu fizera desta vez?

Ela disse só isso, e Mason entendeu a deixa na mesma hora. Ele não era burro nem distraído quando se tratava de regras sociais, embora, naquele momento, eu meio que desejasse o contrário. E achei irônico que ele quisesse destruir todos os Strigoi da face da Terra e, no entanto, tivesse medo da minha mãe.

Ele me lançou um olhar de desculpas, encolheu os ombros e disse:

— Bom, eu tenho que ir... a um lugar. Vejo você depois.

Fiquei olhando para ele com pesar enquanto se afastava, desejando poder correr atrás dele. Minha mãe com certeza me derrubaria no chão e me socaria no outro olho se eu tentasse fugir dela. Era melhor fazer o que ela queria e me livrar logo daquilo. Fiquei me movimentando desconfortavelmente, olhando para todos os lados, menos para ela, e esperei que dissesse alguma coisa. Com o canto dos olhos, notei que algumas pessoas nos observavam. Lembrei que todos sabiam que fora ela que me deixara com um olho roxo e decidi que não queria ninguém testemunhando mais uma bronca ou sermão que minha mãe resolvesse me dar.

— Você quer... ir até o meu quarto? — perguntei.

Ela pareceu surpresa, quase indecisa.

— Claro.

Levei-a até o andar de cima, mantendo uma distância segura dela enquanto caminhávamos. Criou-se uma tensão constrangedora entre nós. Ela não disse nada quando chegamos ao quarto, mas reparei que examinou cada detalhe cuidadosamente, como se um Strigoi pudesse estar escondido ali dentro. Sentei-me na cama e esperei que ela terminasse a inspeção, sem saber ao certo o que fazer. Ela correu o dedo ao longo de uma prateleira de livros sobre comportamento e evolução dos animais.

— Estes livros são para algum trabalho da escola? — perguntou.

— Não. Eu me interesso pelo assunto.

Ela levantou as sobrancelhas. Não conhecia os meus interesses. Mas como ela podia conhecer? Ela não sabia nada sobre mim. Continuou avaliando tudo, parando para observar melhor as pequenas coisas que aparentemente a surpreendiam. Uma foto em que Lissa e eu estávamos fantasiadas de fada numa festa de Dia das Bruxas. Um saco de bala. Era como se minha mãe estivesse me encontrando pela primeira vez.

De repente ela virou e estendeu a mão na minha direção.

— Pegue.

Surpresa, me aproximei e abri a palma da mão sob a dela. Uma coisa pequena e fria caiu na minha mão. Era um pingente redondo, pequeno, pouco maior do que uma moeda de dez centavos. Tinha uma base de prata com um disco chato composto por pequenos círculos de vidro colorido. Franzi as sobrancelhas e corri os dedos pela superfície da peça. Era estranho, mas os círculos quase faziam o pingente se parecer com um olho. O círculo de dentro era mínimo, como uma pupila. Era de um azul tão escuro que era quase preto. Um círculo azul bem claro o circundava, e este, por sua vez, era contornado por um outro, branco. Na borda havia um círculo bem fino da mesma cor azul-escuro do círculo de dentro.

— Obrigada — disse eu. Não esperava que ela fosse me dar nada. O presente era estranho. Por que ela me daria um olho? Mas *era* um presente. — Eu... Eu não tenho um presente para você.

Minha mãe fez um sinal afirmativo com a cabeça, com o rosto inexpressivo e indiferente como sempre.

— Não tem problema. Não estou precisando de nada.

Ela se virou mais uma vez e começou a andar pelo quarto. Não tinha muito espaço para andar ali dentro, mas seus passos eram curtos. Cada vez que ela passava na frente da janela acima da minha cama, a luz batia em seu cabelo ruivo e o iluminava. Eu a observei com curiosidade e vi que ela estava tão nervosa quanto eu.

Então ela interrompeu a caminhada pelo quarto e olhou novamente para mim.

— Como está o olho?

— Melhorando.

— Bom.

Ela abriu a boca, e eu tive a impressão de que estava prestes a pedir desculpas. Mas não o fez.

Quando retomou a caminhada, não aguentei mais continuar parada. Comecei a guardar os presentes que tinha ganhado naquela manhã. Um deles era o presente de Tasha, um vestido vermelho de seda com flores bordadas. Minha mãe ficou observando enquanto eu o pendurava no pequeno armário do quarto.

— Foi muito bacana Tasha ter dado este presente a você.

— Foi, sim — concordei. — Eu não sabia que ela ia comprar um presente para mim. Eu gosto muito dela.

— Eu também.

Virei de costas para o armário, surpresa, e olhei para minha mãe. O espanto dela se parecia com o meu. Se eu não soubesse onde estava pisando, teria dito que nós concordávamos ao menos em uma coisa. Talvez milagres de Natal realmente existam.

— O guardião Belikov vai ser um bom companheiro para ela.

— Eu... — Pestanejei, sem entender completamente do que ela estava falando. — Dimitri?

— Guardião Belikov — me corrigiu severamente, ainda desaprovando a maneira íntima como eu me referia a ele.

— Que... que tipo de companheiro? — perguntei.

Ela levantou uma das sobrancelhas.

— Você não soube? Ela pediu que ele fosse o guardião dela, já que ela não tem nenhum.

Senti como se tivessem me socado novamente.

— Mas ele... está trabalhando aqui. E já foi designado para Lissa.

— Essas coisas podem ser rearranjadas. E, apesar da reputação dos Ozera, ela ainda faz parte da realeza. Se insistir um pouco, pode conseguir o que quer.

Eu olhei de maneira vaga para o nada.

— Bom, eu acho que eles *são* amigos e tudo.

— Mais do que isso. Ou melhor, podem vir a ser.

Bam! Outro soco na cara.

— *O quê?*

— Ah, sabe como é... Ela está... *interessada* nele. — Pelo tom de voz da minha mãe, ficou claro que assuntos amorosos não a atraíam em nada. — Ela quer ter filhos dampiros, então é bem possível que eles façam um... algum acordo, caso ele se torne o guardião dela.

Ai. Meu. Deus.

O tempo congelou.

Meu coração parou de bater.

Percebi que minha mãe esperava alguma reação da minha parte. Recostada na minha mesa, ela me observava. Ela podia até ser uma grande caçadora de Strigoi por aí, mas não tinha sensibilidade alguma para perceber os meus sentimentos.

— Ele... Ele vai aceitar isso? Isso de ser o guardião dela? — perguntei com um fio de voz.

Minha mãe deu de ombros.

— Não sei se ele já aceitou, mas é claro que vai. É uma excelente oportunidade.

— Claro — ecoei as palavras dela.

Por que Dimitri recusaria a oportunidade de ser guardião de uma amiga e ainda por cima ter um filho?

Acho que minha mãe disse mais alguma coisa depois disso, mas não ouvi. Eu não ouvi mais nada. Fiquei pensando em Dimitri abandonando a escola. *Me* abandonando. Pensei em como ele e Tasha se davam bem. E, então, depois dessas lembranças, minha imaginação começou a projetar imagens do futuro. Tasha e Dimitri juntos. Fazendo carinho um no outro. Trocando beijos. Nus. E outras coisas...

Fechei os olhos bem apertados por meio segundo e os abri novamente.

— Estou muito cansada.

Minha mãe se deteve no meio de uma frase. Eu não fazia a menor ideia do que ela estava falando antes de interrompê-la.

— Estou muito cansada — repeti. Percebi que minha voz soava oca. Vazia. Sem emoção. — Obrigada pelo olho... hum... pelo pingente, mas se você não se importar...

Minha mãe me encarou com surpresa. Tinha baixado a guarda e parecia confusa. Então, sem mais nem menos, vestiu o escudo habitual de profissionalismo frio. Até aquele momento, eu não me dera conta do quanto ela estava mais relaxada ali comigo. Ela tinha conseguido relaxar. Por um breve momento, se deixara ficar vulnerável. A vulnerabilidade, no entanto, sumiu subitamente.

— É claro — disse com dureza. — Não quero incomodar você.

Eu quis dizer que não era isso. Quis dizer que eu não a estava expulsando do quarto por algum motivo pessoal. E quis dizer também que eu queria muito que ela fosse aquele tipo de mãe gentil, amorosa e compreensiva de que a gente sempre ouve falar, uma mãe em quem eu pudesse confiar. Talvez até uma mãe com quem eu pudesse discutir minha vida amorosa tão conturbada.

Caramba. Como eu queria, na verdade, poder contar para *qualquer* pessoa o que estava se passando comigo. Principalmente naquele momento.

Mas eu estava presa demais ao meu drama pessoal para dizer uma palavra sequer. Senti como se alguém tivesse arrancado o meu coração e o lançado do outro lado do quarto. Senti uma dor absurda queimar no peito e não tinha a menor ideia do que fazer para aplacá-la. Uma coisa era aceitar que eu não podia ter Dimitri. Outra coisa bem diferente era admitir que outra pessoa *podia* tê-lo.

Não disse mais nada porque perdi a capacidade de falar. A fúria brilhava em seus olhos, e os lábios estavam apertados, exibindo aquela expressão de desagrado que ela usava com frequência. Sem mais palavras, ela deu meia-volta e saiu, batendo com força a porta atrás de si. Sair batendo a porta era uma coisa que eu teria feito também, na verdade. Acho que nós realmente tínhamos algumas coisas em comum.

Mas esqueci dela quase imediatamente. Fiquei só sentada, pensando. Pensando e imaginando.

Passei o resto do dia fazendo pouco mais do que isso. Não fui jantar e derramei algumas lágrimas. Mas a maior parte do tempo eu passei sentada na cama pensando, pensando, e ficando cada vez mais deprimida. Também descobri que a única coisa pior do que imaginar Dimitri e Tasha juntos era me lembrar de quando ele e *eu* estivéramos juntos. Ele nunca mais tocaria em mim daquele jeito, nunca mais me beijaria…

Aquele, definitivamente, estava sendo o pior Natal da minha vida.

DEZ

A viagem para a estação de esqui não podia ter chegado em melhor hora. Era impossível tirar a história de Dimitri e Tasha da cabeça, mas, pelo menos, enquanto eu fazia a mala e me preparava para a viagem, não estava dedicando cem por cento da minha atividade cerebral a ele. Só uns 95 por cento.

Eu tinha outras coisas para me distrair também. A escola pode ser, com razão, superprotetora com os alunos, mas às vezes o resultado era que tínhamos acesso a algumas coisas muito bacanas. Por exemplo: a escola possuía dois jatinhos particulares. Isso significava que nenhum Strigoi conseguiria nos atacar nos aeroportos, e significava também que viajaríamos com estilo. Cada jato era menor do que um avião comercial, mas os assentos eram confortáveis e havia muito espaço para esticar as pernas. As cadeiras recostavam tanto que dava para quase deitar na hora de dormir. As poltronas tinham painéis de controle na frente, e nos voos de longa distância podíamos escolher um dos filmes disponíveis para ver. Às vezes eles até serviam refeições bacanas. Mas eu estava achando que aquele voo seria curto demais para ter direito a televisão e comida boa.

Saímos tarde no dia 26. Quando embarquei no avião, procurei por Lissa, pois queria conversar com ela. Não tínhamos nos falado mais depois do *brunch* de Natal. Não me surpreendi ao ver que ela estava sentada com Christian, e parecia que eles não queriam ser interrompidos. Não ouvi a conversa dos dois, mas ele estava com o braço em volta dela e exibia aquela expressão relaxada e amorosa que só se via no rosto dele quando estava perto dela. Eu continuava totalmente convencida de que ele nunca tomaria conta dela tão bem quanto eu, mas estava claro que ele a fazia feliz. Coloquei um sorriso na cara e fiz um cumprimento de cabeça para os dois enquanto atravessava o corredor rumo à poltrona ao lado de Mason, que acenava para mim. No caminho, passei também por Dimitri e Tasha, que estavam sentados juntos. Ignorei-os solenemente.

— Oi — falei, escorregando na poltrona ao lado de Mason.

Ele sorriu.

— Oi. Está pronta para o desafio nos declives?

— Mais pronta do que nunca.

— Não se preocupe — disse ele. — Vou pegar leve com você.

Fiz uma cara de superioridade e recostei a cabeça na cadeira.

— Você delira.

— Pessoas que não deliram são muito chatas.

Para minha surpresa, ele deixou a mão dele escorregar sobre a minha. Sua pele estava quente, e eu senti a minha formigar com o contato. Aquilo me surpreendeu. Eu achava que meu corpo não reagiria ao toque de mais ninguém que não fosse Dimitri.

Está na hora de seguir em frente, pensei. *Tá na cara que Dimitri já fez isso. Você devia ter feito o mesmo há muito tempo.*

Entrelacei os dedos nos de Mason, para surpresa dele.

— Estou pronta. Vai ser muito divertido.

E foi.

Tentei ficar me lembrando de que estávamos ali porque acontecera uma tragédia, porque havia Strigoi e humanos que podiam atacar novamente. Mas parecia que ninguém se lembrava, e devo confessar que eu mesma estava sentindo uma enorme dificuldade em me concentrar nisso.

O hotel era lindo. A arquitetura seguia o estilo de uma choupana de madeira, mas claro que as choupanas que serviram de abrigo para os pioneiros jamais acomodariam centenas de pessoas nem eram tão luxuosas quanto aquele hotel. A construção de três andares de madeira dourada e radiante se elevava entre pinheiros altivos. As janelas eram altas e graciosamente arqueadas, com vidros tingidos, como era conveniente para os Moroi. Luminárias de cristal, elétricas, mas com o formato de tochas, penduradas em cada entrada, davam ao prédio inteiro um visual brilhante, quase como o de uma joia.

Toda a região era circundada de montanhas, cujo contorno, à noite, minha visão aguçada mal conseguia vislumbrar. E eu aposto que à luz do dia a vista devia ser de tirar o fôlego de tão bonita. Um lado do terreno dava na área de esqui, onde se viam ladeiras inclinadas e rampas de moguls, assim como teleféricos e cordas para se apoiar ao subir as ladeiras com os esquis nos pés. Do outro lado, havia uma pista de patinação no gelo, o que me agradou, já que eu não tinha patinado no lago próximo à choupana na noite em que conheci Tasha. E ali bem perto havia declives suaves, próprios para se deslizar com um trenó.

E isso tudo só do lado de fora.

Dentro do hotel, tudo estava bem-preparado para atender às necessidades dos Moroi. Fornecedores de sangue à mão, prontos para servi-los vinte e quatro horas por dia. Os declives funcionavam em horário noturno. Escudos mágicos e guardiões circundavam todo o lugar. Tudo o que um vampiro vivo podia querer.

O saguão principal do hotel tinha um teto de catedral e sustentava um lustre enorme. O chão era todo de mármore, e o balcão de atendimento funcionava dia e noite, pronto para atender a qualquer necessidade que tivéssemos. Todo o resto do hotel, corredores e salas de estar eram decorados com um esquema de cores que combinava vermelho, preto e dourado. O tom vermelho-escuro dominava as outras tonalidades, e eu me perguntei se a semelhança com sangue era uma simples coincidência. Espelhos e obras de arte enfeitavam as paredes e havia mesinhas trabalhadas por todo o lugar. Sobre elas, vasos verde-água, com orquídeas de cor arroxeada, enchiam o ar com um perfume forte.

O quarto que eu dividia com Lissa era maior do que os nossos dois quartos nos dormitórios da escola juntos e era decorado com as mesmas cores vibrantes do resto do hotel. O tapete era tão fofo e macio que eu imediatamente tirei os sapatos e entrei descalça, me maravilhando ao afundar os pés naquela maciez. As camas *kingsize* estavam cobertas com edredons de pena e arrumadas com tantos travesseiros que tive certeza de que daria para se perder no meio deles e nunca mais ser encontrada. Uma porta dupla de vidro se abria para um balcão espaçoso, que, levando em conta o fato de estarmos no último andar, era muito bacana, não fosse o frio intenso que fazia lá fora. Do outro lado do quarto, a banheira, na qual cabiam duas pessoas, dava a impressão de que seria de grande utilidade para nos aquecer do frio.

Imersa em tanto luxo, cheguei a um tal ponto de deslumbramento que tudo mais nas acomodações começou a se misturar. A banheira de mármore preto. A televisão com tela de plasma. A cesta com chocolates e outras guloseimas. Quando decidimos sair para esquiar, eu tive que me forçar a sair do quarto. Poderia ter passado o resto das férias jogada ali e me dar por satisfeita.

Por fim, nos aventuramos para fora do quarto e, depois que eu consegui arrancar Dimitri e a minha mãe da cabeça, comecei a me divertir. O fato de o hotel ser tão grande ajudou também. Era improvável que nos esbarrássemos por lá. Pela primeira vez depois de semanas, consegui prestar atenção em Mason e ver como ele era divertido. Também aproveitei mais a companhia de Lissa, o que melhorou ainda mais o meu humor.

Como éramos quatro — Lissa, Christian, Mason e eu —, podíamos fazer programas em duplas. Passamos o primeiro dia quase inteiro esquiando, embora os dois Moroi não tenham conseguido acompanhar o nosso ritmo. Considerando as coisas que Mason e eu tínhamos que fazer nas aulas de treinamento, não tínhamos medo de enfrentar descidas desafiadoras. Nossa natureza competitiva nos levava a uma ânsia de nos superar para ver quem era o melhor.

— Vocês dois são suicidas — comentou Christian a certa altura.

Estava escuro lá fora, e postes altos de luz iluminavam o rosto dele, que parecia se divertir conosco.

Lissa e ele estavam esperando no pé da rampa de moguls e observavam Mason e eu deslizando montanha abaixo. Estávamos nos aventurando em velocidades insanas. A parte de mim que estivera tentando conquistar autocontrole e sabedoria com Dimitri sabia que aquilo era perigoso, mas todo o restante adorava abraçar aquele comportamento inconsequente. A marca da rebeldia ainda soava forte em mim.

Mason abriu um largo sorriso enquanto freávamos com os esquis, levantando uma nuvem de neve.

— Que nada, isso aqui é só para esquentar. Rose conseguiu me acompanhar o tempo todo. Brincadeira de criança.

Lissa balançou a cabeça em sinal de desaprovação.

— Vocês não estão levando essa história longe demais?

Mason e eu nos entreolhamos.

— Não.

Ela balançou novamente a cabeça.

— Bom, nós vamos entrar. Tentem se manter vivos.

Christian e ela foram embora abraçados. Eu os observei por um tempo enquanto se afastavam, depois me virei para Mason.

— Eu ainda aguento ficar mais um pouco. E você?

— Com certeza.

Pegamos o teleférico de volta para o alto da montanha. Quando estávamos quase chegando ao topo, Mason apontou para baixo.

— Muito bem. O que você acha disso? Descemos aquelas rampas de moguls ali, depois saltamos aquele cume, depois fazemos uma curva radical, driblamos aquelas árvores e paramos ali.

Segui o dedo dele com os olhos enquanto ele traçava um caminho todo recortado ao longo da descida de um dos maiores declives. Franzi as sobrancelhas.

— Esse é mesmo um percurso insano, Mase.

— Ah — disse ele, triunfante. — Ela finalmente amarelou.

Olhei para ele ameaçadoramente.

— Ela não amarelou, não. — Depois de mapear mais uma vez a rota bizarra, concordei. — Está bem. Vamos lá.

Ele fez um gesto de cavalheiro.

— Você primeiro.

Respirei fundo e dei o impulso inicial. Meus esquis deslizavam suavemente pela neve e um vento cortante batia no meu rosto. Consegui executar o primeiro salto com precisão e facilidade, mas, quando a parte seguinte do percurso fez minha velocidade aumentar, me dei conta de como aquilo era perigoso. Naquele milésimo de segundo, tive que tomar uma decisão. Se eu recuasse, Mason iria me zoar para sempre, e eu *realmente* queria mostrar para ele que eu era capaz. Se eu conseguisse, me sentiria bastante segura e poderosa. Mas se eu tentasse e desse tudo errado... podia até quebrar o pescoço.

Em algum lugar dentro da minha cabeça, uma voz que soava como os discursos de Dimitri começou a falar sobre escolhas sábias e sobre aprender quando se deve recuar.

Resolvi ignorar aquela voz e segui em frente.

O trecho era tão difícil quanto eu temia, mas consegui passar por ele sem uma falha sequer, executando uma manobra insana atrás da outra. A neve voava em volta de mim conforme eu passava de uma curva fechada e perigosa à outra. Quando cheguei a salvo no final, olhei para cima e vi Mason fazendo gestos largos. Não consegui entender o que ele dizia nem distinguir a expressão de seu rosto, mas pude imaginar a torcida dele. Gesticulei de volta e esperei que ele viesse ao meu encontro.

Mas ele não veio. Porque, quando Mason chegou no meio da descida, não conseguiu ultrapassar um dos saltos. Os esquis ficaram presos e suas pernas se torceram. Ele caiu.

Cheguei até onde ele estava quase na mesma hora em que alguns dos funcionários do hotel apareceram. Para o alívio de todos, Mason não quebrara o pescoço nem outra parte qualquer do corpo. Mas parecia ter torcido feio o tornozelo, e isso provavelmente o impediria de esquiar com a mesma inconsequência durante todo o restante da viagem.

Uma das instrutoras que monitorava as rampas correu para perto de nós, furiosa.

— O que vocês estavam pensando? — exclamou ela. E virou-se para mim. — Mal pude acreditar quando você fez aquelas malditas manobras! — O olhar dela, então, se fixou em Mason. — E você *tinha* que ir atrás, imitando!

Quis argumentar que a ideia tinha sido dele, mas não era o caso de ficar procurando culpados. Eu já estava feliz por ele estar bem e sem ferimentos. Mas, quando entramos no hotel, a culpa começou a me corroer. Eu *tinha sido* irresponsável... E se ele tivesse se machucado de verdade? Visões horripilantes atravessaram a minha mente. Mason com uma perna quebrada... com o pescoço quebrado...

O que eu tinha na cabeça? Ninguém me obrigara a fazer aquele percurso. Mason tinha sugerido... mas eu nem questionei. Eu poderia ter tirado a ideia da cabeça dele. Talvez tivesse que aguentar alguma brincadeira, mas Mason era apaixonado demais por mim e um pouco de conversa teria impedido aquela loucura. Fui fisgada pela empolgação e pelo risco, como quando tinha beijado Dimitri, e não pensei nas consequências porque, em segredo, dentro de mim, ainda se ocultava aquele desejo impulsivo de ser rebelde. Mason também tinha isso, e o destemor dele atiçou o meu.

Aquela voz de Dimitri dentro da minha cabeça começou a me castigar mais uma vez.

Depois que Mason voltou a salvo para o alojamento e colocou gelo no tornozelo, fui levar o equipamento de volta ao depósito. Quando voltei ao hotel, entrei por uma porta diferente da que tinha me acostumado a usar. Era uma entrada com uma grande varanda aberta e um corrimão de madeira trabalhada. A varanda fora construída na encosta da montanha e tinha uma vista de tirar o fôlego para outros picos e vales à nossa volta. Alguém que não se importasse de ficar parado durante algum tempo sob temperaturas geladas poderia admirar a paisagem. Mas a maioria não tinha resistência para isso.

Subi a escada que dava na varanda, tirando a neve das botas enquanto pisava nos degraus. Um odor forte, doce e apimentado, pairava no ar. Havia algo familiar naquele cheiro, mas, antes que eu pudesse identificá-lo, uma voz vinda das sombras falou comigo.

— Ei, dampirinha.

Admirada, vi que de fato tinha alguém na varanda. Um cara, um Moroi, recostado contra a parede não muito longe da porta. Levou um cigarro à boca, deu um longo trago e depois o deixou cair no chão. Apagou a ponta com o sapato e abriu um sorriso torto. Era dali que vinha o cheiro, percebi. Cigarro de cravo.

Cuidadosamente, eu parei e cruzei os braços, enquanto o examinava. Ele era um pouco mais baixo do que Dimitri, mas não tão magrelo quanto alguns homens Moroi. Um longo casaco cinza-escuro, talvez feito de algum tipo de caxemira absurdamente cara, caía muito bem nele, e os elegantes sapatos de couro que ele usava também pareciam anunciar que tinha dinheiro. O cabelo castanho estava arrumado para parecer desalinhado, e os olhos eram azuis ou verdes, não havia luz suficiente para que eu pudesse distinguir. O rosto era bonito, acho, e deduzi que ele tivesse uns dois anos a mais do que eu. Ele parecia ter acabado de sair de algum jantar formal.

— Quê? — perguntei.

Os olhos dele escanearam o meu corpo. Eu estava acostumada a chamar a atenção dos garotos Moroi. Mas, em geral, eles não eram tão escancarados. E eu, em geral, não estava embrulhada em roupas de inverno nem exibia um olho roxo.

Ele encolheu os ombros.

— Estou só dando um alô, só isso.

Esperei que ele dissesse mais alguma coisa, mas ele apenas enfiou as mãos nos bolsos do casaco. Eu mesma dei de ombros e subi mais alguns degraus.

— Você tem um cheiro bom, sabia? — disse ele, de repente.

Parei de andar mais uma vez e olhei para ele como quem não entende o comentário, o que fez o sorriso dele se abrir um pouco mais.

— Eu... o quê?

— Seu cheiro é bom — repetiu ele.

— Você está fazendo alguma piada? Passei o dia inteiro suando. Estou um nojo.

Eu queria sair andando, mas havia alguma coisa extraordinariamente irresistível naquele cara. Como um desastre de trem. Eu não o achei de todo atraente; mas de repente fiquei interessada em conversar com ele.

— Suor não é uma coisa ruim — disse ele, recostando a cabeça contra a parede e olhando para cima, pensativo. — Algumas das melhores coisas da vida acontecem enquanto estamos suando. É verdade que, se você sua muito e o suor fica velho e passado, aí é realmente nojento. Mas em uma mulher bonita? É intoxicante. Se você tivesse o olfato tão aguçado quanto o de um vampiro, saberia do que estou falando. A maioria das pessoas erra tudo e se perfuma demais. Perfumes podem ser bons... em especial se você encontrar um que combine com a sua química. Mas você precisa de uma única gota. Misture vinte por cento de perfume com oitenta por cento da sua própria transpiração e... hummm. — Ele jogou a cabeça para o lado e olhou para mim. — É de matar de tão sensual.

Lembrei-me de repente de Dimitri e da loção pós-barba que ele usava. É. *Aquilo* sim era fatal de tão sensual, mas era óbvio que eu não ia falar disso para aquele cara.

— Bom, obrigada pela lição de higiene — falei. — Mas eu não tenho nenhum perfume e vou tomar um bom banho para tirar de mim todo esse suor do exercício que fiz. Com licença.

Ele tirou do bolso um maço de cigarros e ofereceu para mim. Aproximou-se apenas um passo, mas foi o suficiente para que eu sentisse um outro cheiro vindo dele. Álcool. Recusei o cigarro, e ele tirou um para si.

— Mau hábito — disse eu, vendo-o acender o cigarro.

— Um de muitos — respondeu. E deu uma longa tragada. — Você veio com a São Vlad?

— Vim.

— Então vai ser uma guardiã quando crescer.

— É óbvio.

Ele soltou a fumaça, e eu a observei passear pelo ar para dentro da noite. Tendo ou não os sentidos aguçados de vampiro, era um milagre ele conseguir sentir qualquer outro odor com todo aquele cravo ao redor.

— Quanto tempo falta para você crescer? — perguntou. — Eu posso precisar de uma guardiã.

— Eu me formo na primavera. Mas já estou prometida para outra pessoa. Sinto muito.

Seus olhos brilharam de surpresa.

— Ah, é? E quem é ele?

— *Ela* é Vasilisa Dragomir.

— Ah. — Ele abriu um largo sorriso debochado. — Eu sabia que você era encrenca assim que a vi. É a filha de Janine Hathaway.

— Eu sou Rose Hathaway — corrigi. Não queria ser definida como a filha da minha mãe.

— Prazer em conhecê-la, Rose Hathaway. — Ele estendeu para mim a mão coberta por uma luva, e eu a apertei hesitante. — Adrian Ivashkov.

— E você acha que *eu* sou encrenca — murmurei.

Os Ivashkov eram uma família real das mais ricas e mais poderosas. Eram o tipo de gente que achava que podia conseguir tudo o que queria e passar por cima de quem quer que estivesse na frente deles. Não era de admirar que o cara fosse tão arrogante.

Ele riu. Tinha uma gargalhada agradável, um som cheio e quase melódico. Lembrava um caramelo quente pingando de uma colher.

— Veio bem a calhar, não? Nossas reputações nos precedem.

Neguei, balançando a cabeça.

— Você não sabe nada sobre mim. E eu só ouvi falar da sua família. Não sei nada sobre você.

— Quer me conhecer? — provocou.

— Desculpe. Não gosto de caras mais velhos.

— Tenho 21 anos. Não sou tão mais velho.

— Eu tenho namorado. — Era uma pequena mentira. Mason certamente ainda não era meu namorado, mas eu esperava que Adrian me deixasse em paz se soubesse que eu era comprometida.

— Engraçado. Você não mencionou seu namorado logo de início — ponderou Adrian. — Não foi ele que deixou você com esse olho roxo, foi?

Senti o rosto enrubescer, mesmo naquele frio. Até achei que ele não ia notar o olho roxo, o que era uma tolice da minha parte. Com sua visão de vampiro, ele provavelmente viu o machucado assim que eu pisei na varanda.

— Ele não estaria vivo se tivesse feito isso. Foi durante um... treinamento. Quer dizer, estou treinando para ser guardiã. Nós sempre pegamos pesado nas aulas.

— Isso é muito excitante — disse ele. Deixou o segundo cigarro cair no chão e o apagou com o pé.

— Socar o meu olho?

— Bom, não isso. É claro que não. Estou falando da ideia de pegar pesado com você. Sou um grande fã de esportes que exigem contato físico intenso.

— Tenho certeza de que você é mesmo fã disso — comentei secamente.

Ele era arrogante e presunçoso, no entanto eu não tinha forças para ir embora dali.

O barulho de passos atrás de mim fez com que eu me virasse. Mia apareceu na trilha e subia os degraus. Quando nos viu, parou subitamente.

— Oi, Mia.

Ela olhou para mim e para ele.

— Está com *outro* cara? — perguntou. Pelo tom de voz que ela usou, parecia que eu tinha um harém masculino particular.

Adrian me lançou um olhar inquisidor e brincalhão. Rangi os dentes e achei melhor não dar atenção para o comentário dela com uma resposta atravessada. Optei por uma elegância nada usual.

— Mia, este é Adrian Ivashkov.

Adrian lançou para ela o mesmo charme que usara comigo. Apertou-lhe a mão.

— É sempre um prazer conhecer uma amiga de Rose, especialmente uma amiga bonita. — Ele falou como se nos conhecêssemos desde a infância.

— Não somos amigas — esclareci. Lá se foi a elegância.

— Rose só se dá com homens ou com psicopatas — disse Mia. Em seu tom de voz havia o desdém de sempre que ela nutria por mim, mas uma expressão em seu olhar me dizia que ela tinha ficado interessada em Adrian.

— Bom — disse ele alegremente —, uma vez que sou homem e também um psicopata, isso explica por que somos tão bons amigos.

— Você e eu também não somos amigos — protestei.

Ele riu.

— Sempre bancando a difícil, hein?

— Ela não é assim tão difícil — disse Mia, claramente aborrecida por Adrian estar dando mais atenção a mim do que a ela. — Basta perguntar para metade dos garotos da nossa escola.

— É — rebati —, e você pode perguntar à outra metade sobre Mia. Se puder fazer algum favor para ela, em troca ela fará *muitos* favores para você. — Quando ela declarou guerra a mim e a Lissa, Mia convenceu alguns garotos a contarem para a escola inteira que eu tinha feito coisas bem cabeludas com eles. O irônico foi que, para fazer com que mentissem, ela dormiu com todos eles.

Um lampejo de constrangimento atravessou as feições dela, mas ela se manteve firme.

— Bom — disse Mia —, pelo menos eu não durmo com eles de graça.

Adrian fez barulhos imitando uma briga de gatos.

— Terminou? — perguntei. — Já passou da sua hora de dormir, e os adultos gostariam de conversar agora. — A aparência de menina de Mia era um ponto fraco dela, um ponto que eu gostava de explorar.

— Claro — disse ela com rispidez. As bochechas ficaram cor-de--rosa, intensificando ainda mais sua carinha de boneca de porcelana.

— Eu tenho mesmo coisas melhores para fazer. — Ela se virou para a porta e, antes de entrar de vez, já com a mão pousada na maçaneta, parou e olhou para Adrian. — Foi a mãe dela que a deixou com esse olho roxo, sabia?

Então entrou e a porta de vidro bateu atrás dela.

Adrian e eu ficamos um instante em silêncio. Por fim, ele tornou a apanhar o maço de cigarros e acendeu mais um.

— Sua mãe?

— Não enche.

— Você é uma dessas pessoas que ou têm amigos que são como almas gêmeas, ou inimigos mortais, não é? Não tem meio-termo para você. Você e Vasilisa são provavelmente como irmãs, certo?

— Acho que sim.

— Ela está bem?

— Como assim?

Ele deu de ombros, e se eu não soubesse do que ele estava falando, diria que ele estava tentando parecer casual demais.

— Não sei. Quer dizer, eu sei que vocês fugiram da escola... e que aconteceu aquilo tudo com a família dela e Victor Dashkov...

Eu enrijeci o corpo quando ele mencionou Victor.

— E daí?

— Sei lá. Só imaginei que talvez fosse uma carga pesada demais para ela aguentar, sabe?

Eu o estudei com cautela, me perguntando aonde ele queria chegar. A frágil saúde mental de Lissa tinha sido alvo de boatos, mas tudo estava devidamente controlado. A maioria das pessoas já tinha se esquecido disso ou pensava que era mentira.

— Preciso ir. — Achei que evitar aquela conversa seria a melhor tática naquele momento.

— Tem certeza? — Ele soou pouco desapontado. Sua voz tinha o mesmo tom petulante e zombeteiro de antes. Alguma coisa nele ainda me intrigava, mas, o que quer que fosse, não era o suficiente para se sobrepor a tudo o mais que eu sentia nem para arriscar entrar numa conversa sobre Lissa. — Pensei que fosse hora de os adultos conversarem. Tem tanta coisa de adulto que eu queria conversar com você...

— Está tarde, estou cansada e seus cigarros estão me dando dor de cabeça — rugi.

— É justo. — Ele afastou o cigarro e espantou a fumaça com a mão. — Algumas mulheres acham que o cigarro me dá um charme.

— Eu acho que você fuma para ter alguma coisa para fazer enquanto pensa na sua próxima gracinha.

Ele engasgou com um misto de trago no cigarro e de vontade de rir.

— Rose Hathaway, mal posso esperar para me encontrar com você novamente. Se é charmosa assim quando está cansada e zangada, e *linda* mesmo com um olho roxo e metida em roupas de esquiar, deve ser devastadora no seu normal.

— Se por "devastadora" você quer dizer que deveria temer pela sua vida, então é isso mesmo. Tem razão. — Abri a porta com vontade. — Boa noite, Adrian.

— Nos vemos em breve.

— Pouco provável. Já disse. Não gosto de caras mais velhos.

Entrei no saguão. Quando a porta se fechou, eu ainda o ouvi dizendo:

— Claro que não gosta.

ONZE

Na manhã seguinte, antes mesmo de eu começar a me mexer na cama, Lissa já tinha se levantado e deixado o quarto. E isso significava que eu teria o banheiro só para mim. Adorei aquele banheiro. Era enorme. A cama *kingsize* caberia tranquilamente ali dentro. Uma chuveirada escaldante com três saídas de água diferentes me acordou, embora os meus músculos estivessem doloridos por conta do exercício do dia anterior. Quando me observei de corpo inteiro no espelho do banheiro enquanto penteava o cabelo, fiquei decepcionada ao ver que o olho continuava roxo, apesar de já ter melhorado bastante e estar meio amarelado. Um pouco de corretivo e pó compacto esconderiam facilmente o machucado.

Desci correndo atrás de algo para comer. O restaurante já estava encerrando o café da manhã, mas uma das garçonetes me deu alguns pãezinhos recheados com marzipã de pêssego para levar. Mastigando um deles enquanto caminhava, ativei os sentidos para perceber onde estava Lissa. Alguns minutos depois, senti a presença dela do outro lado do saguão, longe da ala onde os alunos estavam alojados. Segui a trilha até chegar a um quarto no terceiro andar. Bati na porta.

Christian a abriu.

— Chegou a Bela Adormecida. Seja bem-vinda.

Ele me fez entrar de maneira apressada. Lissa estava sentada de pernas cruzadas na cama e sorriu quando me viu. O quarto era tão suntuoso quanto o meu, mas quase toda a mobília fora arrastada para um canto, abrindo um espaço vazio. E nesta área estava Tasha, de pé.

— Bom dia — disse ela.

— Oi — retruquei. De nada adiantara tentar evitá-la.

Lissa deu um tapinha na cama, me convidando para sentar perto dela.

— Você tem que ver isso.

— O que está acontecendo? — Sentei ao lado dela e terminei de comer o último pãozinho.

— Coisas proibidas — disse ela com um ar travesso. — Você vai aprovar.

Christian caminhou até o espaço vazio e se pôs frente a frente com Tasha. Eles se olharam nos olhos, esquecidos de mim e de Lissa. Aparentemente eu tinha interrompido algo.

— Então, por que é que eu não posso simplesmente usar o feitiço da combustão? — perguntou Christian.

— Porque consome muita energia — disse ela. Mesmo de calça jeans, rabo de cavalo *e* as cicatrizes, ela conseguia ser absurdamente bonita. — E, além do mais, é bem provável que a combustão mate o seu oponente.

Ele debochou:

— Ah, e por que eu não ia querer matar um Strigoi?

— Você pode não estar lutando contra um Strigoi. Ou talvez você precise arrancar alguma informação dele. De todo modo, você deve estar preparado para tudo.

Eles estavam praticando magia ofensiva, percebi. Animação e interesse tomaram o lugar do humor sombrio que me consumira ao ver Tasha. Lissa não estava brincando quando disse que eles estavam fazendo "coisas proibidas". Sempre suspeitei que eles praticassem magia ofensiva, mas... caramba. Imaginar era uma coisa, ver aquilo acontecer de verdade era outra bem diferente. Usar magia como arma era proibido. Um aluno que experimentasse algo assim podia ser perdoado e orientado a não fazer mais aquilo; mas o adulto que ensinasse isso a um menor de idade... uau. Aquilo podia colocar Tasha em maus lençóis. Por um milésimo de segundo, brinquei com a ideia de entregá-la. Logo descartei a hipótese. Eu podia até odiá-la por estar paquerando Dimitri, mas parte de mim acreditava que o que Christian e ela estavam fazendo era importante. E, além do mais, era bem legal de ver.

— Um feitiço que distraia seu inimigo pode ser tão útil quanto um outro que o mate de cara — continuou ela.

Seus olhos azuis se concentraram intensamente, como eu já vira acontecer com frequência com os Moroi ao usarem a magia. Ela virou o pulso para a frente, e um raio de fogo saiu dele e passou serpenteando perto do rosto de Christian. Não o tocou, mas, pelo jeito como ele estremeceu, suspeitei que o raio tivesse passado perto o suficiente para que ele sentisse o calor do fogo.

— Tente fazer isso — sugeriu ela.

Christian hesitou por um instante e depois repetiu com as mãos o mesmo gesto que ela fizera. Um raio de fogo escapou-lhe do pulso, mas ele não tinha o controle tão certeiro quanto o dela. Ele também não se saiu bem na pontaria. O raio se encaminhou direto para o rosto dela, mas, antes que pudesse tocá-lo, dividiu-se em dois e contornou a cabeça de Tasha, quase como se tivesse batido em um escudo invisível. Ela o desviara com a sua magia.

— Nada mal. Com exceção do fato de que você teria queimado o meu rosto inteiro.

Nem eu iria querer que ela tivesse o rosto queimado. Mas o cabelo... ah, sim. Aí veríamos se ela ainda ficaria bonita sem aquele cabelão preto como as asas de uma graúna.

Christian e ela treinaram por mais algum tempo. Ele melhorou ao longo da aula, embora tivesse que trabalhar muito ainda para chegar ao nível de Tasha. Meu interesse crescia cada vez mais à medida que

136   Richelle Mead

eles treinavam, e eu me vi ponderando sobre todas as possibilidades que aquela magia poderia oferecer.

Eles terminaram a lição do dia quando Tasha anunciou que tinha que sair. Christian suspirou, visivelmente frustrado por não ter conseguido dominar o feitiço em apenas uma hora. A natureza competitiva do garoto era quase tão forte quanto a minha.

— Eu ainda acho que seria mais fácil simplesmente tacar fogo neles e encerrar o assunto — argumentou.

Tasha sorriu enquanto alinhava o cabelo para fazer um rabo de cavalo mais apertado. Ah, sim. Ela poderia *muito bem* ficar sem aquele cabelo, ainda mais tendo em vista que Dimitri, eu bem sabia, adorava cabelos compridos.

— É mais fácil porque não precisa de tanta concentração. É disperso. Sua magia ficará mais forte a longo prazo se você aprender essas técnicas. E, como eu disse, o feitiço tem a sua utilidade.

Eu não queria concordar com ela, mas não consegui me conter.

— Pode ser muito útil se você estiver lutando lado a lado com um guardião — falei, empolgada. — Principalmente se consome tanta energia incendiar um Strigoi de cima a baixo. Usando este tipo de feitiço, com um esforço pequeno e sem gastar toda a sua energia, você distrai um Strigoi. E certamente isso *irá* distraí-lo, porque os Strigoi têm pavor de fogo. E é esse o tempo exato que um guardião precisa para atacá-lo com a estaca. Daria para matar um bando inteiro de Strigoi usando essa tática.

Tasha abriu um largo sorriso. Alguns Moroi, como Lissa e Adrian, sorriam sem mostrar os dentes. Tasha sempre mostrava os dela, inclusive os caninos.

— Exatamente. Algum dia nós duas ainda vamos sair juntas caçando Strigoi — provocou ela.

— Acho que não vamos, não — respondi.

As palavras em si não foram más, mas o tom que eu usei para dizê-las certamente foi. Frio. Nada simpático. Tasha demonstrou alguma surpresa com a minha mudança abrupta de atitude, mas deu de ombros. Lissa, no entanto, ficou chocada, o que percebi através do laço.

Tasha não pareceu ter se incomodado. Conversou um pouco mais conosco e combinou um encontro com Christian na hora do jantar. Lissa me lançou um olhar zangado quando ela, Christian e eu descemos a bela escada em espiral que nos levava até o saguão.

— O que foi *aquilo*? — questionou ela.

— Aquilo o quê? — perguntei inocentemente.

— Rose — disse ela, séria. Era difícil bancar a tola quando sua amiga sabia que você podia ler a mente dela. Eu sabia exatamente do que ela estava falando. — Que resposta foi aquela que você deu pra Tasha?

— Não respondi tão mal assim.

— Você foi grossa — exclamou ela, dando espaço para que um grupo de crianças Moroi passasse correndo pelo saguão. Estavam todos embrulhados em parcas, e um instrutor de esqui Moroi os seguia, tenso.

Coloquei as mãos na cintura.

— Olha, estou só um pouco rabugenta, está bem? Dormi pouco. E, além do mais, não sou como você. Não tenho que ser educadinha o tempo todo.

Como já estava virando costume, não acreditei no que acabara de dizer. Lissa me encarou, mais abismada do que magoada. Christian ficou vermelho, prestes a sair em defesa dela e me enfrentar quando, em boa hora, Mason chegou. Ele não estava engessado nem nada, mas mancava um pouco.

— Oi. Junte-se a nós — convidei, pegando na mão dele.

Christian segurou a raiva e se voltou para Mason.

— É verdade que aquelas manobras suicidas acabaram derrubando você?

Os olhos de Mason estavam focados em mim.

— É verdade que você andou por aí com Adrian Ivashkov?

— Eu... o quê?

— Ouvi dizer que vocês tomaram um porre ontem à noite.

— É verdade? — perguntou Lissa, estarrecida.

Olhei para a cara dos dois.

— Não, é claro que não! Eu mal conheço esse cara.

— Mas você *conhece* — pressionou Mason.

— Conheço pouco.

— Ele tem uma péssima reputação — advertiu Lissa.

— Tem mesmo — disse Christian. — Ele pega todas as garotas.

Eu não conseguia acreditar naquilo.

— Será que vocês podem me deixar em paz? Eu conversei com ele por uns cinco minutos! E isso só aconteceu porque ele estava bloqueando a minha passagem para entrar no hotel. De onde vocês tiraram toda essa história? — Eu mesma respondi num segundo à minha própria pergunta: — Mia.

Mason balançou a cabeça, concordando, e teve a delicadeza de ficar constrangido.

— Desde quando você fala com ela? — perguntei.

— Encontrei com ela por acaso, só isso — disse ele.

— E você acreditou nela? Você sabe que ela quase sempre está mentindo.

— Sei. Mas em geral existe alguma verdade no meio das mentiras. E você está me dizendo que *conversou* com ele.

— Exatamente. *Conversei*. Foi só isso.

Eu vinha pensando seriamente na possibilidade de namorar Mason, então não achei a menor graça ao perceber que ele não confiava em mim. No começo do ano, na escola, ele tinha me ajudado a desvendar as artimanhas de Mia, por isso era meio que surpreendente vê-lo tão paranoico com aquelas novas mentiras. A não ser que os sentimentos dele em relação a mim realmente tivessem se intensificado e isso o estivesse deixando mais suscetível ao ciúme.

Para minha surpresa, Christian mudou o assunto e me salvou.

— Imagino que hoje não vão brincar de esquiar, não é?

Apontou para o tornozelo de Mason, que imediatamente disparou uma resposta indignada:

— O quê? Você acha que essa coisinha de nada vai me impedir de fazer alguma coisa?

A irritação comigo diminuiu e foi substituída por uma ardente necessidade de provar a própria capacidade. Uma necessidade que partilhávamos. Lissa e Christian olharam para ele como se tivesse perdido a noção, mas eu sabia que nada do que disséssemos o impediria de agir de maneira insana.

— Vocês querem vir conosco? — perguntei a Lissa e a Christian.

Lissa fez que não com a cabeça.

— Não podemos. Temos que ir a um almoço oferecido pelos Conta.

Christian resmungou.

— Quer dizer, *você* tem que ir.

Ela deu uma leve cotovelada nele.

— E você também. O convite dizia que eu podia levar um acompanhante. E, além do mais, isso vai ser só um aquecimento para o evento *principal*.

— Qual? — perguntou Mason.

— O grande jantar de Priscilla Voda — suspirou Christian. Sorri ao ver como ele sofria com todos aqueles compromissos sociais. — A melhor amiga da rainha. Toda a realeza esnobe vai estar lá, e eu ainda vou ter que usar um terno.

Mason olhou para mim e abriu um sorriso largo. A birra tinha passado.

— Esquiar está parecendo um programa cada vez mais agradável, não é? E menos rigoroso no que diz respeito a exigências de vestuário.

Deixamos os Moroi para trás e saímos. Mason não competiu comigo no mesmo nível de dificuldade que enfrentáramos no dia anterior. Seus movimentos estavam mais lentos e um pouco desajeitados. Mesmo assim, ele se saiu muito bem, sobretudo levando em conta a torção. O machucado não fora tão feio quanto temíamos, mas ele teve a prudência de não ir além dos declives mais fáceis.

A Lua cheia despontava no vazio do céu, uma esfera brilhante de um branco prateado. As luzes elétricas iluminavam o terreno com mais potência do que ela, e, aqui e ali, nas sombras, o astro conseguia lançar um pouco do seu brilho. Desejei que ela estivesse clara o suficiente para revelar a cordilheira de montanhas ao redor, mas os picos permaneciam imersos na escuridão. Tinha esquecido de olhar para elas mais cedo, quando ainda estava claro.

As rampas eram simples demais para mim, mas fiquei com Mason e só de vez em quando o provocava, comentando o quanto o desempenho dele no esqui estava me deixando entediada. Mas não me importei de os declives serem fáceis. Estar ao ar livre com amigos e praticando uma atividade física que fazia circular o sangue dentro de mim e que me aquecia contra o ar gélido era uma alegria. A neve refletia a luz dos postes, dando-lhe a aparência de um enorme oceano branco, com os flocos cristalinos faiscando bem de leve. Quando eu me virava para o alto e bloqueava a luz que batia em meus olhos, conseguia ver as estrelas transbordando do céu. Elas se destacavam, inflexíveis e cristalinas, no ar claro e gelado. Passamos quase o dia inteiro ao ar livre novamente, mas desta vez pedi para pararmos mais cedo, fingindo estar cansada para que Mason não se esforçasse demais. Ele conseguia se sair bem nas rampas fáceis mesmo com o tornozelo torcido, mas notei que começava a sentir dor.

Na volta para o alojamento, Mason e eu caminhávamos bem próximos um do outro, rindo de alguma coisa que víramos um pouco antes, quando, de repente, com minha visão periférica, vislumbrei um vulto branco, e uma bola de neve bateu e se desmanchou bem na cara de Mason. Imediatamente assumi uma atitude defensiva, perscrutando em volta e atrás de nós. Gritos e uivos vieram de uma área do hotel onde ficavam os galpões de depósitos intercalados por madeiras de pinho entrelaçadas.

— Está lento demais, Ashford — gritou alguém. — Se este é o preço que se paga por estar apaixonado, então não vale a pena.

Mais risadas. O melhor amigo de Mason, Eddie Castile, e alguns outros aprendizes da escola se materializaram, surgindo detrás de um amontoado de árvores. Ouvi mais gritos vindos de lá.

— Ainda assim aceitamos você se quiser fazer parte do nosso time — disse Eddie. — Mesmo com você se esquivando como uma garota.

— Time? — perguntei, animada.

Na escola, guerra de bola de neve era estritamente proibido. Os diretores tinham um medo inexplicável de que nós atirássemos bolas de neve misturadas a pedaços de vidro e lâminas. Eu não fazia ideia, para início de conversa, de como eles achavam que nós conseguiríamos esse tipo de objeto.

Não que uma guerra de bola de neve fosse uma rebeldia tão absurda assim, mas, depois de todo o estresse pelo qual eu passara recentemente, jogar objetos em outras pessoas me pareceu a melhor ideia que eu tinha ouvido até então. Mason e eu nos juntamos aos outros. A hipótese de uma brincadeira proibida deu a ele um novo ânimo e o fez esquecer a dor no tornozelo. Nós nos preparamos com um entusiasmo avassalador.

A guerra logo se resumiu a acertar o máximo possível de pessoas e, ao mesmo tempo, se esquivar dos ataques. Eu tive um desempenho excepcional, tanto atacando quanto me esquivando, e ainda demonstrei imaturidade vaiando e gritando insultos tolos para as minhas vítimas.

Quando finalmente alguém percebeu o que estávamos fazendo e nos deu uma bronca, já estávamos todos às gargalhadas e cobertos de neve. Mason e eu mais uma vez fomos nos dirigindo para o alojamento, tão alegres que eu sabia que a história toda com Adrian tinha sido esquecida por completo.

E, de fato, Mason olhou para mim pouco antes de entrarmos no hotel e disse:

— Desculpe por ter brigado com você hoje cedo por causa de Adrian.

Eu apertei a mão dele.

— Tudo bem. Mia consegue inventar histórias bem convincentes.

— Eu sei... Mas, mesmo que você tivesse ficado com ele... Eu não tenho nenhum direito de...

Eu olhei bem para ele, surpresa ao ver em seu semblante, que geralmente exibia um ar atrevido, certa timidez.

— Não tem direito? — perguntei.

Um sorriso começou a se abrir nos lábios dele.

— Tenho?

Sorri, dei um passo à frente e o beijei. Os lábios dele estavam deliciosamente quentes em contraste com o ar gelado. Não foi um daqueles beijos que fazem a terra tremer, como o que eu dera em Dimitri antes da viagem, mas foi um beijo doce e agradável. Mais um beijo de amigo, na verdade, mas que *talvez* pudesse evoluir para algo maior do que isso. Pelo menos foi assim que eu senti. Pela cara de Mason, parecia que o beijo virara o mundo dele de cabeça para baixo.

— Uau — disse ele, com os olhos arregalados. Sob a luz da lua, seus olhos assumiram uma cor azul prateada.

— Está vendo? — disse eu. — Não precisa se preocupar. Nem com Adrian, nem com ninguém.

Nós nos beijamos novamente. Foi um beijo mais longo desta vez. Por fim, nos separamos. Mason estava visivelmente mais bem-humorado, e devia mesmo estar, e eu caí na cama com um sorriso no rosto. Não tinha plena certeza ainda de que Mason e eu éramos um casal; mas estávamos bem perto disso.

Mas, quando dormi, foi com Adrian Ivashkov que sonhei.

No sonho, eu estava na varanda com ele mais uma vez, só que era verão. O ar estava suave e morno, e o sol brilhava forte no céu, cobrindo tudo com uma luz dourada. Eu não estivera exposta a um sol tão intenso desde que morara entre os humanos. Tudo em volta, as montanhas e vales, era verde e cheio de vida. Pássaros cantavam por toda parte.

Adrian, recostado contra o corrimão da varanda, levantou os olhos e, quando me avistou, parecia não acreditar.

— Ah, eu não esperava ver você aqui. — Sorriu. — Eu estava certo. Você *é* devastadora quando está de banho tomado.

Instintivamente eu toquei a pele ao redor do meu olho.

SANGUE E GELO   143

— Está curado — disse ele.

Mesmo sem poder ver meu próprio olho, eu sabia, de alguma forma, que ele dizia a verdade.

— Você não está fumando.

— Hábito ruim — disse ele. E acenou para mim com a cabeça.

— Está com medo? Está usando tantas proteções...

Franzi as sobrancelhas. Não tinha notado as minhas roupas. Vestia uma calça jeans bordada que eu vira um dia numa loja, mas não tivera dinheiro para comprar. Minha camiseta estava cortada, deixando a barriga à mostra, e eu usava um *piercing* no umbigo. Sempre quis furar o umbigo, mas nunca tive dinheiro para fazer o *piercing*. O que eu usava ali era um pequeno pingente de prata, com aquele estranho olho que minha mãe me dera de presente pendurado. O *chotki* de Lissa estava amarrado ao meu pulso.

Olhei de volta para Adrian, estudando a maneira como o sol brilhava contra o seu cabelo castanho. À luz do dia, vi que os olhos dele eram de fato verdes, de um verde-esmeralda profundo, diferente do verde-claro, cor de jade, dos olhos de Lissa. Uma coisa espantosa me ocorreu de repente.

— Todo esse sol não está incomodando você?

Ele deu de ombros preguiçosamente.

— Nem um pouco. Isso é só um sonho meu.

— Não. O sonho é *meu*.

— Você tem certeza? — Ele voltou a sorrir.

Fiquei confusa.

— Eu... Eu não sei.

Ele riu um pouco, mas logo depois parou. Pela primeira vez desde que o conhecera, ele pareceu estar falando sério.

— Por que há tanta escuridão à sua volta?

Franzi as sobrancelhas.

— O quê?

— Você está rodeada de escuridão. — Os olhos dele me estudaram com sagacidade, mas não era como se ele estivesse avaliando meus atributos físicos. — Nunca vi uma pessoa como você. Rodeada de sombras. Nunca teria imaginado algo assim. Agora mesmo, enquanto você está aqui, as sombras crescem ao seu redor.

Olhei para baixo, para minhas mãos, mas não vi nada de extraordinário. Olhei para ele novamente.

— Eu fui beijada pelas sombras...

— O que isso significa?

— Eu morri uma vez. — Nunca tinha contado isso para ninguém, além de Lissa e Victor Dashkov, mas aquilo era um sonho. Não importava. — E depois de morrer, eu voltei.

Ele ficou maravilhado.

— Ah, que interessante...

Acordei.

Alguém estava me sacudindo. Era Lissa. Os sentimentos dela me açoitaram com tanta força através do laço que eu fui brevemente sugada para dentro da cabeça dela e me vi olhando para mim mesma. A palavra "estranho" não dava conta nem de longe da sensação. Voltei a mim, tentando ver alguma coisa em meio ao terror e ao susto que vinham dela.

— O que aconteceu?

— Os Strigoi atacaram de novo.

DOZE

Levantei-me da cama num pulo. Encontramos todos os hóspedes do hotel agitados com a notícia. As pessoas se reuniam em pequenos grupos pelos corredores. Familiares procuravam por parentes. Alguns, aterrorizados, conversavam aos sussurros; outros falavam mais alto e era possível ouvir o que diziam. Pedi informações a algumas pessoas, tentando juntar os fios da história e entender exatamente o que acontecera. Mas cada um contava uma versão diferente, e alguns nem paravam para me dar atenção. Passavam apressados, procurando parentes e amigos, ou correndo, em meio aos preparativos para deixar o hotel, convencidos de que encontrariam algum outro lugar mais seguro para ficar.

Frustrada com as diferentes versões da história, acabei por fim aceitando, com relutância, que a solução seria procurar uma das duas fontes capazes de me fornecer informações confiáveis. Minha mãe ou Dimitri. Era como tirar a sorte no palitinho. Eu não estava exatamente animada para ver nenhum dos dois naquele momento. Pensei rápido sobre o assunto e decidi afinal pela minha mãe, já que não era bem ela que andava se engraçando com Tasha Ozera.

A porta do quarto da minha mãe estava entreaberta, e, quando Lissa e eu entramos, vi que uma espécie de quartel-general improvisado se estabelecera ali. Vários guardiões estavam remoendo minuciosamente o assunto, andando para lá e para cá e discutindo estratégias. Alguns olharam em nossa direção, mas nenhum nos fez qualquer pergunta ou nos impediu de permanecer no quarto. Lissa e eu nos sentamos discretamente num pequeno sofá e ficamos ali, escutando a conversa.

Minha mãe estava de pé com um grupo de guardiões, um deles era Dimitri. De nada adiantou ter tentado evitar um encontro com ele. Seus olhos castanhos voltaram-se brevemente para mim, e eu desviei o olhar. Não queria ter que lidar, naquele momento, com os sentimentos conturbados que eu nutria por ele.

Lissa e eu logo conseguimos discernir os detalhes do que acabara de ocorrer. Oito Moroi tinham sido assassinados com seus cinco guardiões. Três Moroi estavam desaparecidos, ou mortos, ou transformados em Strigoi. O ataque não acontecera perto de onde estávamos; fora em algum lugar no norte da Califórnia. Mesmo assim, uma tragédia como aquela tinha mesmo que repercutir intensamente por todo o mundo dos Moroi, e, para alguns, dois estados de distância ainda era perto demais. As pessoas estavam aterrorizadas, e eu logo soube o que fizera com que aquele ataque em especial tivesse tamanho impacto.

— Era um grupo maior do que o do último ataque — disse minha mãe.

— Maior? — exclamou um dos outros guardiões. — Aquele ataque já reunia um número jamais visto de Strigoi. Ainda não consigo acreditar que nove Strigoi tenham conseguido trabalhar em equipe. E você quer que eu acredite que eles conseguiram se organizar em número ainda maior?

— Sim — respondeu minha mãe com firmeza.

— Alguma evidência de presença humana? — perguntou alguém. Minha mãe hesitou.

— Sim. A magia dos escudos foi quebrada. E o jeito como a coisa toda foi conduzida… Tudo idêntico ao ataque aos Badica.

O tom de voz dela era duro, mas também demonstrava cansaço. Não era bem um esgotamento físico. Percebi tratar-se de uma exaustão mental. Tensão e dor causadas por todos aqueles acontecimentos.

SANGUE E GELO 147

Sempre imaginei minha mãe como uma espécie de máquina de matar sem sentimentos, mas aquilo estava sendo realmente doloroso para ela. Era um assunto pesado e difícil de discutir, mas ao mesmo tempo ela parecia estar encarando os fatos de frente. Afinal, aquele era o trabalho dela.

Senti um bolo me subir à garganta e rapidamente o engoli. Humanos. Idêntico ao ataque aos Badica. Desde aquele massacre, vínhamos analisando exaustivamente a probabilidade de um grupo tão grande de Strigoi se organizar em conjunto e ainda recrutar humanos. Conversáramos de maneira vaga sobre a possibilidade de algo assim voltar a acontecer, mas ninguém chegou a discutir seriamente a probabilidade de *aquele* grupo, os mesmos assassinos dos Badica, voltar a atacar. Se tivesse sido só uma vez, seria um acontecimento isolado. Um bando de Strigoi que se reuniu um dia, por acaso, e, num impulso, decidiu fazer um ataque surpresa. Era terrível, mas podíamos riscar aquele tipo de atentado aleatório da lista.

Mas parecia que aquela reunião de Strigoi não tinha sido uma ocorrência casual. Eles tinham se agrupado com um propósito, utilizaram os humanos de maneira estratégica e atacaram novamente. Estávamos lidando com algo que parecia seguir um padrão: Strigoi organizados e em plena atividade buscando grandes grupos de presas. Assassinatos em série. Não podíamos mais confiar na proteção dos escudos mágicos. Não podíamos nem mais confiar na luz do sol. Humanos podiam agir durante o dia, podiam nos espionar e sabotar nossas proteções. A luz solar não era mais garantia de segurança.

Lembrei-me do que eu dissera a Dimitri na casa dos Badica: *Isso muda tudo, não muda?*

Minha mãe folheou alguns papéis presos a uma prancheta.

— Os detalhes forenses não estão disponíveis ainda, mas um número de Strigoi idêntico ao da investida contra os Badica não teria alcançado um resultado desses. Nenhum dos Drozdov nem ninguém que trabalhava para eles escapou. Com cinco guardiões no local, sete Strigoi se ocupariam lutando com eles, pelo menos temporariamente, dando margem para que algumas das vítimas fugissem. Estamos lidando aqui com nove ou dez Strigoi, talvez.

— Janine está certa — disse Dimitri. — E se considerarmos o tamanho do local... é grande demais. Apenas sete não teriam conseguido dar conta de todo o lugar.

Os Drozdov eram uma das doze famílias reais. Eram muitos e prósperos, ao contrário do clã de Lissa, exterminado quase por completo. Havia ainda muitos membros da família vivos em outros lugares, mas obviamente uma ofensiva como aquela era, ainda assim, horrível. Além do mais, eu sabia algo sobre eles, mas não conseguia me lembrar o que era... havia alguma coisa que eu devia saber sobre os Drozdov.

Enquanto parte da minha mente lutava para tentar se lembrar do que se tratava, eu observava, fascinada, minha mãe trabalhar. Eu a ouvira contar suas histórias. Eu vira e *sentira* na pele o seu estilo de luta. Mas eu nunca a vira de fato em ação, em meio a uma crise na vida real. Ela demonstrava ter todo o controle que exibia mesmo quando estava comigo, mas, naquele momento, percebi o quanto ele era necessário. Uma situação daquelas gerava pânico. Mesmo entre os guardiões, alguns estavam tão nervosos que só pensavam em tomar atitudes drásticas. Minha mãe era a voz da razão ali, sempre lembrando a todos de que eles tinham que manter o foco e avaliar a situação por inteiro. Sua atitude acalmava os outros guardiões; a força que ela demonstrava os inspirava. Era assim, me dei conta, que um líder devia agir.

Dimitri se mantinha tão imperturbável quanto ela, mas se reportava a ela para coordenar as coisas. Às vezes, eu precisava me lembrar de que, para um guardião, Dimitri ainda era jovem. Eles discutiram mais detalhes sobre o ataque e comentaram o fato de que, ao serem atacados, os Drozdov estavam oferecendo, com alguns dias de atraso, um jantar de Natal num salão de festas.

— Primeiro os Badica, agora os Drozdov — resmungou um dos guardiões. — Estão atrás dos membros da realeza.

SANGUE E GELO

— Estão atrás dos Moroi — disse Dimitri sem rodeios. — Membros da realeza ou não, isso pouco importa para eles.

Membros da realeza ou não. Então lembrei de repente o que havia de tão importante relacionado aos Drozdov. Minha tendência instintiva à espontaneidade me impelia a levantar de um salto e lançar de imediato a pergunta que me viera à cabeça, mas eu aprendera a me controlar um pouco. Aquilo era coisa séria. Não era a hora de eu me comportar de maneira irracional. Eu queria ser tão forte quanto minha mãe e Dimitri, então esperei até que a discussão terminasse.

Quando o grupo começou a se dispersar, me levantei do sofá e me aproximei de minha mãe.

— Rose — disse ela, surpresa. Como acontecera na aula de Stan, ela não tinha percebido a minha presença no quarto. — O que você está fazendo aqui?

Aquela era uma pergunta tão estúpida que eu nem tentei responder. O que ela achava que eu estava fazendo ali? Aquela era uma das maiores tragédias ocorrida no mundo dos Moroi.

Apontei para a prancheta dela.

— Quem mais foi assassinado?

Irritada, ela fez uma careta.

— Os Drozdov.

— E quem mais?

— Rose, nós não temos tempo...

— Eles tinham empregados, não tinham? Dimitri falou em vítimas que não eram da realeza. Quem eram eles?

Mais uma vez eu vi o cansaço no rosto dela. Ela estava sofrendo com aquelas mortes.

— Não sei todos os nomes. — Ela folheou algumas páginas e virou a prancheta para mim. — Estão aí.

Passei os olhos na lista. Senti como se o meu coração tivesse parado.

— Está bem — disse a ela. — Obrigada.

Lissa e eu os deixamos tratar de seus afazeres. Eu queria ficar para ajudar, mas os guardiões trabalhavam com eficiência e cautela;

aprendizes despreparados não teriam qualquer utilidade para eles naquele momento.

— O que aconteceu? — perguntou Lissa, quando estávamos nos encaminhando para o saguão principal.

— Os empregados dos Drozdov — disse eu. — A mãe de Mia trabalhava para eles...

Lissa ofegou.

— E?

Eu suspirei.

— E o nome dela estava na lista.

— Ai, meu Deus. — Lissa parou de andar. Ela olhou para o nada e derramou lágrimas manchadas de rímel. — Ai, meu Deus.

Parei na frente dela e coloquei as mãos sobre seus ombros. Ela estava tremendo.

— Está tudo bem — disse eu. O medo dela me invadia em ondas, e era um medo paralisante. Ela estava em choque. — Vai ficar tudo bem.

— Você ouviu o que eles disseram — disse ela. — Tem um grupo de Strigoi se organizando e nos atacando! Quantos são? Eles estão vindo para cá?

— Não — disse eu com firmeza. Mas não tinha nenhuma certeza disso, é claro. — Aqui estamos a salvo.

— Pobre Mia...

Não sabia o que dizer. Achava que Mia era uma pessoa insuportável, mas não desejaria uma coisa dessas para ninguém, nem para o meu pior inimigo, que, na verdade, tecnicamente, era ela mesma. Corrigi depressa aquele pensamento. Mia não era o meu pior inimigo.

Não consegui sair de perto de Lissa durante o resto do dia. Eu sabia que não havia nenhum Strigoi de tocaia no hotel, mas meu instinto protetor se exacerbara. Guardiões protegem seus Moroi. Como sempre, também me preocupei com o estado emocional dela, com a possibilidade de ela ficar ansiosa e transtornada, então fiz o que pude para poupá-la desses sentimentos.

Os outros guardiões também trabalhavam para que os Moroi se sentissem protegidos. Eles não caminhavam ao lado, como eu fazia com Lissa, mas reforçaram a segurança do hotel e se mantinham em comunicação constante com os guardiões que estiveram na cena do crime. Informações sobre as medonhas singularidades do ataque não pararam de chegar ao longo de todo o dia, assim como as especulações sobre onde o grupo de Strigoi estaria naquele exato momento. Muito pouco daquelas informações era dividido com os aprendizes, é claro.

Enquanto os guardiões faziam o que sabiam fazer melhor, os Moroi também faziam o que, infelizmente, eles sabiam fazer melhor: falar.

Como havia tantos membros da realeza e outros Moroi importantes no hotel, eles organizaram uma reunião noturna para discutir a tragédia e o que poderia ser feito para evitar investidas assim no futuro. Nada oficial seria decidido na reunião; os Moroi tinham uma rainha e um conselho governamental que funcionavam em outro lugar, e caberia a eles tomar as decisões necessárias. Todos sabiam, no entanto, que as sugestões aprovadas na reunião chegariam de alguma forma aos comandantes. Nossa segurança no futuro podia depender do que fosse discutido no encontro marcado para aquela noite.

Ele aconteceu num enorme salão de jantar dentro do hotel, onde havia um pequeno palco e poltronas em número suficiente. Apesar da atmosfera de reunião de negócios, podia-se perceber que aquele salão fora construído para outros fins, e não para que ali se discutissem massacres e planos de defesa. O carpete de textura aveludada era decorado com motivos florais em tons de prata e preto. As poltronas, feitas de madeira polida de preto, tinham encostos altos e foram claramente idealizadas para jantares luxuosos. As paredes expunham retratos em aquarela de Moroi da realeza mortos há muito tempo. Olhei brevemente para o de uma rainha cujo nome eu não sabia. Ela usava um vestido antigo, muito cheio de laços para o meu gosto, e tinha cabelos tão claros quanto os de Lissa.

Um sujeito que eu não conhecia era o encarregado de servir como mediador do encontro e ficava de pé no palco. Todos os membros reais se juntaram na parte da frente do salão. Os outros, incluindo os estudantes, iam se sentando onde achavam lugar. Christian e Mason encontraram Lissa e eu, e, enquanto nos encaminhávamos para o fundo da sala, Lissa fez um sinal negativo com a cabeça:

— Eu vou lá para a frente.

Nós três a encaramos. Eu estava perplexa demais para investigar o que se passava pela mente dela.

— Olhem — apontou ela. — Os membros da realeza estão todos lá, organizados por famílias.

Era verdade. Cada clã se juntou aos seus parentes: os Badica, os Ivashkov, os Zeklose e assim por diante. Tasha estava sentada lá também, mas sozinha. Christian era o único outro membro da família Ozera que estava ali.

— Eu preciso ir lá para a frente — disse Lissa.

— Ninguém está cobrando que você se sente lá — argumentei.

— Eu preciso representar os Dragomir.

Christian debochou.

— Isso tudo é um monte de besteiras da realeza.

Lissa estava determinada.

— Eu tenho que estar lá na frente.

Abri os meus sentidos para compreender os sentimentos de Lissa e gostei do que descobri. Ela passara a maior parte do dia em silêncio e com medo, exatamente como ficara quando soubera da morte da mãe de Mia. Aquele medo ainda estava dentro dela, mas fora superado por uma autoconfiança e uma determinação firmes. Ela reconhecia o fato de ser uma das Moroi capaz de contribuir nas tomadas de decisões e, por mais que a ideia de haver bandos de Strigoi perambulando por aí a aterrorizasse, ela queria fazer a parte dela.

— Você deve ir — falei com calma. E eu também estava gostando da ideia de ela desafiar Christian.

SANGUE E GELO

Lissa me olhou nos olhos e sorriu. Ela sabia que eu sentira o que se passava dentro dela. Virou-se, então, para Christian.

— Você devia se juntar a sua tia.

Christian abriu a boca para protestar. Se a situação não fosse tão aterrorizante, teria sido divertido ver Lissa dar ordens em Christian. Ele era sempre tão teimoso e difícil; todos os que tentavam modificar as opiniões dele não obtinham o menor sucesso. Observei o seu rosto e vi que ele percebeu a importância de estar ali na frente, assim como Lissa. E, além do mais, ele gostava de vê-la fortalecida. Apertou os lábios fazendo uma pequena careta, mas consentiu.

— Está bem. — Segurou-a pela mão e os dois caminharam até a frente do salão.

Mason e eu nos sentamos. Logo que começaram as discussões, Dimitri sentou-se ao meu outro lado. Seus cabelos estavam presos atrás da nuca, e o casaco de couro se amarfanhou em volta dele quando se acomodou na cadeira. Lancei-lhe uma olhadela, surpresa por ele ter escolhido aquele lugar, mas não disse nada. Havia poucos guardiões na reunião; a maioria deles estava ocupada controlando os estragos. Era o que parecia. E lá estava eu, sentada entre os meus dois homens.

A reunião esquentou logo depois. Todos estavam ansiosos para falar sobre como achavam que os Moroi deveriam ser salvos, mas, de fato, duas teorias chamaram mais atenção.

— A solução está bem aqui, ao nosso redor — disse um dos membros reais, quando lhe foi concedida a palavra. Ele ficou de pé ao lado da cadeira e correu os olhos pelo salão. — *Aqui*. Em lugares como este hotel. E como a Escola São Vladimir. Nós mandamos nossos filhos para lugares seguros, lugares onde eles usufruem de sólida proteção e onde podem ser facilmente resguardados. E vejam quantos de nós vieram para cá, crianças e adultos convivendo juntos. Por que não ficamos assim sempre?

— Muitos de nós já vivem assim — gritou alguém na plateia.

O homem fez um gesto de desdém em resposta.

— Algumas poucas famílias aqui e ali. Ou em alguma cidade pequena com uma grande população Moroi. Mas mesmo estes Moroi estão dispersos. A maioria não une seus recursos: seus guardiões e sua magia. Se pudéssemos seguir este modelo... — Ele fez um gesto largo com as mãos. — ...nunca mais teríamos que nos preocupar com os Strigoi.

— E os Moroi nunca mais poderiam interagir com o resto do mundo — resmunguei. — Bom, pelo menos enquanto os humanos não descobrissem a existência de cidades vampiras secretas brotando em toda parte, no meio do nada. Porque, quando descobrissem, aí, sim, teríamos que interagir *bastante* com eles.

A outra teoria sobre como proteger os Moroi envolvia menos problemas logísticos, mas teve um enorme impacto, especialmente para mim.

— O problema é que não temos guardiões suficientes. — Quem defendia este plano era uma mulher do clã dos Szelsky. — De modo que a solução é simples: *precisamos de mais gente*. Os Drozdov tinham cinco guardiões, e não foram suficientes. Apenas seis para proteger mais de uma dúzia de Moroi! Isso é inaceitável. Não é de admirar que esse tipo de coisa continue acontecendo.

— Onde você acha que podemos encontrar mais guardiões? — perguntou o homem a favor de os Moroi se juntarem para morar em comunidades. — São recursos em número limitado.

Ela apontou para onde eu e alguns outros aprendizes estávamos sentados.

— Nós já temos muitos. Eu os observei enquanto treinavam. Eles são letais. Por que estamos esperando que completem dezoito anos? Se acelerarmos os programas de treinamento e nos concentrarmos mais nos treinamentos de combate e menos em teorias, poderíamos começar a usar estes guardiões quando fizessem dezesseis anos.

Dimitri fez um som gutural que parecia desaprovador e nada empolgado com aquela proposta. Ele se debruçou para a frente, apoiou os cotovelos nos joelhos e o queixo nas mãos, o olhar mergulhado em seus pensamentos.

— E não temos só estes guardiões em potencial sendo desperdiçados; também temos as mulheres dampiras. Onde estão todas elas? Nossas raças são interligadas. Os Moroi estão fazendo a sua parte no que diz respeito à sobrevivência da raça dos dampiros. E por que essas mulheres não estão fazendo a parte delas? Por que não estão aqui?

Uma longa e tórrida gargalhada soou em resposta. Todos os olhos se voltaram para Tasha Ozera. Ao contrário da maioria dos outros membros da realeza, vestidos como se estivessem em uma festa, ela usava roupas casuais e confortáveis. A calça jeans de sempre, um *cropped* branco e um cardigã azul de tricô rendado que ia até a altura dos joelhos.

Ela olhou para o mediador e perguntou:

— Posso?

O mediador fez um sinal afirmativo com a cabeça. A mulher Szelsky se sentou; Tasha se levantou. Diferente dos outros integrantes, que falaram de pé ao lado de suas poltronas, ela caminhou direto para o palco, para que pudesse ser claramente vista e escutada por todos. O sedoso cabelo preto estava preso num rabo de cavalo, expondo suas cicatrizes com tanta evidência que eu suspeitei que o penteado fosse intencional. A expressão facial dela era desafiadora e mostrava coragem. Linda.

— Essas mulheres não estão aqui, Monica, porque estão ocupadas demais criando os filhos, sabe, essas crianças que você quer começar a mandar para os campos de batalha assim que aprenderem a andar. E, por favor, não nos insulte ao dizer que os Moroi fazem um grande favor aos dampiros ajudando-os a se reproduzir. Talvez seja diferente na sua família, mas, para nós todos aqui, sexo é uma coisa boa. Para os Moroi não é realmente sacrifício algum manter relações sexuais com os dampiros.

Dimitri endireitou a coluna, e a expressão dele já não era mais de raiva. Provavelmente se empolgara com o discurso de sua nova namorada mencionando sexo. Fiquei muito irritada e torci para que, caso eu exibisse uma expressão homicida no rosto, as pessoas pensassem que ela era dirigida aos Strigoi e não à mulher que no momento discursava para todos nós.

Vislumbrei, de repente, que Mia estava sentada sozinha na mesma fileira que nós, porém um pouco mais distante de Dimitri. Não tinha percebido que ela estava lá. Afundada na poltrona, tinha os olhos vermelhos de choro e a pele mais pálida do que nunca. Senti uma estranha dor no peito por ela. Um sentimento que eu nunca pensei que ela pudesse despertar em mim.

— E o motivo pelo qual estamos esperando que estes guardiões façam dezoito anos é para permitir a eles que aproveitem um pouco a vida, mesmo que seja uma vida de mentirinha, antes de os forçarmos a passar o resto de seus dias em constante perigo. Eles precisam desse tempo extra para se desenvolverem não só física, mas também intelectualmente. Se vocês os tirarem das escolas antes de estarem prontos e os tratarem como se fossem peças de uma linha de montagem, estarão apenas criando alimento para os Strigoi.

Algumas pessoas engasgaram com as palavras duras de Tasha, mas ela conseguiu angariar a atenção de todos.

— E vocês estariam criando mais alimento de Strigoi se tentassem obrigar essas dampiras a se tornarem guardiãs. Elas não podem ser forçadas a viver uma vida que não desejam. Todo esse plano para conseguir mais guardiões se baseia em jogar crianças e pessoas que não têm nenhum desejo de ser guardiões em caminhos perigosos somente para que vocês possam ficar um pouco mais distantes do inimigo. Eu diria que este é o plano mais estúpido que já ouvi, se não tivesse escutado antes o dele.

Ela apontou para o primeiro palestrante, o que sugerira comunidades de Moroi. As feições do homem se encheram de constrangimento.

— Então traga luz para essa discussão, Natasha — disse ele. — Diga o que *você* acha que devemos fazer, já que tem tanta experiência com os Strigoi.

Um leve sorriso brincou nos lábios de Tasha, mas ela não respondeu ao insulto.

— O que eu acho? — Ela caminhou a passos largos até a frente do palco, olhando fixamente para nós enquanto respondia à pergunta dele. — Acho que devíamos parar de inventar planos cujas premissas estão em confiar nossa proteção a outras pessoas ou coisas. Vocês acham que há poucos guardiões? Este não é o problema. O problema é que os Strigoi são muitos. E nós permitimos que se multipliquem e se tornem mais poderosos porque não fazemos nada para impedi-los, a não ser elaborar argumentos estúpidos como os que foram ouvidos aqui. Tudo o que fazemos é fugir e nos esconder atrás dos dampiros enquanto deixamos que os Strigoi proliferem. A falha é nossa. Foi por *nossa* culpa que os Drozdov morreram. Vocês querem um exército? Bem, ele está bem aqui. Dampiros não são os únicos capazes de aprender a lutar. A questão, Monica, não é que lugar as dampiras ocupam nesta guerra. A questão é: *qual é o nosso posicionamento nela?*

Tasha já estava aos berros. A exaltação corava seu rosto e os olhos brilhavam de paixão. Aquela empolgação, combinada com suas belas feições e as cicatrizes, faziam dela uma figura fascinante. As pessoas não conseguiam tirar os olhos dela. Lissa olhava Tasha maravilhada, inspirada por suas palavras. Mason parecia hipnotizado. Dimitri estava impressionado. E além dele...

Além dele havia Mia. Mia não estava mais afundada na poltrona. Estava sentada com a coluna ereta, tão ereta quanto uma vara, os olhos arregalados. Ela olhava para Tasha como se ela sozinha tivesse as respostas para todas as perguntas da vida.

Monica Szelsky parecia menos maravilhada e olhou fixamente para Tasha.

— Você não está sugerindo que os Moroi lutem lado a lado com os guardiões quando houver um ataque Strigoi ...

Tasha olhou para ela de cima.

— Não. Estou sugerindo que os Moroi e os guardiões saiam para lutar contra os Strigoi *antes* que eles nos ataquem...

Um garoto que devia ter uns vinte anos e parecia um modelo da Ralph Lauren se manifestou. Eu teria apostado uma fortuna que ele era da realeza. Ninguém mais teria dinheiro suficiente para manter aquelas mechas loiras tão perfeitas. Ele soltou o suéter caro que estava amarrado à cintura e o colocou sobre o encosto da cadeira.

— Ah — disse ele, com um tom de deboche. — Quer dizer então que você vai simplesmente nos dar estacas e bastões e nos mandar para o campo de batalha?

Tasha deu de ombros.

— Se isso for preciso, Andrew, então com certeza é o que vou fazer. — Um sorriso malicioso atravessou os belos lábios dela. — Mas existem outras armas que nós podemos aprender a usar também. Armas que os guardiões não podem manejar.

O olhar do garoto mostrava o quanto ele considerava a ideia insana. Ele revirou os olhos.

— Ah, é? Como o quê, por exemplo?

O sorriso dela se abriu inteiramente.

— Como isso.

Ela fez um aceno com a mão, e o suéter que ele colocara no encosto da cadeira pegou fogo na mesma hora.

Ele deu um grito de susto e o lançou ao chão, apagando o fogo com os pés.

Por alguns segundos, a sala inteira ficou com a respiração suspensa. E depois... o caos tomou conta do lugar.

TREZE

As pessoas se levantaram e gritaram, todas querendo se fazer ouvir. Como era de se esperar, a maioria tinha o mesmo ponto de vista: Tasha estava errada. Disseram a ela que estava louca. Disseram que, se mandassem Moroi e dampiros para lutar contra os Strigoi, como ela sugerira, estariam acelerando o processo de extinção de ambas as raças. Tiveram até a audácia de sugerir que aquele seria o verdadeiro plano de Tasha — que ela estaria de alguma maneira colaborando com os Strigoi em todos aqueles acontecimentos.

Dimitri se levantou, e vi o desgosto estampado em seu rosto enquanto ele mapeava o caos com os olhos.

— Vocês deviam ir embora também. Não tem mais nada de útil para se ouvir aqui.

Mason e eu nos levantamos, mas ele fez um gesto com a cabeça, indicando que não me acompanharia, enquanto eu seguia Dimitri para fora do salão.

— Pode ir — disse Mason —, ainda quero ver uma coisa aqui.

Olhei para as pessoas de pé discutindo. Dei de ombros.

— Boa sorte.

Não podia acreditar que falara com Dimitri pela última vez havia apenas poucos dias. Quando saímos juntos do salão, parecia que tínhamos ficado anos sem nos ver. Passar os últimos dois dias com

Mason tinha sido fantástico, mas, assim que me vi com Dimitri mais uma vez, todos os velhos sentimentos por ele voltaram. De repente, Mason parecia uma criança. A angústia por conta da relação entre Dimitri e Tasha também voltou a me incomodar, e palavras estúpidas saíram da minha boca sem que eu conseguisse detê-las.

— Você não deveria estar lá dentro protegendo Tasha? — perguntei. — Antes que a multidão a pegue? Ela vai ter sérios problemas por ter usado a magia daquele jeito.

Ele levantou uma das sobrancelhas.

— Ela sabe tomar conta de si mesma.

— Claro, claro, porque ela é fera no caratê e no manuseio da magia. Eu entendi isso tudo. Só imaginei que, já que você vai ser o guardião dela e tudo o mais…

— Onde você ouviu isso?

— Eu tenho as minhas fontes. — De alguma maneira, me pareceu que dizer que tinha sido minha mãe não soaria tão bem. — Você já decidiu aceitar, não é? Quer dizer, parece um bom negócio, uma vez que ela vai te dar benefícios adicionais…

Ele me lançou um olhar de cima.

— O que acontece entre Tasha e eu não é da sua conta — respondeu rispidamente.

As palavras *entre Tasha e eu* doeram. Soaram como se Tasha e ele fossem de fato um casal. E, como acontecia toda vez que eu me sentia magoada, meu temperamento tempestuoso e minha atitude atrevida tomaram conta de mim.

— Bom, tenho certeza de que vocês dois vão ser muito felizes juntos. Ela faz bem o seu tipo também, eu sei o quanto você aprecia mulheres fora da sua faixa etária. Quer dizer, ela tem o quê? Uns seis anos a mais? Sete? E eu sou sete anos mais nova do que você.

— É isso — disse ele depois de vários minutos em silêncio. — Você é mesmo sete anos mais nova. E a cada segundo que passa nessa nossa conversa, você só prova o quanto é realmente jovem.

Uau. Meu queixo quase caiu no chão. Nem o soco que eu tinha levado da minha própria mãe doeu tanto quanto aquele fora. Por um milésimo de segundo, pensei ter visto arrependimento nos olhos dele, como se também tivesse percebido como suas palavras tinham sido duras. Mas o momento passou, e ele voltou a exibir uma expressão insensível no rosto.

— Dampirinha — disse uma voz ali perto.

Lentamente, ainda abalada pela discussão, olhei para Adrian Ivashkov. Ele abriu um sorriso para mim e cumprimentou Dimitri com um pequeno gesto de cabeça. Senti meu rosto ficar vermelho. Será que Adrian tinha ouvido a nossa conversa?

Levou as mãos ao alto num gesto casual.

— Não quero interromper nada. Só gostaria de conversar com você quando tiver um tempo.

Minha vontade foi responder que não, que eu não tinha tempo para entrar em nenhum jogo em que ele porventura estivesse querendo me incluir, mas as palavras de Dimitri ainda doíam. Ele olhava com total desaprovação para Adrian. Imaginei que ele, assim como todo mundo, ouvira falar da reputação de Adrian. *Ótimo*, pensei. De repente, eu quis que ele sentisse ciúme. Quis magoá-lo tanto quanto ele me magoara nos últimos dias.

Engolindo a dor, arranquei de dentro de mim o meu sorriso mais sensual, um sorriso que eu não usava com força total já fazia algum tempo. Fui até Adrian e coloquei a mão sobre o braço dele.

— Estou com tempo agora. — Acenei com a cabeça para Dimitri e tirei Adrian dali, caminhando bem junto dele. — Até mais tarde, guardião Belikov.

Estupefatos, os olhos escuros de Dimitri nos seguiram. Depois, eu me virei de costas e não olhei mais para trás.

— Não gosta de caras mais velhos, não é? — perguntou Adrian quando ficamos sozinhos.

— Você está imaginando coisas — respondi. — É evidente que a minha beleza estonteante embaçou as suas ideias.

Ele deu uma de suas gostosas risadas características.

— Isso é perfeitamente possível.

Comecei a me afastar, mas ele passou o braço em volta de mim.

— Não, não, você quis bancar que éramos íntimos, agora não vai tirar o corpo fora, não.

Revirei os olhos e deixei que seu braço ficasse ao redor do meu corpo. Senti o cheiro de álcool e o perpétuo aroma de cravo que vinham dele. Fiquei me perguntando se ele estaria bêbado. Eu tinha a sensação de que ele se comportava quase da mesma maneira estando sóbrio.

— O que você quer? — perguntei.

Ele me estudou um momento.

— Quero que você chame Vasilisa e que as duas venham comigo. Vamos nos divertir um pouco. E vocês vão precisar de maiô ou biquíni também. — Ele pareceu desapontado por termos que levar roupas de banho. — A não ser que vocês prefiram ficar nuas.

— O quê? Um monte de Moroi e dampiros acabaram de ser massacrados e você quer ir nadar e "se divertir"?

— Não é só para nadar — explicou ele, paciente. — E, além do mais, é exatamente por causa desse massacre que vocês deviam aceitar o meu convite.

Antes que eu pudesse argumentar, vi que meus amigos se aproximavam: Lissa, Mason e Christian. Eddie Castile estava com eles, o que não me surpreendeu, mas Mia também estava, o que certamente foi uma surpresa para mim. Eles conversavam absortos, mas interromperam o assunto assim que me viram.

— Aí está você — disse Lissa com um olhar intrigado.

Lembrei que o braço de Adrian ainda estava em volta de mim. Dei um passo à frente e me libertei do enlace.

— Oi, pessoal. — Um instante de constrangimento se instalou entre nós, e eu tive certeza de ter ouvido uma risadinha discreta vinda de Adrian. Sorri para ele e depois para os meus amigos. — Adrian nos convidou para ir nadar.

Eles me encararam, surpresos, e eu quase pude acompanhar o movimento especulativo revolvendo suas mentes. A expressão de Mason se fechou um pouco, mas, assim como os outros, ele não disse nada. Eu sufoquei um grunhido.

Adrian acabou me persuadindo direitinho a fazer o que ele queria e convidar toda a turma para a festinha secreta. Por causa da atitude descontraída e sedutora típica dele, eu realmente não podia esperar resultado diferente. Quando já estávamos com os trajes de banho, nós o seguimos até uma porta numa das alas mais distantes do hotel. Passando a porta, começamos a descer uma escada em espiral que não acabava mais. Descemos, descemos e continuamos descendo. Eu quase fiquei tonta de tanto rodar escada abaixo. O caminho era iluminado por lâmpadas elétricas penduradas nas paredes, mas, conforme descíamos, as paredes pintadas foram se transformando em um túnel cavado na pedra.

Quando chegamos ao nosso destino, descobrimos que Adrian tinha dito a verdade. Não íamos só nadar. Estávamos em uma área especial do hotel, um spa reservado apenas à mais alta elite dos Moroi. Naquele momento estava ocupado por um bando de membros da realeza, provavelmente amigos de Adrian. Eram umas trinta pessoas, todas da idade dele ou mais velhas, e todas ostentando sinais de riqueza e elitismo.

O espaço abrigava uma série de piscinas de águas minerais quentes. Talvez aquele lugar tivesse sido, em algum momento, uma caverna ou algo do gênero, mas os arquitetos do hotel tinham se livrado de qualquer traço rústico que o local pudesse ter. As paredes e o teto eram forrados de pedra preta, tão polida e bonita quanto todo o restante do hotel. Era como estar dentro de uma caverna, mas uma caverna muito elegante e projetada por algum designer. Prateleiras de toalhas se alinhavam nas paredes, e mesas cheias de comidas exóticas se espalhavam pelo lugar. O balneário combinava com o resto da decoração lapidada na pedra: piscinas de pedras com água aquecida por alguma fonte térmica escondida no subsolo. O vapor tomava conta de todo o ambiente, e um perfume suave e metálico pairava no ar. O barulho de pessoas rindo e se divertindo com a água ecoava à nossa volta.

— Por que Mia estava com vocês? — perguntei amenamente à Lissa.

Estávamos atravessando o salão, procurando por uma piscina que não estivesse tão cheia.

— Ela estava conversando com Mason quando estávamos saindo da reunião — respondeu ela. Ela manteve o tom de voz baixo. — Pareceu maldade simplesmente... sabe... deixá-la...

Até eu concordei com isso. Sinais de dor eram visíveis em toda a expressão dela, mas Mia pareceu, ao menos naquele momento, distraída com a conversa de Mason.

— Pensei que você não conhecesse Adrian — acrescentou Lissa.

Percebi a desaprovação no seu tom de voz e através do laço. Por fim, encontramos uma grande piscina, um pouco mais afastada das demais. Um rapaz e uma garota estavam namorando na outra extremidade, mas havia bastante espaço para nós também. Seria fácil ignorá-los.

Coloquei um pé na água e o retirei na mesma hora.

— E não conheço — respondi.

Coloquei o pé de volta na água com cuidado e fui, devagar, deixando meu corpo escorregar para dentro da piscina. Quando a água chegou à altura da barriga, fiz uma careta. Estava de biquíni, e a água escaldante pegou minha barriga de surpresa.

— Você deve conhecer ele pelo menos um pouco. Ele te convidou para uma festa.

— É, mas você está vendo ele aqui com a gente agora?

Ela seguiu o meu olhar. Adrian estava de pé do outro lado do salão com um grupo de garotas que usavam biquínis muito menores do que o meu. Um deles era um modelo da designer de moda nova-iorquina Betsey Johnson. Eu tinha visto o modelo numa revista e cobicei demais ter um daqueles. Suspirei e desviei o olhar.

Todos nós já estávamos dentro da piscina. Estava tão quente que eu me sentia dentro de uma panela de sopa. Assim que Lissa pareceu convencida da minha inocência com relação a Adrian, comecei a prestar atenção na conversa alheia.

— Sobre o que vocês estão falando? — interrompi. Era mais fácil do que ouvir e descobrir.

— Sobre a reunião — disse Mason, excitado. Aparentemente ele não se importava mais de ter me visto com Adrian.

Christian se acomodara num pequeno degrau dentro da piscina. Lissa se aninhou ao lado dele, que colocou o braço em volta dela, como quem se apropria da namorada, e apoiou as costas na borda.

— O seu namorado quer liderar um exército contra os Strigoi — informou ele.

Percebi que ele estava dizendo aquilo para me provocar. Com um olhar inquisidor, me virei para Mason. Resolvi não me dar ao trabalho de responder à provocação de Christian ao usar o termo "namorado" em seu comentário.

— Ei, foi a *sua* tia que sugeriu isso — lembrou Mason.

— Ela disse apenas que devíamos encontrar os Strigoi antes que eles nos encontrassem primeiro — contrapôs Christian. — Ela não estava estimulando os aprendizes a lutar. Quem fez isso foi Monica Szelsky.

Uma garçonete se aproximou com uma bandeja de bebidas cor-de-rosa dentro de elegantes e compridos copos de cristal com bordas açucaradas. Suspeitei fortemente de que as bebidas fossem alcoólicas, mas duvidei que fossem pedir a identidade de qualquer um que estivesse na festa. Não fazia ideia do que elas eram feitas. A minha experiência com álcool mal passara de cerveja barata. Peguei um copo e me virei de volta para Mason.

— Você acha que é uma boa ideia? — perguntei.

Tomei cautelosamente um gole do drinque. Por ser uma guardiã em treinamento, achava que devia me manter sempre em alerta, mas naquela noite estava com vontade, mais uma vez, de ser rebelde. O drinque tinha gosto de ponche. Gosto de suco de uva. Ou de alguma coisa doce, como morango. Estava ainda quase certa de que havia álcool no drinque, mas não pareceu forte o suficiente para me preocupar.

Outra garçonete apareceu com uma bandeja de comida. Olhei para ela e não reconheci quase nada. Tinha uma coisa que se parecia vagamente com cogumelos recheados de queijo e uma outra coisa que parecia vagamente com *nuggets* redondos de carne ou linguiça. Como boa carnívora, escolhi um desses, pensando que não podiam ser ruins.

— Isso aí é *foie gras* — disse Christian, com um meio sorriso desagradável no rosto.

Olhei para ele. Fiquei cautelosa.

— O que é isso?

— Você não sabe? — perguntou, com um tom petulante na voz, e pela primeira vez na vida ele soou como um verdadeiro membro da realeza, divulgando, complacente, seu conhecimento privilegiado para nós, os lacaios. Ele deu de ombros. — Experimente. Descubra.

Lissa deu um suspiro impaciente e disse:

— É fígado de ganso.

Num susto, devolvi o petisco para a bandeja. A garçonete foi embora, e Christian gargalhou. Eu o fuzilei com os olhos.

Enquanto isso, Mason ainda insistia na minha pergunta sobre o envio de aprendizes para a luta antes de se graduarem, se era uma boa ideia ou não.

— O que mais estamos fazendo? — perguntou ele com indignação. — O que *você* está fazendo? Você corre com Belikov toda manhã. Qual o benefício disso para você? E para os Moroi?

Qual o benefício disso? Faz meu coração bater mais forte e minha cabeça produzir pensamentos indecentes.

— Não estamos prontos — respondi, em vez de falar o que de fato me veio à cabeça.

— Só faltam seis meses para a nossa formatura. — Eddie entrou na conversa.

Mason concordou com a cabeça.

— É. O que mais falta aprendermos?

— Muita coisa — retruquei, pensando em quanto eu aprendera em minhas sessões extras com Dimitri. Tomei o último gole do meu drinque e continuei: — Além do mais, onde isso vai parar? Digamos que encerrem as aulas um semestre antes. O que vai acontecer depois? Eles podem decidir cortar o último ano escolar, ou até mesmo o primeiro ano do ensino médio.

Ele deu de ombros.

— Não tenho medo de lutar. Eu teria encarado um Strigoi quando ainda estava no primeiro ano.

— Ah, teria mesmo... — disse eu secamente. — Do mesmo jeito que você encarou aquela rampa de esqui.

O rosto de Mason, que já estava corado por causa do calor, ficou ainda mais vermelho. Eu me arrependi na hora do que disse, especialmente quando Christian começou a rir.

— Nunca pensei que eu viveria para ver o dia em que concordaria com você, Rose. Mas, infelizmente, eu concordo.

A garçonete passou de novo com as bebidas, e Christian e eu pegamos uma taça cada um.

— Os Moroi precisam começar a nos ajudar a defendê-los.

— Com magia? — perguntou Mia subitamente.

Foi a primeira vez que ela falou desde que chegáramos ao spa. Todos ficaram em silêncio. Acho que Mason e Eddie não responderam porque não sabiam nada sobre o uso ofensivo da magia. Lissa, Christian e eu sabíamos, mas tentávamos com toda força agir como se não soubéssemos. Havia uma estranha faísca de esperança nos olhos de Mia, e eu nem pude imaginar a dor que ela estava sentindo ao longo daquele dia. Ela acordou e recebeu a notícia de que a mãe estava morta e, depois, essa morte virou assunto de horas e horas de debates políticos e estratégias de guerra. O fato de ela estar sentada ali com uma aparência razoável era, por si só, um milagre. Imaginei que, numa situação como aquela, pessoas que realmente gostassem de suas mães mal conseguiriam pensar.

Já que parecia que ninguém iria responder à pergunta dela, resolvi agir:

— Acho que sim. Mas... não sei muito bem como isso funciona.

Bebi o resto do drinque e desviei o olhar, esperançosa de que alguém retomasse a conversa. Mas eles permaneceram mudos. Mia pareceu decepcionada e não disse mais nada depois que Mason voltou ao debate sobre os Strigoi.

Peguei um terceiro drinque e mergulhei o mais fundo que eu pude, mantendo o copo fora da água. Aquele nova bebida era diferente. Parecia achocolatada e tinha chantili por cima. Provei um pouco e detectei um gosto inconfundível de álcool. Mesmo assim, achei que o chocolate diluiria seus efeitos.

Quando eu estava pronta para um quarto copo de bebida, a garçonete desapareceu. Mason, de repente, pareceu muito, muito lindo aos meus olhos. Eu teria gostado se ele me desse atenção e ficasse amoroso comigo, mas ele ainda estava falando sobre os Strigoi e sobre a possibilidade de organizar um ataque em plena luz do dia. Mia e Eddie concordavam com entusiasmo, e eu tive a sensação de que, se ele decidisse sair à caça de Strigoi naquele exato momento, eles o seguiriam. Christian estava conversando também, mas as intervenções dele tinham o efeito de argumentos de um advogado do diabo, bem ao estilo dele. Ele achava que um ataque como aquele, que se antecipasse a qualquer movimento dos Strigoi, tinha necessariamente que contar com as forças unidas dos guardiões e dos Moroi, como Tasha dissera. Mason, Mia e Eddie argumentavam que, se os Moroi não estivessem dispostos a entrar na guerra com eles, os guardiões deveriam tomar a frente e sair à luta por conta própria.

Confesso que o entusiasmo deles era um tanto contagiante. Eu gostava muito da ideia de atacar os Strigoi antes que eles nos atacassem. Mas, nos massacres dos Badica e dos Drozdov, todos os guardiões tinham morrido. Tínhamos que admitir que os Strigoi estavam organizados em grupos grandes e contavam com ajuda extra. Tudo isso me levava a pensar que tínhamos que agir com ainda mais cautela.

SANGUE E GELO

Apesar de estar achando Mason lindo, eu não tinha a menor vontade de continuar ouvindo aquele papo dele sobre seus atributos de combate. Queria outro drinque. Levantei e subi na borda da piscina. Para o meu espanto, o mundo começou a girar à minha volta. Eu já tinha passado por aquilo antes ao me levantar depressa de uma banheira quente, mas, como a sensação não passou de imediato, me dei conta de que aqueles drinques deviam estar mais fortes do que me pareceram.

Também me dei conta de que tomar um quarto copo não era uma ideia muito inteligente, mas não quis voltar para dentro da piscina e dar chance a todos de verem que eu estava bêbada. Saí andando na direção de uma sala anexa pela qual eu vira a garçonete desaparecer. Tive esperança de encontrar algum depósito secreto de sobremesas. Musses de chocolate em vez de fígado de ganso. Enquanto caminhava, dediquei especial atenção ao chão escorregadio, ciente de que levar um tombo, cair direto dentro de uma das piscinas e bater com a cabeça no fundo certamente me custariam alguns pontos no quesito popularidade.

Estava prestando tanta atenção aos meus pés e tentando não cambalear que esbarrei em um cara. Em minha defesa, a culpa foi dele; ele estava andando de costas e colidiu comigo.

— Ei, olhe por onde anda — protestei, firmando o corpo.

Mas ele não estava prestando atenção em mim. Seus olhos encaravam fixamente um outro sujeito, um cara com o nariz sangrando.

Eu estava bem no meio de uma briga.

CATORZE

Dois sujeitos que eu nunca vira antes brigavam feio um com o outro. Pareciam ter pouco mais de vinte anos, e nenhum dos dois percebeu a minha presença. O que topara comigo empurrou o outro com força, fazendo com que ele se desequilibrasse consideravelmente.

— Você está com medo! — gritou o sujeito ao meu lado. Ele vestia uma bermuda verde de surfista, e o cabelo preto molhado pela água da piscina estava todo repuxado para trás. — Medroso. Você só quer se esconder na sua mansão e deixar o trabalho sujo para os guardiões. O que vai fazer quando eles estiverem todos mortos? Quem vai proteger você?

O outro sujeito limpou o sangue do rosto com o dorso da mão. Então eu o reconheci, graças às mechas loiras do cabelo. Era o membro da realeza que gritara com Tasha por ela querer levar os Moroi para o campo de batalha. Ela o chamara de Andrew. Ele tentou socar o outro, mas falhou; as técnicas de luta que ele usava estavam todas erradas.

— Esta é a maneira mais segura. Se forem atrás do que diz aquela amante de Strigoi, estaremos *todos* mortos. Ela está tentando acabar com a nossa raça de vez!

— Ela está tentando nos salvar!

— Ela está tentando nos fazer usar magia das sombras!

A "amante de Strigoi" só podia ser Tasha. Aquele sujeito que não era da realeza foi a primeira pessoa fora do meu pequeno círculo de amigos que eu vi defendendo as ideias dela. Fiquei imaginando que talvez mais pessoas concordassem com o ponto de vista dela. Ele deu outro soco em Andrew, e meus instintos elementares, ou talvez a bebida, me fizeram entrar em ação.

Avancei e me meti entre os dois. Eu estava ainda tonta e um pouco cambaleante. Se eles não estivessem tão perto um do outro, eu teria me desequilibrado e caído para a frente. Os dois hesitaram, claramente surpreendidos pela minha intromissão.

— Saia daqui — rosnou Andrew.

Por serem Moroi, eles eram bem mais altos e mais pesados do que eu, mas eu provavelmente era mais forte do que qualquer um deles. Tentando tirar proveito disso, agarrei os dois pelos braços, puxei-os para junto de mim e depois os lancei para longe usando toda a minha força. Meu vigor os surpreendeu e eles cambalearam. Eu também cambaleei um pouco.

O sujeito que não era da realeza me olhou de modo penetrante e veio caminhando na minha direção. Eu estava contando com a possibilidade de ele ser um cavalheiro daqueles que nunca batem numa garota.

— O que você está fazendo? — exclamou ele. Várias pessoas se aglomeraram para assistir à confusão.

Eu devolvi a intensidade do olhar.

— Estou tentando impedir vocês de serem ainda mais imbecis do que já são! Querem ajudar? Parem de brigar uns com os outros! Arrancar as cabeças uns dos outros não vai salvar os Moroi, a não ser que estejam tentando escoar a estupidez de dentro da piscina. — Apontei para Andrew. — Tasha Ozera *não está* planejando matar todo mundo. Ela está tentando fazer vocês entenderem que não podem continuar na confortável posição de vítimas. — Virei para o outro sujeito. — E quanto a você, acho que ainda tem muito o que aprender se pensa que é desse jeito que irá convencer os outros do seu ponto de vista. Para manejar bem a magia, principalmente a magia ofensiva, é preciso ter muito autocontrole, e até onde eu pude ver, não fiquei nada impressionada com o de vocês. *Eu* tenho mais autocontrole do que vocês, e se vocês me conhecessem minimamente saberiam como isso é pouco.

Os dois sujeitos me encararam com espanto. Meu discurso fora mais eficaz do que provocador. Bom, a eficácia durou pelo menos alguns segundos. Porque assim que o choque que as minhas palavras provocaram se esvaneceu, eles partiram para cima um do outro mais uma vez. Eu acabei no meio do fogo cruzado e fui empurrada para fora dali. Quase caí. De repente, de trás de mim, Mason veio em minha defesa. Ele socou o primeiro cara que viu — aquele que não era da realeza.

O sujeito voou para trás e caiu dentro de uma piscina, levantando água para todos os lados. Soltei um grito agudo, recordando o meu medo anterior de bater com a cabeça no fundo, mas, no segundo seguinte, ele já estava de pé, tirando a água dos olhos.

Agarrei Mason pelo braço, para tentar impedi-lo de continuar a luta, mas ele se livrou de mim com uma sacudidela e foi atrás de Andrew. Ele empurrou Andrew com força, lançando-o contra vários Moroi que deviam ser amigos dele e pareciam estar tentando apartar a briga. O cara que caíra na piscina subiu pela borda com uma expressão de fúria no rosto e foi se preparando para agredir Andrew de novo. Mason e eu bloqueamos a passagem dele. Ele lançou um olhar furioso para todos nós.

— Nem tente — adverti.

O cara fechou os punhos e deu a entender que ele talvez fosse partir para cima de nós dois. Mas nós o intimidamos, e ele aparentemente não tinha um grupo de amigos como Andrew, que, aliás, gritava obscenidades enquanto era levado para longe dali. Depois de murmurar algumas ameaças, o sujeito que não era da realeza recuou.

Assim que ele se foi, eu me virei para Mason.

— Você perdeu a razão, é?

SANGUE E GELO 173

— Por quê? — perguntou ele.

— Só estando fora de si para entrar assim no meio de uma briga dessas!

— Você também entrou — disse ele.

Comecei a argumentar, e depois me dei conta de que ele tinha razão.

— É diferente — resmunguei. Ele se aproximou.

— Você está bêbada?

— *Não*. É claro que não. Estou só tentando impedir você de fazer alguma bobagem. Só porque você tem a ilusão de que consegue matar um Strigoi, não significa que pode descontar sua raiva em cima de todo mundo.

— Eu tenho ilusões? — perguntou ele severamente.

Comecei a me sentir meio enjoada. Com a cabeça rodando, continuei andando até a sala anexa, tentando não tropeçar.

Mas, quando cheguei ao anexo, descobri que aquele lugar não era nenhuma despensa de sobremesas nem de bebidas; pelo menos não no sentido que eu imaginara. Era uma sala de fornecedores. Vários humanos recostados em espreguiçadeiras reclináveis forradas de cetim, com Moroi ao lado deles. Incensos de jasmim queimavam no ar. Espantada, fiquei observando, com fascínio horripilante, um sujeito Moroi se inclinar e morder o pescoço de uma moça ruiva excepcionalmente bela. De repente, me dei conta de que todos aqueles fornecedores eram lindos. Pareciam atrizes ou modelos. Só o que havia de mais belo era oferecido à realeza.

O sujeito bebeu longa e profundamente; a garota fechou os olhos e entreabriu os lábios enquanto seu rosto adquiria uma expressão de puro prazer conforme a endorfina Moroi fluía para dentro da corrente sanguínea. Estremeci com a lembrança de quando eu também experimentara aquele mesmo tipo de euforia. Na minha mente alcoolizada, aquela coisa toda subitamente pareceu bastante erótica. Na verdade, eu quase me senti como uma intrusa que assistia a outras pessoas transando. Quando o Moroi terminou e lambeu o resto do sangue, ele roçou os lábios no rosto dela, dando-lhe um beijo suave.

— Quer se voluntariar?

Senti pontinhas de dedos escorregarem pelo meu pescoço e dei um salto. Ao me virar, vi os olhos verdes de Adrian e seu sorriso afetado.

— Não faça isso — ordenei, arrancado aquela mão de cima de mim.

— Então o que você está fazendo aqui? — perguntou.

Fiz um gesto largo com os braços, mostrando onde estava.

— Estou perdida.

Ele me observou com mais atenção.

— Você está bêbada?

— *Não*. É claro que não... Mas... — A náusea acalmara um pouco, mas eu ainda não me sentia muito bem. — Acho que devia me sentar.

Ele me pegou pelo braço.

— Tudo bem, mas não aqui. Alguém pode entender de maneira errada. Vamos para algum lugar mais calmo.

Ele me levou para outra sala, e eu olhei em volta, interessada. Era uma sala de massagem. Vários Moroi estavam deitados em macas e recebiam, dos massagistas do hotel, massagens nos pés e nas costas. O óleo que usavam exalava um perfume de alecrim e lavanda. Em qualquer outro momento, uma massagem teria soado como algo maravilhoso, mas deitar com a barriga para baixo naquelas circunstâncias me pareceu ser a pior ideia possível.

Sentei-me no chão acarpetado e recostei contra a parede. Adrian saiu um instante e voltou com um copo d'água. Sentou-se ao meu lado e me deu o copo.

— Beba isso. Você vai se sentir melhor.

— Eu já disse. Não estou bêbada — resmunguei. Mas bebi toda a água.

— Aham. — Ele sorriu. — Você fez um bom trabalho separando aquela briga. Quem é o cara que ajudou você?

— Meu namorado — disse eu. — Ou algo assim.

— Mia estava certa. Você tem mesmo muitos homens na sua vida.

— Não é bem assim.

— Está bem. — Ele ainda sorria. — Onde está Vasilisa? Imaginei que ela estaria colada em você.

— Ela está com o namorado *dela*. — Dei uma boa olhada para ele.

— E por que esse tom? Você está com ciúme? Queria ele para você?

— Deus do céu. Não. Só não gosto dele.

— Ele trata ela mal? — perguntou.

— Não — admiti. — Ele adora Lissa. Só é meio babaca.

Adrian estava evidentemente se deliciando com aquela conversa.

— Ah, você está com ciúme, *sim*. Ela passa mais tempo com ele do que com você?

Ignorei a pergunta.

— Por que você está fazendo tantas perguntas sobre ela? Está interessado nela?

Ele riu.

— Fique tranquila, meu interesse por ela é diferente do meu interesse por você.

— Mas está interessado.

— Só quero conversar com ela.

Ele saiu para buscar mais água para mim.

— Está se sentindo melhor? — perguntou, entregando-me o copo, que era de cristal e todo trabalhado. Sofisticado demais para servir apenas água.

— Estou… não imaginei que aqueles drinques fossem tão fortes.

— Esta é a beleza deles. — Ele deu uma risadinha. — E por falar em beleza… você fica muito bem nesta cor.

Mudei de posição. Meu biquini não era tão ousado quanto os das outras garotas, mas, mesmo assim, estava mostrando a Adrian mais do que realmente gostaria. Ou será que eu queria mostrar? Havia alguma coisa estranha nele. O jeito arrogante me irritava… mas, ainda assim, eu gostava de estar perto dele. Talvez a garota convencida e metida a sabida que havia dentro de mim reconhecesse nele um semelhante.

Em algum lugar da minha mente alcoolizada, uma luz se acendeu. Mas eu ainda não conseguia enxergá-la direito. Bebi mais água.

— Você está sem fumar um cigarro há mais ou menos dez minutos — observei, num esforço para mudar o assunto.

Ele fez uma careta.

— É proibido fumar aqui dentro.

— Tenho certeza de que você compensou o vício do cigarro com umas doses a mais de ponche.

Ele voltou a sorrir.

— Bem, *algumas pessoas* sabem beber sem cair pelas tabelas. Você não está com vontade de vomitar, está?

Eu ainda estava meio tonta, mas não estava mais enjoada.

— Não.

— Que bom.

Lembrei-me do sonho que tive com ele. Apesar de ter sido apenas um sonho, volta e meia ele retornava à minha mente, principalmente a parte em que ele me dizia que eu estava envolta em sombras. Até pensei em perguntar a ele o que aquilo significava... mesmo sabendo que seria uma pergunta absurda. O sonho era meu e não dele.

— Adrian...

Ele me olhou com aqueles olhos verdes.

— Sim, querida?

Não consegui fazer a pergunta.

— Não é nada, não.

Ele começou a contestar, mas, de repente, virou a cabeça na direção da porta.

— Ah, aí vem ela.

— Quem...

Lissa entrou na sala, explorando tudo com os olhos. Quando nos viu, percebi o alívio na expressão do seu rosto. Mas não consegui sentir as emoções dela. Substâncias intoxicantes, como o álcool, anestesiavam o laço. Outro motivo pelo qual eu não deveria ter me arriscado de maneira tão estúpida.

— Aí está você — disse ela, ajoelhando-se ao meu lado. Olhou para Adrian e fez um cumprimento com a cabeça. — Oi.

— Oi, prima — respondeu, usando o termo familiar que os membros da realeza às vezes usava entre eles.

— Você está bem? — perguntou Lissa para mim. — Quando vi como você estava bêbada, pensei que pudesse ter caído em alguma piscina dessas e se afogado.

— Eu não estou... — Desisti de negar. — Eu estou bem.

A expressão normalmente brincalhona de Adrian ficou séria ao estudar Lissa. E isso me fez lembrar mais uma vez do sonho.

— Como foi que você a encontrou?

Lissa olhou para ele sem entender o motivo da pergunta.

— Eu procurei em todas as salas.

— Ah. — Ele pareceu decepcionado. — Pensei que tivesse usado o laço que há entre vocês.

Eu e ela nos entreolhamos.

— Como é que você sabe disso? — perguntei.

Apenas algumas pessoas da escola sabiam sobre o laço. E Adrian o mencionara de maneira tão casual, como se estivesse comentando sobre a cor do meu cabelo.

— Fala sério, você acha que vou revelar todos os meus segredos? — perguntou ele, fazendo suspense. — E, além do mais, eu percebo o jeito de vocês quando estão juntas... não sei explicar. Mas é muito interessante... todas as velhas lendas são verdadeiras.

Lissa olhou para ele e advertiu:

— O laço só funciona em mão única. Rose consegue captar os meus sentimentos e os meus pensamentos, mas eu não consigo captar os dela.

— Ah. — Ficamos calados ali durante alguns segundos, e eu bebi mais água. Adrian quebrou o silêncio. — Você se especializou em quê mesmo, prima?

Ela pareceu constrangida. Nós duas sabíamos que era importante manter em segredo os poderes que o espírito dava a ela. Outras pessoas podiam querer abusar de sua capacidade de cura, mas ter que dizer às pessoas que ela não se especializara em nada sempre a incomodava.

— Não me especializei — respondeu.

— Eles pensam que você vai se especializar algum dia? Atingir uma maturidade tardia?

— Não.

— Mas você provavelmente consegue lidar com os outros elementos, não é? Não com poder suficiente para chegar a se especializar em algo, estou certo? — Ele esticou o braço e deu tapinhas no ombro dela, numa demonstração exagerada de consolo.

— É isso mesmo, como você…?

No mesmo instante em que os dedos dele a tocaram, ela perdeu a fala. Foi como se um raio a tivesse atingido. Uma expressão estranha tomou conta do seu rosto. Mesmo bêbada, senti através do laço a onda de alegria que transbordou dela. Ela olhava maravilhada para Adrian. Os olhos dele estavam vidrados nos dela também. Não entendi por que eles estavam se olhando daquele jeito, mas aquilo me incomodou.

— Ei — falei. — Parem com isso. Eu disse pra você que ela tem namorado.

— Eu sei — disse ele, ainda sem tirar os olhos dela. Um pequeno sorriso atravessou-lhe os lábios. — Precisamos bater um papo qualquer dia, prima.

— Precisamos — concordou ela.

— Ei. — Eu estava mais confusa do que nunca. — *Você* tem um namorado. E ele está bem ali.

Ela piscou os olhos e voltou à realidade. Nós três olhamos para a porta. Christian e os outros nos observavam. Lembrei-me de súbito de quando eles me encontraram e Adrian estava com o braço ao meu redor. O que estava acontecendo naquele momento era quase a mesma coisa. Lissa e eu sentadas cada uma de um lado dele, e nós três estávamos muito próximos.

Ela se levantou num pulo, sentindo-se levemente culpada. Christian a observava com curiosidade.

— Estamos nos arrumando para ir embora — disse ele.

— Está bem — respondeu ela. Olhou para baixo, chamando-me para ir. — Pronta?

Fiz que sim com a cabeça e comecei a me pôr de pé. Adrian me pegou pelo braço e me ajudou a levantar. Sorriu para Lissa.

— Foi um prazer conversar com você. — Para mim, ele sussurrou: — Não se preocupe. Como já disse, meu interesse nela é de outra espécie. Ela não fica tão bem quanto você num biquíni. E provavelmente sem o biquíni também não.

Puxei o braço que ele ainda segurava.

— Bom, isso você nunca vai descobrir.

— Não tem problema — disse ele. — Minha imaginação é muito boa.

Juntei-me aos outros e fomos nos encaminhando para o saguão principal do hotel. Mason me lançou um olhar tão estranho quanto o de Christian em direção a Lissa e manteve-se afastado de mim, caminhando na frente com Eddie. Para minha surpresa e desconforto, me vi caminhando ao lado de Mia. Ela parecia estar muito infeliz.

— Eu... eu sinto muito mesmo pelo que aconteceu — disse, finalmente.

— Você não precisa fingir que se importa, Rose.

— Não, não. Eu estou sendo sincera. Foi horrível... Eu sinto muito. — Ela não olhou para mim. — O seu... quer dizer, você vai encontrar com o seu pai em breve?

— Vou encontrar com ele na cerimônia de enterro — disse ela, mantendo a frieza.

— Ah, claro.

Eu não sabia mais o que dizer, então desisti, fixando a atenção nas escadas enquanto subíamos para o andar do saguão principal. Inesperadamente, Mia resolveu continuar a conversa.

— Eu vi você apartar aquela briga... — disse ela devagar. — Você falou sobre magia ofensiva como se conhecesse o assunto.

Ah, que ótimo. Será que ela ia tentar me chantagear? Até aquele momento, ela estava se comportando de maneira quase civilizada.

— Eu estava só imaginando como deve ser — falei. Nada me faria entregar Tasha e Christian. — Realmente não conheço bem o assunto. Só ouvi algumas histórias.

— Ah. — Ela se desanimou. — Histórias de que tipo?

— Hum, bom... — Tentei pensar em alguma coisa que não fosse nem tão vago, nem tão específico. — Como o que eu disse para aqueles caras... a concentração é mesmo uma coisa importante. Porque, se você está no meio de uma batalha com os Strigoi, você pode se distrair com um monte de coisas, então precisa manter o controle.

Isso era, na verdade, uma regra básica dos ensinamentos para guardiões, mas parecia ser uma informação nova para Mia. Seus olhos se arregalaram de entusiasmo.

— O que mais? Que tipo de feitiços as pessoas usam?

Eu balancei a cabeça em sinal negativo.

— Não sei. Não sei nem mesmo como esses feitiços funcionam e, como eu disse, são apenas... histórias que eu ouvi. Acho que cada um encontra um jeito de usar seu elemento como uma arma. Tipo, os que manejam o fogo estão em grande vantagem porque o fogo mata os Strigoi, então para eles é fácil. E os que manejam o ar podem sufocar as pessoas. — Eu tinha experimentado a sensação de estar sendo sufocada, indiretamente, através de Lissa. E foi horrível.

Os olhos de Mia se arregalaram ainda mais.

— E os que manejam a água? — perguntou ela. — De que maneira a água poderia ferir um Strigoi?

Fiz uma pausa.

— Eu, bom, eu nunca ouvi nenhuma história sobre usuários de água. Desculpe.

— Mas você teria alguma ideia? De como alguém como eu poderia aprender a lutar?

Ah. Então era aí que ela queria chegar. Não era nada muito absurdo. Lembrei-me do quanto ela ficou empolgada na reunião quando Tasha falou sobre atacar os Strigoi. Mia queria vingar a morte da mãe lutando contra eles. Não era de admirar que ela e Mason estivessem se dando tão bem.

— Mia — disse eu suavemente, segurando a porta para ela passar. Estávamos quase no saguão. — Eu sei o quanto você quer... fazer algo. Mas acho que o melhor que você pode fazer agora é apenas viver o luto.

Ela ficou vermelha e, de repente, voltou a agir como a Mia raivosa de sempre.

— Não fale de cima comigo — disse ela.

— Ei, eu não estou fazendo isso. Estou falando sério. Só estou dizendo que você não deve tomar nenhuma atitude precipitada enquanto ainda estiver triste. Além do mais... — Eu engoli as palavras.

Ela me encarou.

— Além do mais o quê?

Que se dane. Ela precisava saber.

— Bom, eu não sei qual seria a utilidade de um manipulador de água numa luta contra os Strigoi. Talvez seja o elemento menos útil para esta guerra.

Ela se sentiu inteiramente ultrajada.

— Você é mesmo uma cretina, sabia disso?

— Só estou dizendo a verdade.

— Bom, então me deixe dizer a verdade. *Você* é uma completa idiota quando se trata de garotos.

Pensei em Dimitri. Ela não estava inteiramente sem razão.

— Mason é um cara superbacana — continuou ela. — Um dos caras mais legais que eu conheço, e você nem percebe isso! Ele faria qualquer coisa por você, e você estava lá se derretendo para cima de Adrian Ivashkov.

As palavras dela me surpreenderam. Será que Mia tinha uma paixão secreta por Mason? E apesar de eu certamente não estar me derretendo para cima de Adrian, eu concordava que pudesse ter passado tal impressão. E, mesmo não sendo verdade, Mason devia estar se sentindo magoado e traído.

— Você está certa — admiti.

Mia me olhou fixamente, tão espantada de eu ter concordado com ela que não disse mais nada até o final da caminhada. Chegamos ao saguão onde tomaríamos caminhos diferentes, para a ala dos meninos e para a ala das meninas. Agarrei o braço de Mason enquanto os outros seguiram em frente.

— Espere um instante — pedi. Eu precisava desesperadamente que ele soubesse que não havia nada entre mim e Adrian, mas uma pequena parte de mim se perguntava se eu estava querendo fazer aquilo porque gostava mesmo de Mason ou se porque gostava apenas da ideia de ele me querer e, por egoísmo, não queria perder isso. Ele parou e olhou para mim. Estava evidentemente cansado e com raiva. — Eu queria pedir desculpas. Eu não devia ter gritado com você depois da briga. Eu sei que você estava apenas tentando me ajudar. E com Adrian… não aconteceu nada. Nada mesmo.

— Não foi isso que pareceu — disse Mason. Mas a raiva que estava estampada no rosto dele foi se desfazendo.

— Eu sei, mas acredite em mim, é ele que fica me procurando. Ele sente algum tipo de atração absurda por mim.

Meu tom de voz deve ter sido bastante convincente, porque Mason sorriu.

— Bom, é difícil não sentir.

— Não estou interessada nele — continuei. — E em mais ninguém.

Menti só um pouquinho, mas achei que não tinha problema naquele momento. Eu logo superaria meus sentimentos por Dimitri, e Mia estava certa quanto a Mason. Ele era maravilhoso, gentil e bonito. Eu seria uma idiota se não me esforçasse para ficar mesmo com ele… não é?

Minha mão ainda estava no braço dele, e eu o puxei para perto de mim. Ele não precisou de mais nenhuma deixa. Aproximou-se mais e me beijou, e logo eu estava pressionada pelo corpo dele contra a parede, exatamente como Dimitri tinha feito comigo na sala de treinamento. É claro que não senti nada tão forte como o que sentira com Dimitri, mas ainda assim era bom. Coloquei os braços em volta de Mason e comecei a puxá-lo ainda mais para perto.

— A gente podia ir... para algum lugar — disse eu.

Ele se afastou um pouco e riu.

— Com você bêbada, não.

— Eu não estou mais... tão... bêbada assim — respondi, tentando puxá-lo de volta.

Ele me deu um beijinho leve na boca e um passo para trás.

— Está bêbada o suficiente. Olha, isso não é fácil, acredite em mim. Mas, se você ainda quiser amanhã, quando estiver sóbria, então a gente conversa.

Ele se inclinou para a frente e me beijou de novo. Tentei prendê-lo em um abraço, mas ele se afastou mais uma vez.

— Vai com calma, garota — provocou, já se dirigindo para o corredor que levava até a sua ala.

Eu cravei os olhos nele, mas ele apenas riu e deu meia-volta. Enquanto ele caminhava, meu olhar sedutor se esvaneceu e fui para o meu quarto com um sorriso no rosto.

QUINZE

Na manhã seguinte, eu estava tentando passar esmalte nas unhas dos pés — tarefa difícil para quem acordou com uma ressaca violenta — quando ouvi alguém bater na porta. Lissa já tinha saído quando acordei, então atravessei o quarto com dificuldade, tentando não estragar o esmalte ainda fresco. Abri a porta e vi um dos funcionários do hotel com uma caixa enorme nos braços. Ele a desviou um pouco da frente do rosto para que pudesse me ver.

— Estou procurando por Rose Hathaway.

— Sou eu.

Peguei a caixa das mãos dele. Era grande, mas não muito pesada. Agradeci apressada e fechei a porta, pensando que talvez fosse o caso de ter dado a ele alguma gorjeta. Ia ficar para uma próxima.

Sentei-me no chão com a caixa. Não havia nenhuma identificação nem etiqueta, e estava selada com fita adesiva. Encontrei uma caneta e comecei a furar a fita. Quando consegui rasgá-la o suficiente, abri a caixa e passei a investigar o que havia dentro dela.

Estava cheia de perfumes.

Devia conter pelo menos uns trinta e cinco frascos de perfume empacotados. Alguns eu conhecia de nome, outros nem isso. Variavam desde os absurdamente caros, usados por estrelas de cinema, até os mais baratos, desses que vendem em farmácias. *Eternity. Angel.*

Vanilla Fields. Jade Blossom. Michael Kors. Poison. Hypnotic Poison. Pure Poison. Happy. Light Blue. Jõvan Musk. Pink Sugar. Vera Wang. Peguei um por um, tirando-os das caixas, lendo as descrições e depois abrindo os frascos para sentir o cheiro.

Já tinha chegado quase na metade quando me dei conta: aquela caixa fora enviada por Adrian.

Não entendi como ele conseguiu que todos aqueles perfumes fossem entregues no hotel com tanta rapidez, mas o dinheiro pode fazer com que quase tudo aconteça. Mesmo assim, eu não precisava da atenção de nenhum Moroi rico e mimado; eu disse que não estava interessada nele, mas aparentemente ele não tinha compreendido. Com pesar, fui devolvendo todos os frascos para a caixa. Depois parei. É claro que eu os devolveria, mas achei que não faria mal algum sentir o cheiro dos outros perfumes antes disso.

Comecei novamente a tirar os frascos de dentro da caixa. Alguns eu cheirava só a tampa; outros eu borrifava no ar. *Serendipity. Dolce & Gabbana. Shalimar. Daisy.* Cada uma das essências me estimulava o olfato: rosa, violeta, sândalo, laranja, baunilha, orquídea...

Quando terminei, meu nariz já quase não conseguia sentir mais cheiro algum. Todos aqueles perfumes foram feitos para humanos. Eles têm um olfato bem menos aguçado do que os vampiros e até mesmo do que os dampiros, então, para mim, as essências eram fortes demais. Passei a entender bem mais o que Adrian dissera sobre usar apenas a dose necessária de perfume, uma leve borrifada. Se todos aqueles frascos estavam me deixando tonta, eu bem podia imaginar o que um Moroi sentia ao sentir tantas essências. Naquele momento, a carga exagerada de perfumes não foi de nenhuma ajuda para a minha dor de cabeça, fruto da ressaca com que acordara — pelo contrário.

Guardei todos os perfumes, desta vez para valer, mas me interrompi quando peguei um que eu tinha realmente gostado. Hesitei, segurando a pequena caixa na mão. Depois tirei de dentro dela o frasco vermelho e senti o perfume uma vez mais. Tinha uma fragrância doce e revigorante. Identifiquei o cheiro de alguma fruta, mas não uma fruta doce ou açucarada. Tentei lembrar o nome de uma essência que eu sentira numa garota que também morava no meu dormitório. Ela tinha me falado o nome. Parecia cereja… só que mais forte. Groselha, era isso. E, no perfume, aquele odor se misturava ainda a algumas essências florais: lírios do campo e mais algumas que não consegui identificar. Mesmo sem saber bem qual era a mistura exata, alguma coisa naquele aroma me atraiu. Doce, mas não *demais*. Procurei o nome dele na caixa: *Amor Amor*.

— Bem adequado — resmunguei, pensando na quantidade de problemas amorosos em que eu andava envolvida. Mas fiquei com o perfume mesmo assim e guardei os outros.

Levei a caixa até o saguão e pedi, na recepção, fita adesiva para selá-la de novo. Pedi indicações sobre onde ficava o quarto de Adrian. Os Ivashkov tinham praticamente uma ala inteira só para eles. Não era muito longe do quarto de Tasha.

Sentindo-me como uma entregadora, atravessei o corredor e parei na frente da porta dele. Antes que eu pudesse bater, ela se abriu e Adrian apareceu na minha frente. Ele pareceu tão surpreso quanto eu.

— Dampirinha — disse, cordial. — Eu não esperava vê-la aqui.

— Vim devolver isso. — Ergui a caixa na frente dele antes que ele pudesse protestar. Pego de surpresa, ele segurou a caixa desajeitadamente e chegou a cambalear um pouco. Ajeitou a caixa nos braços, deu alguns passos para trás e a colocou no chão.

— Não gostou de nenhum deles? — perguntou. — Quer que eu mande buscar outros para você?

— Não me mande mais presentes.

— Não é um presente. Estou fazendo um serviço público. Como pode uma mulher não ter um perfume?

— Não faça mais isso — ordenei com firmeza.

De repente uma voz soou atrás dele:

— Rose? É você?

Eu dei uma espiada no quarto. Lissa.

— O que você está fazendo aqui?

Por conta da minha dor de cabeça e das sensações que me vieram dela através do laço mais cedo e que me pareceram ligadas a algum momento amoroso entre ela e Christian, usei toda a minha concentração para bloqueá-la da minha mente. Normalmente eu teria sentido a presença dela no instante em que me aproximei do quarto. Voltei a abrir meus sentidos e deixei que o seu espanto me atingisse. Ela não esperava que eu aparecesse ali.

— O que *você* está fazendo aqui? — perguntou.

— Senhoritas, senhoritas — disse ele, nos provocando. — Não precisam brigar por minha causa.

Olhei furiosa.

— Não estamos brigando. Eu só quero saber o que está acontecendo aqui.

Um cheiro de loção pós-barba me nocauteou, e em seguida ouvi uma voz atrás de mim:

— Eu também quero saber.

Dei um salto de susto. Virei e dei de cara com Dimitri, de pé no corredor. Eu não fazia ideia do que ele estava fazendo na ala dos Ivashkov.

Ele estava a caminho do quarto de Tasha, sugeriu uma voz dentro de mim.

Eu não tinha a menor dúvida de que Dimitri estava sempre na expectativa de me pegar enrolada em algum tipo de confusão, mas a presença de Lissa ali o confundiu. Por aquilo ele não esperava. Ele passou por mim e entrou no quarto, olhando para nós três.

— Alunas e alunos não devem frequentar os quartos uns dos outros.

Eu sabia que lembrá-lo naquele momento de que Adrian não era exatamente um aluno não ia nos ajudar em nada. Nós não devíamos estar no quarto de nenhum rapaz.

— Por que você continua fazendo isso? — perguntei frustrada a Adrian.

— Fazendo o quê?

— Fazendo parecer que nós duas estamos sempre metidas em confusão!

Ele deu uma risadinha.

— Foram vocês que vieram até aqui.

— Você não deveria ter permitido que elas entrassem — ralhou Dimitri com ele. — Tenho certeza de que você conhece as regras da Escola São Vladimir.

Adrian deu de ombros.

— Conheço, mas não sou obrigado a obedecer a nenhuma regra estúpida de escola.

— Talvez não — disse Dimitri friamente. — Mas eu achava que ainda assim você respeitaria essas regras.

Adrian revirou os olhos.

— Estou um pouco surpreso de ver *justo você* me dando sermão por causa de garotas menores de idade.

Vi a raiva se acender nos olhos de Dimitri, e por um instante pensei que ele ia perder o controle ali mesmo. E isso provaria que eu estava certa quando o provoquei, dizendo que ele vivia em constante luta consigo mesmo para se manter controlado. Mas ele se recompôs, e apenas os punhos cerrados mostravam o quanto ele ficara furioso.

— Além do mais — continuou Adrian —, não aconteceu nada indigno aqui. Estávamos só batendo um papo.

— Se você quer "bater um papo" com garotinhas, faça isso em lugares públicos.

Não gostei de Dimitri nos chamar de "garotinhas", e tive a impressão de que a reação dele fora um pouco exagerada. Suspeitei também de que parte da agressividade dele tivesse a ver com o fato de *eu* estar ali.

Adrian soltou uma gargalhada esquisita que me deu arrepios de medo.

— Garotinhas? *Garotinhas?* Com certeza. Tão jovens e tão velhas ao mesmo tempo. Elas mal conhecem as coisas da vida e, no entanto, já viveram tanta coisa. Uma tem a marca da vida, e a outra a marca da morte... mas é com *elas* que você se preocupa? Preocupe-se com você, dampiro. Preocupe-se com você e preocupe-se comigo. Nós é que somos jovens aqui.

Dimitri, Lissa e eu apenas o encaramos. Acho que nenhum de nós esperava que Adrian, do nada, começasse a falar coisas sem sentido.

Adrian se acalmou e ficou perfeitamente normal de novo. Deu meia-volta, caminhou a passos largos até a janela e de lá ficou olhando para nós enquanto tirava um cigarro do maço.

— Vocês, senhoritas, talvez devam se retirar. Ele está certo. Eu sou má influência.

Lissa e eu nos entreolhamos. Rapidamente saímos do quarto e seguimos Dimitri até o saguão.

— Aquilo foi... estranho — comentei, alguns minutos depois. Estava falando o óbvio, mas, bem, alguém tinha que dizer alguma coisa.

— Muito estranho — disse Dimitri. Ele não estava com raiva; mas, sim, intrigado.

Quando chegamos ao saguão, comecei a seguir Lissa em direção ao nosso quarto, mas Dimitri me chamou:

— Rose, posso falar com você?

Senti uma onda de compaixão enviada por Lissa através do laço. Virei-me para Dimitri e mudei de direção, esquivando-me para o canto da sala e liberando a passagem. Um grupo Moroi coberto de diamantes e casacos de pele passou por nós, com expressão de ansiedade nos rostos. Funcionários do hotel os seguiam carregando malas. As pessoas estavam indo embora em busca de lugares mais seguros. A paranoia com os Strigoi estava longe de acabar.

A voz de Dimitri chamou a minha atenção de volta para ele.

— Aquele é Adrian Ivashkov. — Ele disse o nome com o mesmo desdém com que todos o mencionavam.

— É, eu sei.

— Esta é a segunda vez que eu vejo você na companhia dele.

— É — respondi, de maneira casual. — A gente se fala de vez em quando.

Dimitri arqueou uma sobrancelha, e depois virou a cabeça na direção da ala de Adrian.

— Você frequenta muito o quarto dele?

Várias respostas atravessadas passaram pela minha cabeça, e de repente a resposta perfeita me veio à mente.

— O que acontece entre mim e ele não é da sua conta. — Tentei usar um tom bastante parecido com o que ele usara quando fez um comentário idêntico a respeito dele e de Tasha.

— Na verdade, enquanto você for aluna da escola, o que você faz é da minha conta, *sim*.

— Não o que eu faço com a minha vida pessoal. Você não tem nada com isso.

— Você não é uma adulta ainda.

— Estou bem perto disso. Além do mais, não é como se eu fosse me tornar adulta como num passe de mágica no dia que completar dezoito anos.

— É o que estou vendo — disse ele.

Enrubesci.

— Não foi isso que eu quis dizer. Estou dizendo…

— Eu sei o que você quis dizer. E isso não importa agora. Você é uma aluna da São Vladimir. Eu sou seu instrutor. Faz parte do meu trabalho ajudá-la e mantê-la a salvo. Estar no quarto de alguém como *ele*… não é seguro.

— Eu sei lidar com Adrian Ivashkov — resmunguei. — Ele é estranho, muito estranho, de fato, mas é inofensivo.

Pensei comigo mesma se o problema de Dimitri não seria o ciúme. Ele não chamara Lissa num canto para ralhar com ela como estava fazendo comigo. O pensamento me deixou levemente feliz, mas, logo depois, me recordei da minha curiosidade anterior sobre o que Dimitri estaria fazendo por aquelas bandas do hotel.

— Falando em vida pessoal… imagino que você estivesse por ali para visitar Tasha, não é?

SANGUE E GELO

Eu sabia que o comentário era maldoso e esperei por uma resposta ríspida do tipo "não é da sua conta". Em vez disso, ele respondeu:

— Na verdade, estava visitando a sua mãe.

— Está dando em cima dela também?

Eu sabia, é claro, que ele não estava fazendo isso, mas ele me dera a deixa perfeita para aquela alfinetadinha. E eu não ia perder a oportunidade.

Ele pareceu entender dessa forma também e não deu a menor atenção ao comentário.

— Não, nós estávamos estudando alguns dados novos sobre os Strigoi que atacaram os Drozdov.

Minha raiva e minha atitude se diluíram. Os Drozdov. Os Badica. De repente tudo o que acontecera naquela manhã pareceu inacreditavelmente trivial. Como é que eu podia estar ali brigando com Dimitri por causa de pequenos romances que podiam ou não estar acontecendo quando ele e os outros guardiões estavam tentando nos proteger?

— O que vocês descobriram? — perguntei com calma.

— Conseguimos rastrear alguns dos Strigoi — disse ele. — Ou, ao menos, os humanos que estavam com eles. Alguns vizinhos identificaram alguns dos carros usados pelo grupo. As placas eram cada uma de um estado diferente, e o grupo se dispersou, provavelmente para dificultar a nossa busca. Mas uma das testemunhas anotou o número de uma placa. Está registrada com um endereço em Spokane.

— Spokane? — perguntei incrédula. — Spokane, em *Washington*? Quem escolheria Spokane como refúgio? — Eu conhecia o lugar. Era um lugar tão chato quanto qualquer outra cidade do noroeste cercada por florestas.

— Pejo jeito, os Strigoi — respondeu num tom inexpressivo. — O endereço era falso, mas outras evidências provam que eles estão mesmo lá. Na cidade tem uma espécie de shopping com túneis subterrâneos. Alguns Strigoi foram vistos na área.

— Então... — Franzi as sobrancelhas. — Vocês vão atrás deles? Alguém vai atrás deles? Quer dizer, isso é o que Tasha tem falado o tempo todo... se sabemos onde eles estão...

Ele balançou a cabeça em sinal negativo.

— Os guardiões não podem fazer nada sem a permissão dos conselhos superiores. Isso não vai acontecer tão cedo.

Suspirei.

— Porque os Moroi falam demais.

— Estão sendo cautelosos — disse ele.

Me senti encorajada de repente.

— Espere aí. Não é possível. Nem você pode estar querendo ser cauteloso numa hora dessas. Vocês *sabem* onde os Strigoi estão se refugiando e não vão fazer nada? Strigoi que massacraram crianças. Você não tem vontade de ir atrás deles e pegá-los de surpresa? — Eu estava falando como Mason.

— Não é tão fácil — falou. — Nós somos subordinados ao Conselho dos Guardiões e ao governo Moroi. Não podemos simplesmente fugir e agir por impulso. E, de todo modo, não temos todas as informações ainda. Não devemos nunca entrar numa batalha sem conhecer a situação em todos os detalhes.

— Mais lições de vida zen — suspirei. Passei a mão no cabelo e coloquei uma mecha atrás da orelha. — Por que você me contou tudo isso, então? Isso é assunto de guardião. Não é o tipo de coisa que se conta aos aprendizes.

Ele mediu bem as palavras que iria dizer, e a expressão do rosto dele ficou mais suave. Ele era sempre lindo, mas eu o achava ainda mais lindo quando estava com aquela expressão no rosto.

— Eu disse algumas coisas... outro dia e hoje... que eu não deveria ter falado. Coisas desrespeitosas com relação à sua idade. Você tem dezessete anos... mas consegue suportar e processar as mesmas coisas que pessoas bem mais velhas que você.

Senti o peito leve e palpitante.

— Mesmo?

Ele fez que sim com a cabeça.

— Você é ainda muito jovem em alguns aspectos. Às vezes age de modo imaturo. Mas a única maneira de mudar isso é tratar você como uma adulta. Preciso fazer isso com mais frequência. Sei que você vai ouvir essa informação, entender a importância que ela tem e guardá-la com você.

Eu não adorava que me dissessem que eu agia de modo imaturo, mas gostei da ideia de ele passar a me tratar de igual para igual.

— Dimka — chamou uma voz. Tasha Ozera veio até nós. Sorriu ao me ver. — Olá, Rose.

Meu bom humor acabou na hora.

— Oi — respondi sem entusiasmo algum.

Ela colocou a mão no antebraço de Dimitri, escorregando os dedos pelo couro do casaco dele. Olhei com raiva para aqueles dedos. Como eles ousavam tocar em Dimitri?

— Você está com aquela cara — comentou ela, olhando para ele.

— Que cara? — perguntou ele.

A expressão séria do rosto dele enquanto conversava comigo desapareceu e foi substituída por um sorriso pequeno e tímido. Um sorriso quase brincalhão.

— Aquela cara de quem vai trabalhar o dia inteiro.

— É mesmo? Eu tenho uma cara para isso? — Havia um tom provocador e meio debochado na voz dele.

Ela fez que sim com a cabeça.

— A que horas o seu turno acaba oficialmente?

Eu juro que Dimitri pareceu de fato envergonhado.

— Acabou uma hora atrás.

— Você não pode continuar fazendo isso — reclamou ela. — Você precisa descansar.

— Bem… se você levar em consideração que eu sou o guardião de Lissa vinte e quatro horas por dia…

— Por enquanto — disse ela, como quem sabe do que está falando. Senti um desconforto maior do que na noite anterior. — Tem um grande torneio de sinuca acontecendo lá em cima.

— Não posso — disse ele, mas o sorriso ainda continuava brincando em seus lábios. — E, além do mais, faz muito tempo que eu não jogo...

Mas o quê...? Dimitri jogando *sinuca*?

De repente, tudo o que conversáramos sobre ele me tratar como uma adulta perdeu a importância. Uma pequena parte de mim reconhecia que aquilo era um elogio e tanto, mas todo o resto do meu ser queria que ele me tratasse como ele tratava Tasha. De maneira brincalhona, provocadora, casual. Eles tinham tanta intimidade um com o outro, ficavam tão à vontade juntos...

— Vamos lá — implorou ela. — Só uma rodada! Nós podemos ganhar de todos eles.

— Não posso — repetiu ele. Mas a resposta soou pesarosa. — Com tudo o que está acontecendo, eu não posso.

Ela ficou um pouco séria.

— Não. É verdade. Você tem razão. — Olhando para mim, ela disse, com ar provocador: — Espero que você tenha consciência do bom exemplo que você tem neste cara aqui. Ele nunca tira uma folga.

— Bom — disse eu, imitando o tom que ela usara um pouco antes —, tenho consciência disso, pelo menos *por enquanto*.

Tasha pareceu não entender a minha resposta. Acho que não lhe ocorreu que eu estava debochando dela. Mas, pelo olhar reprovador que Dimitri me lançou, vi que ele, sim, compreendeu exatamente o que eu estava fazendo. Imediatamente me dei conta de que tinha acabado de matar qualquer progresso no sentido de me tornar uma adulta.

— Terminamos aqui, Rose. Lembre-se do que eu disse a você.

— Tá bom — disse eu, virando as costas para ele.

Senti uma vontade súbita de ir para o meu quarto e ficar lá olhando para o teto por um tempo. Aquele dia mal começara e já estava me deixando cansada. Muito cansada.

Ainda não estava nem perto do quarto quando encontrei Mason. Deus do céu. Homens em toda parte.

— Você está zangada — disse ele assim que me olhou de frente. Ele tinha um talento especial para descobrir qual era o meu humor.

— O que aconteceu?

— Problemas... com autoridades. Esta manhã está sendo estranha.

Suspirei sem conseguir tirar Dimitri da cabeça. Olhando para Mason, me lembrei do quanto eu fora convincente na noite passada quanto a levar nosso relacionamento a sério. Eu era um caso perdido mesmo. Não conseguia decidir de quem eu gostava. Apostando na teoria de que a melhor maneira de tirar um cara da cabeça é dar atenção para outro, peguei Mason pela mão e o arrastei dali.

— Vamos. O nosso plano pra hoje não era ir a algum lugar... reservado?

— Achei que você já estaria sóbria — brincou ele. Mas seu olhar estava muito sério mesmo. E interessado. — Achei que tudo aquilo já teria passado.

— Ei, eu mantenho a minha palavra, não importa o que aconteça. — Abri minha mente e procurei por Lissa. Ela não estava mais no nosso quarto. Saíra para ir a algum outro evento da realeza, sem dúvida ainda se preparando para o grande jantar de Priscilla Voda.

— Venha. Vamos para o meu quarto.

Com exceção da falta de sorte de Dimitri estar passando pela porta de Adrian quando eu estava lá, ninguém levava a sério a regra de que rapazes e garotas não podiam frequentar os quartos uns dos outros. Era como se estivéssemos de volta ao nosso dormitório da escola. Enquanto Mason e eu subíamos as escadas, contei para ele o que Dimitri me contara sobre os Strigoi em Spokane. Dimitri me pedira para manter segredo, mas eu estava com raiva e não vi problema algum em contar para Mason. Eu sabia que ele se interessaria pelo assunto.

E eu estava certa. Mason ficou realmente interessado.

— O quê? — exclamou ele, enquanto entrávamos no quarto. — Eles não vão fazer *nada*?

Eu dei de ombros e me sentei na cama.

— Dimitri disse...

— Já sei, já sei... Ouvi o que você disse. Aquilo tudo sobre ser cauteloso e tal. — Mason andava pelo quarto, irritado. — Mas se esses Strigoi forem atrás de outros Moroi... de outra família... que droga! Eles vão se arrepender de terem sido tão cautelosos.

— Esqueça essa história — pedi. Fiquei um pouco aborrecida com o fato de eu estar ali na frente dele, numa cama, e isso não ser o suficiente para fazer com que ele deixasse de lado a vontade de lutar. — Não há nada que possamos fazer.

Ele parou de andar.

— *Nós* podíamos ir.

— Ir aonde? — perguntei, meio ingenuamente.

— Para Spokane. Podemos pegar um ônibus na cidade.

— Eu... espere aí. Você quer me levar para Spokane para caçar Strigoi?

— Claro. Eddie iria junto... iríamos direto até esse shopping. Eles não estariam organizados nem nada, então poderíamos ficar na espreita e ir matando um a um...

A única coisa que eu consegui fazer foi olhar fixamente para ele.

— Quando foi que você ficou tão burro?

— Ah, entendi. Obrigado pelo voto de confiança.

— Não se trata de confiança — argumentei, levantando e me aproximando dele. — Você é muito bom. Já vi você lutar. Mas isso... não é assim que se faz. Não podemos buscar Eddie e sair os três para matar Strigoi. Precisamos de mais gente. Planejar tudo. Precisamos de mais informações.

Descansei minhas mãos no peito dele. Ele colocou as dele sobre as minhas e sorriu. A sede de guerra ainda faiscava nos olhos dele, mas pude perceber que a cabeça dele passara a se ocupar de questões mais imediatas. Como de mim.

— Eu não quis chamar você de burro — falei. — Desculpe.

— Você só está dizendo isso agora porque está interessada em outra coisa.

— É claro. É isso mesmo que eu estou fazendo. — Eu ri, feliz ao ver que ele estava mais relaxado. A natureza daquela conversa me lembrou um pouco da conversa que Lissa e Christian tiveram na capela.

— Bom — disse ele —, eu não sei se vou ser tão rigoroso a ponto de não me aproveitar disso.

— Ótimo. Porque tem *um monte* de coisas que eu quero fazer.

Escorreguei a minha mão para cima e a passei em volta do pescoço dele. Senti o calor de sua pele em contato com a minha mão e me lembrei do quanto tinha sido bom beijá-lo na noite anterior.

De repente, do nada, ele disse:

— Você é realmente uma aluna dele.

— De quem?

— De Belikov. Estava pensando em quando você falou que precisávamos de mais informações e tudo o mais. Você se comporta exatamente como ele. Ficou toda séria desde que passou a treinar com ele.

— Não fiquei, não.

Mason me puxou para perto dele, mas agora eu não estava mais me sentindo tão romântica. Eu só queria dar uns pegas e *esquecer* Dimitri por algum tempo, não ficar conversando sobre ele. De onde Mason tinha tirado aquele assunto? Era para ele estar me distraindo de tudo aquilo.

Ele não percebeu que havia alguma coisa errada.

— Você só mudou. Só isso. Não é ruim… só diferente.

Alguma coisa naquele comentário me irritou, mas, antes que eu pudesse responder, nossas bocas se encontraram num beijo. A possibilidade de uma discussão racional desapareceu. Um pouco daquele temperamento sombrio começou a surgir em mim, mas eu simplesmente canalizei a intensidade daqueles sentimentos para a atividade física, enquanto Mason e eu caíamos um em cima do outro. Eu o joguei na cama, tentando fazer isso sem interromper o beijo. Eu era boa em executar várias tarefas ao mesmo tempo. Cravei minhas unhas nas costas dele enquanto as suas mãos escorregavam para cima da minha nuca e soltavam o rabo de cavalo que eu tinha feito minutos antes. Correndo os dedos pelo cabelo solto, ele desceu os lábios e passou a me beijar o pescoço.

— Você é... o máximo — disse. E eu posso assegurar que ele estava sendo sincero. Todo o seu rosto se iluminou de afeto por mim.

Eu arqueei o corpo para cima, deixando os lábios dele pressionarem com mais força a minha pele enquanto as mãos escorregavam por baixo da minha blusa. Elas foram subindo pela minha barriga até quase tocarem a borda do sutiã.

Levando em conta que um minuto antes estávamos discutindo, fiquei surpresa com a rapidez com que as coisas estavam evoluindo. Mas honestamente... não me importei. Era assim que eu vivia a minha vida. Tudo era sempre rápido e intenso comigo. Na noite em que Dimitri e eu fôramos vítimas do feitiço de luxúria de Victor Dashkov, houve entre nós uma paixão bem furiosa também. Dimitri, no entanto, conseguia se controlar, então às vezes íamos mais devagar.... e aquilo tinha sido maravilhoso também. Mas, na maior parte do tempo, nós não conseguíamos nos conter. Estava sentindo tudo aquilo novamente. Os caminhos que as mãos dele traçavam pelo meu corpo. Os beijos poderosos e intensos.

Foi então que eu me dei conta de uma coisa.

Eu estava beijando Mason e pensando em Dimitri. E não era apenas uma lembrança. Eu estava, de fato, imaginando que era com Dimitri que eu estava naquele exato momento, revivendo toda aquela noite. Com os olhos fechados, era fácil fingir.

Mas quando eu os abria e via os olhos de Mason, sabia que ele estava *comigo*. Ele me adorava e me queria havia muito tempo. Para mim, fazer uma coisa dessas... estar com ele e fingir que estava com outra pessoa...

Não era justo. Então me afastei.

— Não... quero parar.

Mason parou na mesma hora, porque ele era o tipo de garoto que faria isso.

— Foi demais? — perguntou ele. Fiz que sim com a cabeça. — Tudo bem. Nós não precisamos continuar.

Ele tentou se aproximar um pouco, e eu me afastei ainda mais.

— Não. Eu só não quero... Não sei. Vamos encerrar por agora, tá bom?

— Eu... — Ele ficou sem palavras por um instante. — O que aconteceu com aquele "monte de coisas" que você queria fazer?

É... parecia bem estranho, mas o que eu ia dizer a ele? *Não posso dar uns pegas em você porque, quando fazemos isso, penso em outro cara, o cara que realmente desejo. Você é apenas um substituto.*

Eu engoli em seco e me senti uma idiota.

— Me desculpe, Mase. Não posso.

Ele se sentou e correu a mão pelo cabelo.

— Tá bom. Tudo bem. — Dava para sentir a frieza na voz dele. — Você me confunde. — Ele olhou para mim com uma expressão de fúria. — Não entendo os sinais que você dá. Uma hora você está calorosa, no minuto seguinte está gélida. Você diz que me quer, depois diz que não quer. Se você escolhesse uma das duas coisas, tudo bem, mas você fica me fazendo pensar uma coisa e depois acaba indo numa direção totalmente oposta. Não foi só agora. Tem sido assim o tempo todo.

Era verdade. Era isso mesmo que eu estava fazendo com ele. Às vezes flertava, outras vezes o ignorava por completo.

— Tem alguma coisa que você quer que eu faça? — perguntou ele, já que eu não respondera nada. — Alguma coisa que... não sei... que faça com que você se sinta melhor com relação a mim?

— Não sei dizer — respondi com um fio de voz.

Ele suspirou.

— Então, o que é que você quer de maneira geral?

Dimitri, pensei. Em vez disso, eu me repeti:

— Não sei.

Ele bufou, se levantou e se encaminhou para a porta.

— Rose, para alguém que diz que é preciso juntar o máximo de informação possível, você realmente tem muito o que aprender sobre si mesma.

A porta bateu atrás dele. O barulho me fez estremecer, e eu fixei os olhos onde Mason estivera. E me dei conta de que ele estava certo. Eu tinha mesmo muito o que aprender.

DEZESSEIS

Mais tarde, naquele mesmo dia, Lissa foi me procurar no quarto. Eu tinha caído no sono depois da saída de Mason e estava me sentindo deprimida demais para deixar a cama. Quando Lissa entrou e bateu a porta com força, acordei num pulo.

Fiquei feliz ao vê-la. Precisava desabafar sobre toda aquela confusão com Mason, mas, antes de começar a falar, eu li os sentimentos dela. Ela estava tão aborrecida quanto eu. Então, como sempre, deixei que falasse primeiro.

— O que aconteceu?

Ela se sentou na própria cama e afundou no edredom de penas. Estava furiosa e triste.

— Christian.

— Mesmo? — Eu nunca soubera de qualquer briga entre eles. Implicavam muito um com o outro, mas eram coisas sem importância, que nunca a fizeram chorar.

— Ele descobriu… que eu estive com Adrian hoje de manhã.

— Ai, caramba — disse eu. — É. Isso pode ser um problema.

Levantei, caminhei até o closet e apanhei a escova de cabelo. De pé em frente ao espelho de moldura trabalhada, comecei a desfazer os nós que o cochilo deixara nos meus cabelos.

Ela gemeu.

202   RICHELLE MEAD

— Mas não aconteceu nada! Christian está pegando pesado sem nenhum motivo. Não posso acreditar que ele não confia em mim.

— Ele confia em você. Mas essa história toda é muito esquisita. — Lembrei de Dimitri com Tasha. — O ciúme leva as pessoas a fazerem e dizerem coisas estúpidas.

— Mas não aconteceu nada — repetiu ela. — Você estava lá e tudo... e agora estou me dando conta de que acabei sem saber. O que afinal *você* estava fazendo lá?

— Adrian me mandou de presente uma caixa de perfumes.

— Ele... era aquela caixa enorme que você estava carregando? Fiz que sim com a cabeça.

— Uau!

— Pois é. Eu fui devolver — disse eu. — Mas eu também quero saber: o que é que você estava fazendo lá?

— Só estava conversando — disse ela. Ela foi ficando animada, ansiosa para me contar alguma coisa, mas se deteve de repente. Eu senti que os pensamentos dela estiveram à beira de se transformarem em palavras e depois foram jogados de volta para o fundo de sua mente. — Tenho muita coisa para contar, mas antes me diga o que está acontecendo com você.

— Comigo não está acontecendo nada.

— Ah, tá legal, Rose. Eu não sou sensitiva como você, mas sei muito bem quando você está chateada com alguma coisa. Você anda meio tristonha desde o Natal. O que está acontecendo?

Aquele não era o momento de falar sobre tudo o que acontecera no Natal, quando minha mãe me contou sobre Tasha e Dimitri. Mas eu comentei com Lissa a história com Mason. Não revelei a ela, é claro, o motivo que me levara a interromper o namoro. Contei apenas que eu desistira de tudo no meio.

— Bom — disse ela quando terminei —, esse é um direito seu.

— Eu sei. Mas fui eu que comecei tudo. E de repente não quis mais. Ele tem motivo para estar chateado.

— Vocês dois provavelmente vão se entender. É só conversar com ele. Ele é louco por você.

Tinha sido mais do que um mero mal-entendido. Não ia ser fácil acertar as coisas com Mason.

— Não sei, não — disse a ela. — Nem todo mundo é como você e Christian.

O rosto dela assumiu uma expressão sombria.

— Christian. Ainda não consigo acreditar que ele esteja sendo tão teimoso com essa história.

Não tive a intenção, mas acabei rindo.

— Liss, em menos de um dia vocês dois estarão de bem e se beijando. Vão fazer mais do que se beijar, provavelmente.

Deixei escapulir sem querer. Ela arregalou os olhos.

— Você sabe. — Balançou a cabeça exasperada. — *É claro* que você sabe.

— Desculpe — falei.

Não era minha intenção revelar a ela que eu sabia que eles tinham transado. Estava esperando que ela mesma me contasse.

Ela me olhou nos olhos.

— Até onde você sabe?

— Hã... não muito — menti. Eu já terminara de escovar o cabelo, mas comecei a brincar com o cabo da escova para evitar o olhar dela.

— Eu *tenho* que aprender a impedir você de entrar na minha cabeça — resmungou.

— Mas esse é o único meio que eu tenho pra "conversar" com você ultimamente. — Deixei escapulir mais uma vez.

— O que é que você está querendo dizer com isso?

— Nada... eu... — Ela estava me lançando um olhar enviesado. — Eu... eu não sei. É que eu acho que a gente não tem mais conversado muito.

— Temos que consertar isso juntas — disse ela usando um tom de voz mais suave.

— Você tem razão — respondi, sem mencionar que achava difícil consertarmos isso juntas quando *ela* estava sempre acompanhada do namorado.

É verdade que eu também tinha uma parcela de culpa, pois estava sempre ocultando coisas dela. Mas eu ao menos *tentara* conversar com ela diversas vezes nos últimos dias, sem nunca encontrar, no entanto, um bom momento para falar. Nem mesmo naquele momento a ocasião parecia adequada.

— Sabe de uma coisa? Nunca imaginei que você seria a primeira. Ou melhor, nunca imaginei que eu chegaria ao último ano do ensino médio ainda virgem.

— É — disse ela francamente. — Nem eu.

— Ei! O que você está querendo dizer com *isso*?

Ela abriu um sorriso largo, depois deu uma olhada no relógio e ficou séria.

— Droga. Eu tenho que ir para o banquete de Priscilla. Christian ia comigo, mas resolveu bancar o idiota e brigar comigo... — Ela fixou os olhos em mim, cheia de esperanças.

— O quê? Não, por favor, Liss. Você sabe como eu odeio esses eventos formais.

— Ah, vamos — implorou. — Christian não quer mais ir. Você não pode me jogar aos lobos. E não foi você que acabou de dizer que nós precisamos conversar mais? — Eu dei um gemido. — Além do mais, quando você for minha guardiã, vai ter que fazer essas coisas o tempo todo.

— Eu sei — disse um pouco mal-humorada. — Pensei que talvez eu pudesse aproveitar meus últimos seis meses de liberdade.

Ao final, ela acabou conseguindo me convencer a ir, como nós duas bem sabíamos que conseguiria.

Não tínhamos muito tempo até o horário do jantar, e eu tive que tomar uma chuveirada, secar o cabelo e me maquiar em tempo recorde. Eu tinha levado na mala, só por capricho, o vestido que Tasha me dera. Ainda queria que ela sofresse horrivelmente por ter se sentido atraída por Dimitri, mas, naquele momento, fiquei grata a ela pelo presente. Vesti a roupa de seda e fiquei feliz ao ver que o tom vermelho caíra tão bem em mim quanto eu imaginei que cairia. Era um vestido longo, estiloso, com flores bordadas no tecido. A gola alta que subia pelo pescoço e a bainha comprida me cobriam quase inteira, mas o tecido colava à minha pele e me deixava bastante sensual, mesmo sem mostrar muita pele. Além disso, meu olho roxo praticamente sumira.

Lissa, como sempre, estava linda. Usava um vestido roxo de Johnna Raski, uma famosa estilista Moroi. O vestido de cetim não tinha mangas e as alças cravejadas de cristais cor de ametista brilhavam em contraste com a pele branca dela. O cabelo estava preso num coque meio solto, todo trabalhado.

Quando chegamos ao banquete, alguns pares de olhos se voltaram para nós. Acho que os membros da realeza não esperavam que a princesa Dragomir levasse a amiga dampira para aquela festa tão esperada e exclusiva, para a qual só se podia entrar com convite. Mas no convite estava escrito que Lissa podia levar "qualquer acompanhante". Eu e ela nos sentamos nos lugares que tinham sido reservados para nós numa mesa com outros membros da realeza, cujos nomes logo esqueci. Eles desfrutaram o prazer de me ignorar, e eu estava feliz em ser ignorada.

Além do mais, havia muitas outras coisas para me distrair. O salão era todo decorado com tons de azul e prata. As mesas estavam cobertas por toalhas de seda azul, tão brilhantes e macias que eu fiquei apavorada de comer em cima delas. Castiçais com velas de cera de abelha ocupavam toda a extensão das paredes, e o fogo ardia na lareira decorada com vitrais coloridos que ocupava um dos cantos do salão. O efeito que ela criava era um espetacular panorama de luz e cor, estonteante para os olhos. Num outro canto, uma esbelta mulher Moroi tocava violoncelo. Concentrada em sua música, ela exibia uma expressão sonhadora no rosto. O som das taças de cristal, cheias de vinho, esbarrando levemente umas nas outras se ajustava às notas doces que saíam das cordas do instrumento.

O jantar estava igualmente maravilhoso. O menu era sofisticado, mas eu reconheci tudo o que foi servido no meu prato — de porcelana, é claro — e gostei de tudo. Nada de *foie gras* dessa vez. Em vez disso, salmão com molho de *shiitake*. Uma salada de peras e queijo de cabra. Como sobremesa, delicados folheados recheados de amêndoas. Minha única reclamação foi o tamanho das porções: mínimas. A comida parecia estar ali somente para decorar os pratos, e, juro, terminei de comer tudo em dez garfadas. Os Moroi precisam de algum alimento além de sangue para viver, mas não de tanta comida quanto os humanos, ou quanto uma dampira em idade de crescimento.

Mesmo assim, concluí que só a comida já teria justificado a minha ida ao jantar. O problema é que, terminada a refeição, Lissa me disse que ainda não podíamos ir embora.

— Temos que circular um pouco — murmurou ela.

— Circular?

Lissa riu do meu desconforto.

— Você é a mais sociável de nós duas.

Era verdade. Na maioria das vezes era eu que saía na frente e não tinha medo de interagir com as pessoas. Lissa era mais tímida. Só que desta vez a situação estava invertida. Aquele era o ambiente dela, não o meu, e eu fiquei espantada com a desenvoltura que ela manifestava, ali, em contato com a alta sociedade da realeza Moroi. Ela era perfeita, refinada e educada. Todos pareciam ansiosos para conversar com ela, e ela parecia encontrar sempre a coisa certa para dizer para cada uma daquelas pessoas. Ela não estava exatamente usando compulsão, mas era evidente que a presença dela era puro magnetismo que atraía o interesse das pessoas. Podia ser um efeito inconsciente do espírito. Mesmo tomando a medicação, prevalecia ainda o carisma mágico e natural que era próprio dela. Se antes interações sociais intensas eram eventos forçados e estressantes, naquele momento Lissa liderava com facilidade as conversas. Fiquei orgulhosa dela.

As conversas giravam, quase todas, em torno de assuntos leves: moda, a vida amorosa dos membros da realeza e coisas do gênero.

Parecia que ninguém queria estragar o ambiente agradável da festa falando de um assunto tão sombrio quanto os ataques dos Strigoi.

Fiquei grudada nela durante toda a festa. Tentei me convencer de que estava apenas fazendo um treinamento para o futuro, quando eu teria mesmo que acompanhá-la como uma sombra silenciosa. Mas a verdade era que eu me sentia desconfortável demais em meio àquele grupo social e sabia que os meus mecanismos sarcásticos de defesa habituais não teriam qualquer utilidade ali. Além do mais, eu estava dolorosamente consciente de ser a única dampira participando, como convidada, do jantar. Havia outros dampiros, sim, mas eles mantinham o comportamento formal de guardiões, circulando pelas periferias do salão.

Enquanto Lissa entretinha sua plateia, fomos nos encaminhando na direção de um grupo cujas vozes soavam cada vez mais alto. Uma delas eu reconheci. Era o cara da briga que eu ajudara a apartar, só que no momento ele estava vestindo um luxuoso smoking preto em vez de um calção de banho. Ele ergueu o olhar quando nos aproximamos, avaliando-nos de maneira desagradavelmente aberta, mas pareceu não se lembrar de mim. Optou por nos ignorar e deu prosseguimento à conversa. Não me surpreendeu o fato de o assunto ser a proteção dos Moroi. Ele era o que estava a favor de os Moroi partirem para a ofensiva contra os Strigoi.

— Qual é a parte da palavra "suicídio" que você não entende? — perguntou um dos homens que participavam da conversa. Tinha o cabelo grisalho e um bigode cheio. Estava de smoking também, mas, no rapaz mais jovem, o traje caía melhor. — Se os Moroi começarem a ser treinados como soldados, isso será o fim da nossa raça.

— Não é suicídio — exclamou o sujeito mais jovem. — É a coisa certa a fazer. Temos que começar a nos preparar para nos defender. Aprender a lutar e a usar nossa magia é a maior vantagem que temos sobre o inimigo, além da ajuda dos nossos guardiões.

— Sim, mas, se temos os guardiões, não precisamos de nenhuma outra arma — disse o senhor grisalho. — Você está dando ouvidos a

Moroi que não são da realeza. Eles não têm os próprios guardiões, então é claro que estão com medo. Mas isso não é motivo para *nos* arrastar para a batalha e colocar a *nossa* vida em risco.

— Então não o faça — disse Lissa, subitamente. Falou com um tom suave na voz, mas todos no pequeno grupo silenciaram e olharam para ela. — Quando o senhor fala da questão se os Moroi devem ou não aprender a lutar, faz parecer que serão todos ou nenhum. Não é assim. Se o senhor não quer lutar, então não deve lutar. Eu compreendo perfeitamente. — O homem pareceu levemente enterneci-do. — Mas isso é porque o senhor pode contar com a proteção dos guardiões. Muitos Moroi não podem. E, se eles querem aprender autodefesa, não vejo razão alguma para impedi-los de fazer isso.

O rapaz mais jovem sorriu triunfante para o adversário.

— É isso.

— Não é assim tão fácil — contrapôs o senhor grisalho. — Se é apenas o caso de vocês, malucos, irem atrás da própria morte, por mim tudo bem. Vão em frente. Mas onde vocês vão aprender essas famosas técnicas de combate?

— Vamos descobrir sozinhos de que maneira exercitar a nossa magia. E os guardiões nos ensinarão a parte da luta física.

— Ah! Sabia que chegaríamos a isso. Mesmo que o resto de nós não queira tomar parte nessa missão suicida de vocês, ainda assim vocês vão tirar nossos guardiões para treinar seu exército *de mentirinha*.

O rapaz jovem armou uma carranca ao ouvir a expressão "de mentirinha", e eu tive medo de começarem mais trocas de socos.

— Vocês nos devem isso — disse.

— Não, eles não devem, não — replicou Lissa.

Olhares intrigados se voltaram para ela. Desta vez foi o senhor grisalho que lançou um olhar triunfante na direção de Lissa. O rosto do rapaz ficou vermelho de ódio.

— Os guardiões são as melhores fontes de conhecimento para assuntos de guerra que nós temos.

— São mesmo — concordou ela —, mas isso não dá a ninguém o direito de tirá-los do seu trabalho.

A expressão do senhor grisalho praticamente brilhou de felicidade.

— Então, como é que nós vamos aprender? — indagou o outro sujeito.

— Do mesmo jeito que os guardiões aprendem — informou Lissa. — Para aprender a lutar, deve-se procurar uma escola. Pode-se criar novas turmas para Moroi e começar do início, como fazem os aprendizes. Assim, ninguém estará impedindo os guardiões de cumprirem a função de proteger os Moroi. As escolas são ambientes seguros, e os guardiões que trabalham nelas são especializados em ensinar técnicas de defesa e combate aos alunos. — Ela fez uma pausa pensativa. — Pode-se, aliás, incluir desde já a autodefesa no currículo regular dos atuais alunos Moroi.

Olhares espantados se fixaram nela, inclusive o meu. Era uma solução extremamente elegante, e todos em volta se deram conta disso. Não solucionava de todo as questões de cada partido, mas satisfazia a ambos e de modo que nenhum dos lados saísse prejudicado. Era genial. Os outros Moroi a observaram maravilhados e fascinados.

Então todos começaram a falar ao mesmo tempo, excitados com a ideia. Levaram Lissa para o debate e logo uma conversa apaixonada sobre os planos dela tomou conta do grupo. Eu fiquei um pouco de fora e achei melhor assim. Depois me afastei um pouco mais e fui me encaminhando para um canto próximo a uma porta.

No trajeto, passei por uma garçonete que tinha nas mãos uma bandeja de petiscos. Ainda faminta, dei uma espiada neles e não vi nada que se parecesse com o *foie gras* servido no outro dia. Fiz um gesto na direção de uma iguaria que parecia algum tipo de carne refogada de primeira qualidade.

— Isso é fígado de ganso? — perguntei.

Ela fez que não com a cabeça.

— É timo de vitela.

Não soava mal. Resolvi apanhar um.

— Isso quer dizer pâncreas — disse uma voz atrás de mim.

Eu recolhi a mão imediatamente, num susto.

— O quê? — falei, com um gritinho agudo. A garçonete entendeu o meu susto como recusa e saiu andando.

Adrian Ivashkov ficou na minha frente. Parecia satisfeitíssimo consigo mesmo.

— Você está zoando com a minha cara? — perguntei. — "Timo de vitela" é *pâncreas*?

Não sei por que fiquei tão chocada com aquilo. Os Moroi consumiam sangue. Por que não os órgãos internos? Mesmo assim, tentei evitar um arrepio.

Adrian deu de ombros.

— É muito bom.

Balancei a cabeça horrorizada.

— Meu Deus, gente rica é um horror.

Ele continuou se divertindo.

— O que você está fazendo aqui, dampirinha? Você anda me seguindo por tudo quanto é lado?

— É claro que não — zombei. Ele estava elegantemente vestido e bem-arrumado, como sempre. — Ainda mais depois de toda a confusão em que você nos meteu.

Ele abriu um daqueles sorrisos tentadores dele, e, apesar do quanto ele me irritava, senti mais uma vez aquela urgência irresistível de ficar perto dele. Mas o que era aquilo?

— Não sei, não — provocou. Parecia estar perfeitamente são, sem o menor traço daquele comportamento estranho que eu testemunhara em seu quarto. E, sim, ele ficava *muito* mais bonito num smoking do que qualquer outro cara naquela festa. — Quantas vezes já nos encontramos? Esta é o quê, a quinta vez? Está começando a parecer suspeito. Mas não se preocupe. Não vou contar ao seu namorado. A nenhum dos dois.

Abri a boca para protestar, e então lembrei que ele me vira com Dimitri mais cedo. Fiz de tudo para não corar.

— Eu tenho só *um* namorado. Mais ou menos. Talvez não seja mais namorado. E, de qualquer maneira, não há nada para contar. Eu nem gosto de você.

— Não? — perguntou Adrian, ainda sorrindo. Ele se inclinou para bem perto do meu rosto, como se fosse me contar um segredo.

— Então por que está usando o meu perfume?

Então eu corei mesmo. Dei um passo para trás.

— Não estou.

Ele deu uma risada.

— É claro que está. Contei as caixas depois que você saiu. Além do mais, estou sentindo o perfume em você. É bom. Forte... mas ainda doce. Exatamente como eu acho que você deve ser, lá no fundo. E acertou na dose. Só um pouco, o suficiente para dar um toque a mais... sem ofuscar o seu cheiro natural. — O jeito dele de dizer "cheiro" dava a impressão de que a palavra era obscena.

Os Moroi da realeza podem me deixar desconfortável, mas caras espertinhos dando em cima de mim, não. Eu estava acostumada a lidar com eles diariamente. Deixei de lado a vergonha e me lembrei de quem eu era.

— Ora — disse eu, jogando o cabelo para trás. — Eu tinha todo o direito de ficar com um frasco. Você me ofereceu os perfumes. O seu erro é achar que só porque eu fiquei com um deles significa alguma coisa a mais. Não significa nada. Exceto que você talvez devesse ter mais cuidado na hora de escolher onde jogar fora todo o dinheiro que tem.

— Rá, rá, Rose Hathaway entrou no jogo, pessoal. — Ele fez uma pausa e apanhou uma taça, que parecia ser de champanhe, da bandeja de um garçom que passou por nós. — Quer uma?

— Eu não bebo.

— Ah, claro. — Adrian me deu uma taça mesmo assim, depois mandou o garçom embora e tomou um gole do champanhe. Tive a sensação de que não era o seu primeiro gole da noite. — Então. Parece que nossa Vasilisa deu uma lição no meu pai.

— Seu... — Olhei de novo para o grupo em que eu deixara Lissa. O senhor grisalho ainda estava lá de pé, fazendo gestos largos. — Aquele cara é o seu pai?

— Segundo a minha mãe, é ele, sim.

— Você concorda com ele? De que é suicídio os Moroi partirem para a luta?

Adrian deu de ombros e tomou mais um gole.

— Eu, na verdade, não tenho opinião formada sobre isso.

— Não é possível. Como você pode não sentir nada com relação a esse assunto?

— Não sei. É uma coisa sobre a qual eu simplesmente não penso, só isso. Tenho coisas melhores para fazer.

— Como me perseguir — sugeri. — A mim e a Lissa. — Eu ainda queria saber o que ela fora fazer no quarto dele.

Ele sorriu mais uma vez.

— Eu já disse. É você que está me perseguindo.

— Sei, sei, sou eu, então. Cinco vezes... — me interrompi. — Cinco vezes?

Ele fez que sim com a cabeça.

— Não, foram só quatro. — Contei os encontros nos dedos. — Teve a primeira noite, a noite do spa, depois quando eu fui ao seu quarto e agora.

O sorriso dele tornou-se um mistério.

— Se você diz que são quatro...

— Eu digo *mesmo*... — Novamente minhas palavras perderam o rumo. Estivéramos juntos uma outra vez. Bom, mais ou menos. — Você não está falando do...

— Falando do quê? — Uma expressão de curiosidade e ânsia se acendeu nos olhos dele. Ficara mais esperançoso do que presunçoso.

Engoli em seco, me lembrando do sonho.

— Nada.

Sem pensar no que estava fazendo, tomei um gole de champanhe. Do outro lado da sala, os sentimentos de Lissa vieram ardentes, pelo laço, para mim. Ela estava calma e contente. Bom.

— Por que você está sorrindo? — perguntou Adrian.

— Porque Lissa ainda está lá, dominando aquele grupo de pessoas.

— Não é de surpreender. Ela é uma dessas pessoas que consegue fascinar quem quiser, se tentar com afinco. Até mesmo quem a odeia.

Eu olhei para ele desconfiada.

— Sinto a mesma coisa quando converso com você.

— Mas você não me odeia — afirmou, terminando de tomar a taça de champanhe. — Não me odeia de verdade.

— Mas também não gosto de você.

— É o que você insiste em dizer. — Ele deu um passo para mais perto de mim, não como uma aproximação ameaçadora, apenas diminuindo o espaço que havia entre nós, tornando-o mais íntimo. — Mas por mim está bem assim.

— Rose!

O tom incisivo da voz da minha mãe cortou o ar. Algumas pessoas que estavam por perto olharam para nós. Com todo o seu um metro e meio de altura tomado de raiva, minha mãe foi se aproximando como um trovão para cima de nós.

Dezessete

— O que você pensa que está fazendo? — ralhou Janine. Seu tom de voz estava alto demais para o meu gosto.

— Nada, eu...

— Com licença, lorde Ivashkov — rosnou ela.

Então, como se eu tivesse cinco anos de idade, me agarrou pelo braço e me arrastou para fora do salão. O champanhe transbordou da taça e respingou na saia do meu vestido.

— O que você pensa que está fazendo? — exclamei, quando chegamos ao corredor. Olhei com pesar para o vestido. — Isso aqui é *seda*. Você pode ter destruído o vestido.

Ela tirou a taça de champanhe da minha mão e a colocou sobre uma mesa próxima.

— Melhor assim. Talvez isso impeça você de se vestir como uma prostituta barata.

— Ei — disse eu, chocada. — Isso foi um pouco demais. E desde quando você passou a ser tão maternal? — Fiz um gesto mostrando o vestido. — Isso aqui não é exatamente barato. Você achou legal quando Tasha me deu de presente.

— Achei bom porque não esperava que você fosse usá-lo para ficar se exibindo para os Moroi.

— Não estou me exibindo. E, caso você não tenha reparado, o vestido cobre todo o meu corpo.

— Um vestido apertado desse jeito revela o seu corpo todo, isso sim — rebateu ela. Minha mãe, evidentemente, estava vestida de preto, como é o dever de uma guardiã. Calça de linho preto e um blazer do mesmo tom. Seu corpo também tinha algumas curvas que ela bem poderia mostrar, mas as roupas escondiam todas elas. — Especialmente quando você está num meio social como este. Seu corpo é... chamativo. E flertar com um Moroi não é uma ideia nada boa.

— Eu não estava flertando.

A acusação me deu raiva porque eu achava que estava me comportando muito bem nos últimos tempos. Eu flertava o tempo todo — e fazia algumas outras coisinhas — com garotos Moroi. Mas, depois de algumas conversas e de um incidente que me deixou constrangida diante de Dimitri, me dei conta da estupidez que era paquerar aqueles garotos. Dampiras tinham mesmo que ser cuidadosas com os homens Moroi, e eu me mantinha bem consciente disso o tempo todo.

Um comentário maldoso me ocorreu.

— Pensando bem — insinuei com deboche —, não é isso que eu devo fazer? Me envolver com um Moroi para dar continuidade à minha raça? Foi isso que *você* fez.

Ela faiscou de raiva.

— Não quando eu tinha a sua idade.

— Você era apenas alguns anos mais velha do que eu sou agora.

— Não faça nada estúpido, Rose — disse ela. — Você é nova demais para ter um bebê. Não tem experiência de vida para isso. Você ainda nem viveu a sua própria vida. Vai acabar não conseguindo realizar o trabalho que deseja.

Eu rugi, mortificada:

— Nós estamos mesmo discutindo isso? Como é que nós saímos de uma conversa sobre eu talvez estar flertando para cairmos, de repente, nessa história de dar à luz uma ninhada? Eu não estou transando com ele nem com ninguém e, mesmo que estivesse, conheço os métodos anticoncepcionais. Por que você está falando comigo como se eu fosse uma criança?

— Porque você se comporta como se fosse uma. — O comentário soou extraordinariamente parecido com o que Dimitri me dissera.

Cravei os olhos nela.

— Você vai me mandar direto para o meu quarto agora?

— Não, Rose. — De repente, ela pareceu exausta. — Você não precisa ir para o seu quarto, mas também não volte para a festa. Espero que você não tenha chamado atenção demais.

— Do jeito que você fala, parece até que eu estava fazendo uma dança erótica lá dentro — reclamei. — Eu apenas vim jantar com Lissa.

— Você se surpreenderia com os boatos que podem surgir a partir de uma coisinha de nada — advertiu. — Especialmente quando se trata de Adrian Ivashkov.

Dito isso, ela se virou e saiu andando pelo corredor. Fiquei acompanhando-a com o olhar e senti raiva e ressentimento me queimando por dentro. A reação dela tinha sido absurda. Eu não estava fazendo nada de errado. Eu sabia que ela tinha uma paranoia com a história de prostituta de sangue, mas aquela reação foi severa demais, mesmo para uma pessoa como ela. E o pior de tudo é que ela me arrastou de lá e várias pessoas assistiram a tudo. Para quem não queria que eu chamasse atenção, ela acabou fazendo uma cena e tanto.

Dois Moroi, que estavam de pé perto de onde Adrian e eu conversávamos, saíram do salão. Olharam para mim e depois cochicharam alguma coisa enquanto passavam.

— Obrigada, mamãe — murmurei para mim mesma.

Humilhada, saí andando na direção oposta à deles, sem saber ao certo para onde estava indo. Fui em direção à parte de trás do hotel, para longe de onde estava todo o burburinho da festa.

Cheguei ao final do corredor e vislumbrei uma porta à esquerda que ia dar numa escada. A porta estava destrancada, então subi até chegar a outra. Para minha alegria, esta segunda porta dava em uma pequena laje no topo do telhado que parecia não ser muito usada. Uma camada de neve cobria toda a superfície, mas já tinha amanhecido e o sol brilhava, fazendo tudo reluzir.

Tirei a neve de cima de um tipo de caixa que parecia fazer parte do sistema de ventilação. Sem me preocupar com o vestido, resolvi me sentar nela. Cruzei os braços sobre o peito e fiquei admirando a paisagem e sentindo o contato do sol, o que eu raramente tinha oportunidade de aproveitar.

Levei um susto quando a porta se abriu alguns minutos depois. Quando olhei para trás, levei um susto ainda maior ao ver que Dimitri estava ali. Meu coração palpitou, e eu me virei de volta, sem saber ao certo o que pensar. A cada passo que dava na minha direção, as botas dele ressoavam em contato com a neve. Assim que chegou perto, ele tirou o casacão e o colocou sobre os meus ombros, e sentou-se ao meu lado.

— Você deve estar morta de frio.

Eu estava, mas não quis admitir.

— O sol está brilhando.

Ele reclinou a cabeça para trás e olhou para o céu perfeitamente azul. Eu sabia que ele às vezes sentia falta do sol tanto quanto eu.

— Está mesmo. Mas, ainda assim, estamos numa montanha em pleno inverno.

Não respondi. Ficamos lá, sentados, em silêncio e em paz durante algum tempo. De vez em quando, um vento fraco soprava nuvens de neve ao redor. Era noite para os Moroi, e a maioria deles logo iria dormir, então as pistas de esqui estavam vazias.

— A minha vida é um desastre — comentei, afinal.

— Não é um desastre — corrigiu ele depressa.

— Você me seguiu desde a festa?

— Segui.

— Eu nem sabia que você estava lá. — As roupas pretas dele indicavam que provavelmente estivera na festa a trabalho. — Então você viu a ilustre Janine fazer uma cena e me arrastar para fora do salão.

— Não foi uma cena. Quase ninguém percebeu. Eu vi porque estava observando você.

Tentei não ficar animada com o que ele disse.

— Não foi o que ela disse — contei a ele. — Na opinião dela, era como se eu estivesse fazendo ponto e me oferecendo ali.

Contei a ele a conversa que tivéramos no hall.

— Ela só está preocupada com você — disse Dimitri quando terminei de contar tudo a ele.

— Ela exagerou.

— Mães, às vezes, são superprotetoras.

Olhei bem para ele.

— Sei, mas estamos falando da *minha* mãe. E ela não parecia estar querendo me proteger. Na verdade, parecia que estava mais preocupada de eu a estar constrangendo ou algo assim. E todo aquele papo de eu ser nova demais para ter um bebê é bobagem. Eu não vou fazer nada disso.

— Talvez ela não estivesse falando de você — disse ele.

Ficamos em silêncio mais uma vez. Eu estava de queixo caído.

Você é nova demais para ter um bebê. Não tem experiência de vida para isso. Você ainda nem viveu a sua própria vida. Vai acabar não conseguindo realizar o trabalho que deseja.

Minha mãe tinha vinte anos quando eu nasci. Sempre achei que vinte anos era uma idade bem adulta. Mas… agora que eu estava a apenas alguns anos de chegar a esta idade, não me parecia mais tão avançada. Será que ela achava que era nova demais para ser mãe quando eu nasci? Será que ela não foi uma boa mãe simplesmente porque era mesmo muito jovem e não sabia nada da vida naquela época? Será que ela se arrependia de como as coisas se passaram entre nós? E será… será que, por alguma experiência pessoal dela com os homens Moroi, ela foi alvo de boatos? Eu tinha herdado muitas das suas características. Quer dizer, eu até notei o corpo bem-feito quando a vi na festa. E o rosto dela também era bonito. Ela provavelmente tinha sido uma bela jovem…

SANGUE E GELO

Suspirei. Eu não queria pensar sobre aquilo. Se começasse a pensar, teria que reavaliar todo o meu relacionamento com ela e talvez até reconhecer que a minha mãe era uma pessoa de verdade. E, naquele momento, eu estava envolvida numa quantidade suficiente de relacionamentos que já me estressavam o bastante. Lissa era uma preocupação constante, mesmo parecendo estar bem, para variar. Estava tudo uma confusão no meu romance com Mason. E havia também, é claro, Dimitri...

— Não estamos brigando — falei de repente.

Ele me olhou de lado.

— Você quer brigar?

— Não. Eu odeio brigar com você. Quer dizer, verbalmente. No ginásio não importa.

Pensei ter detectado o esboço de um sorriso nos lábios dele. Para mim, ele sempre tinha um meio sorriso. Raramente um sorriso aberto.

— Eu também não gosto de brigar com você.

Sentada ali, ao lado dele, fiquei impressionada com os sentimentos alegres e ternos que surgiam dentro de mim. Estar perto dele me fazia um bem tão grande, mexia comigo de um jeito que Mason não conseguia. Eu me dei conta de que é impossível se forçar a amar alguém. O amor existe ou não existe. Se não existe, é preciso admitir isso. Se existe, é preciso fazer tudo o que puder para proteger quem você ama.

As palavras que saíram em seguida da minha boca me surpreenderam, não só porque eram inteiramente destituídas de egoísmo, mas porque eu estava sendo realmente sincera.

— Você devia aceitar.

Ele se surpreendeu.

— O quê?

— A oferta de Tasha. Você devia se associar a ela. É uma ótima oportunidade mesmo.

Lembrei-me das palavras de minha mãe sobre a necessidade de se estar pronto para ter filhos. Eu não estava. Talvez ela não estivesse naquela época. Mas Tasha estava. E eu sabia que Dimitri também estava. Eles se davam muito bem mesmo. Ele podia ser o guardião dela, ter alguns filhos com ela… seria um bom acordo para ambos.

— Nunca imaginei que ouviria você dizer algo assim — disse ele, com a voz firme. — Principalmente depois…

— Depois de ter sido tão mesquinha? Eu sei. — Me encolhi mais um pouco no casaco de Dimitri para me proteger do frio. O casaco tinha o cheiro dele. Era intoxicante, e eu quase pude me imaginar aninhada com ele, num abraço. Adrian devia conhecer bem o poder das essências. — Bom. Como já disse, não quero mais brigar. Não quero que a gente se odeie. E… bom… — Eu apertei os olhos e os abri em seguida. — Não importa o que eu sinto com relação a *nós*… quero que você seja feliz.

Ficamos em silêncio mais uma vez. Percebi que meu peito doía.

Dimitri esticou o braço e o colocou em volta de mim. Puxou-me para junto dele, e eu descansei a cabeça no seu peito.

— Roza. — Isso foi tudo o que ele disse.

Era a primeira vez que ele realmente me tocava desde a noite do feitiço de luxúria. O beijo na sala de treinamento tinha sido diferente… mais selvagem. Mas aquele abraço não tinha segundas intenções. Era apenas um gesto afetuoso. Quando se está junto de alguém de quem a gente gosta e com quem partilhamos uma ligação como aquela, as emoções transbordam.

Dimitri podia ir embora com Tasha, e ainda assim eu o amaria. Provavelmente nunca deixaria de amá-lo.

Eu gostava de Mason. Mas provavelmente nunca o amaria.

Suspirei com o rosto ainda próximo ao peito de Dimitri, desejando poder ficar para sempre dentro daquele abraço. Ficar com ele parecia ser a coisa certa. E, mesmo que doesse demais imaginá-lo com Tasha, fazer o que era o melhor para ele também me parecia certo. Era o momento de deixar de ser covarde e ajeitar as coisas. Mason me disse que eu tinha muito o que aprender sobre mim mesma. E eu tinha aprendido um pouco naquele dia.

Com relutância, me afastei e devolvi o casaco a Dimitri. Levantei. Ele me olhou curioso, percebendo o meu desconforto.

— Aonde você vai? — perguntou.

— Partir o coração de uma pessoa — respondi.

Admirei Dimitri por mais um milésimo de segundo, seus olhos escuros, sábios, e o cabelo sedoso. Depois me encaminhei para dentro do hotel. Eu tinha que pedir desculpas a Mason... e dizer a ele que nunca haveria nada entre nós.

DEZOITO

Os saltos altos estavam começando a me incomodar, então tirei os sapatos quando já estava dentro do hotel e caminhei descalça pelo alojamento. Nunca tinha ido ao quarto de Mason, mas me lembrava de ouvi-lo mencionar o número do apartamento e o encontrei sem dificuldade.

Shane, o companheiro de quarto de Mason, abriu a porta pouco depois que eu bati.

— Oi, Rose.

Ele deu um passo para trás para que eu pudesse entrar. Olhei em volta. Um programa qualquer de venda de produtos passava na televisão — uma das desvantagens de se viver à noite é que são poucos os bons programas na televisão aberta para nós. O chão do quarto estava quase inteiramente coberto de latinhas de refrigerantes. E Mason não estava lá.

— Cadê Mason? — perguntei.

Shane interrompeu um bocejo para responder.

— Pensei que ele estivesse com você.

— Faz um tempão que não sei dele.

Ele bocejou mais uma vez e depois franziu as sobrancelhas, pensativo.

— Ele estava jogando umas coisas dentro de uma mochila mais cedo. Eu imaginei que vocês dois fossem se esconder em algum refúgio romântico. Fazer um piquenique ou algo do tipo. Puxa, que vestido lindo.

— Obrigada — murmurei, começando a me preocupar um pouco com aquela história.

Ele estava arrumando uma mochila? Aquilo não fazia o menor sentido. Não tínhamos nenhum lugar para ir. E nem *meios* para irmos a qualquer lugar. Aquele hotel era tão bem-vigiado quanto a escola. Lissa e eu só tínhamos conseguido fugir da São Vladimir usando a compulsão e, mesmo assim, tinha sido bastante difícil. Além do mais, por que Mason estaria arrumando uma mochila se ele não estava indo embora?

Fiz mais algumas perguntas a Shane e achei melhor questionar outras pessoas para tentar descobrir aonde Mason teria ido, por mais absurda que a hipótese me parecesse. Encontrei o guardião encarregado de toda a segurança e da agenda de trabalho dos outros guardiões. Ele me disse os nomes dos guardiões que estavam trabalhando nas fronteiras do hotel quando Mason foi visto pela última vez. Eu conhecia a maioria deles, e eles estavam de folga naquele horário, o que fez com que eu os encontrasse com mais facilidade.

Infelizmente, os dois primeiros ainda não tinham visto Mason naquele dia. Quando me perguntaram por que eu queria saber, dei respostas vagas, disfarcei e segui andando. A terceira pessoa da minha lista era um cara chamado Alan, um guardião que trabalhava na parte de baixo do campus da escola. Ele estava entrando no hotel, logo depois de esquiar, e guardava o equipamento perto da porta. Ele me reconheceu e sorriu quando me aproximei.

— Sim, claro que eu o vi — disse ele, curvando-se até a altura de suas botas.

Senti um alívio percorrer todo o meu corpo. Até aquele momento, eu ainda não me dera conta de como estava preocupada.

— Você sabe onde ele está?

— Não sei. Deixei que ele, Eddie Castile... e, como é mesmo o nome dela? A que tem o sobrenome Rinaldi? Bom, deixei que eles saíssem pelo portão norte e não os vi mais depois disso.

Arregalei os olhos. Alan continuou a retirar os esquis dos pés como se estivéssemos discutindo se os declives estavam em boas condições ou não.

— Você deixou Mason, Eddie... e *Mia* saírem?

— Deixei.

— Mas... por quê?

Ele terminou de retirar os esquis e olhou para mim com um ar alegre e divertido.

— Porque eles me pediram.

Um sentimento gélido começou a me subir pelo corpo. Descobri com Alan quem era o outro guardião que estivera tomando conta do portão norte e fui imediatamente procurá-lo. Este guardião me respondeu a mesma coisa. Ele deixara Mason, Eddie e Mia saírem sem nem perguntar nada. E, assim como Alan, ele também não pareceu achar que havia algo de errado nisso. Estava num estado de quase deslumbramento. Exibia um olhar que eu já vira antes... um olhar que ficava estampado na cara das pessoas quando Lissa usava compulsão com elas.

Já tinha visto isso acontecer, especialmente quando Lissa não queria que as pessoas se lembrassem muito bem de alguma coisa. Ela conseguia enterrar a memória dentro delas, apagando a lembrança ou guardando-a para depois. Mas ela era tão boa na compulsão que conseguia fazer com que as pessoas deixassem totalmente de lado o que ela desejava que esquecessem. Se estes guardiões ainda se lembravam do que fizeram, então alguém que não era tão bom em compulsão quanto Lissa estivera enfeitiçando-os.

Alguém como, por exemplo, Mia.

Eu não era do tipo que desmaiava em qualquer situação, mas, por um breve instante, senti como se fosse cair dura ali mesmo. O mundo começou a rodar, eu fechei os olhos e respirei bem fundo. Quando voltei a abri-los, as coisas estavam estáveis ao meu redor. Tudo bem. Não tinha problema. Eu ia recapitular os fatos e entender o que estava acontecendo.

Mason, Eddie e Mia tinham saído do hotel mais cedo. Mas não era só isso. Eles haviam usado compulsão para escapar, o que era inteiramente proibido. E não contaram nada a ninguém. Saíram pelo portão norte. Eu já vira um mapa do hotel. O portão norte dava para uma rua que se conectava com a única grande estrada da região, uma rodovia que levava até uma cidadezinha a mais ou menos vinte quilômetros de distância. Era a tal cidade que Mason mencionara, da qual partiam ônibus.

Para Spokane.

Spokane, o local onde o grupo de viajantes Strigoi e seus comparsas humanos poderiam estar morando.

Spokane, onde Mason poderia realizar todos os seus sonhos absurdos de assassinar Strigoi.

Spokane, cidade cujas informações confidenciais sobre a presença de Strigoi ele só tinha obtido porque eu as revelara.

— Não, não, não — resmunguei comigo mesma, enquanto subia correndo para o meu quarto.

Já no quarto, tirei o vestido e me agasalhei com roupas quentes de inverno: botas, calça jeans e um suéter. Agarrei meu casacão e minhas luvas e saí correndo em direção à porta. Mas interrompi o movimento. Estava agindo sem pensar. O que exatamente eu iria fazer? Precisava contar a alguém, obviamente... mas, se eu fizesse isso, deixaria os três em maus lençóis. E Dimitri acabaria descobrindo que eu andara passando adiante informações que ele me confidenciara como prova de respeito pela minha maturidade.

Pensei na questão do tempo. Levaria algum tempo até que alguém no hotel percebesse nossa ausência. Isso se eu conseguisse sair do hotel.

Alguns minutos depois, eu me vi batendo na porta de Christian. Ele abriu, parecendo sonolento e cínico como sempre.

— Se veio até aqui para pedir desculpas por ela — ele foi se antecipando, bem arrogante —, pode dar meia-volta e...

— Ah, cale a boca — dei logo um fora. — O que eu tenho para dizer não tem nada a ver com você.

Contei depressa todos os detalhes do que estava acontecendo. Nem Christian conseguiu encontrar uma resposta engraçadinha aplicável a uma situação como aquela.

— Então... Mason, Eddie e Mia foram para Spokane caçar Strigoi?

— Exatamente.

— Mas que bando de sem noção! Por que você não foi com eles? Parece o tipo de coisa que você faria.

Resisti ao impulso de dar um soco nele.

— Porque eu tenho noção, sim! Mas eu vou buscá-los antes que eles façam alguma estupidez maior ainda.

Foi aí que Christian entendeu.

— E você precisa de mim para quê?

— Eu preciso ultrapassar as fronteiras das propriedades do hotel. Eles fizeram Mia usar compulsão com os seguranças de plantão. Preciso que você faça a mesma coisa. Sei que já praticou compulsão.

— Pratiquei — concordou ele. — Mas... bom... — Pela primeira vez na vida, ele pareceu constrangido. — Não sou muito bom nisso. E usar compulsão em dampiros é quase impossível. Liss é mil vezes melhor do que eu. Melhor do que qualquer Moroi, provavelmente.

— Eu sei. Mas não quero metê-la nessa confusão.

Ele bufou.

— E não se importa se eu me meter em confusão?

Dei de ombros.

— É. Não me importo mesmo.

— Você é uma figura, sabia disso?

— É, de fato. Eu sei que sou.

Cinco minutos depois, já estávamos caminhando até o portão norte. O sol brilhava mais alto, de modo que a maioria das pessoas estava dentro do hotel. Aquilo até que era uma coisa boa — achei que facilitaria a nossa fuga.

Burro, burro. Aquela bomba ia explodir na nossa cara. Por que Mason foi fazer uma coisa dessas? Eu sabia que ele vinha adotando aquela atitude maluca de justiceiro... e ele evidentemente ficara chateado com o fato de os guardiões não terem feito nada com relação ao ataque recente. Mas, mesmo assim... Será que ele era assim tão sem noção? Ele *devia* saber o quanto isso era perigoso. Seria possível...

SANGUE E GELO

seria possível que *eu* o tivesse magoado tanto com a nossa tentativa fracassada de transar que isso o levara a fazer algo tão radical? Magoado a ponto de arrastar Mia e Eddie com ele nessa jornada sem lógica? Não que fosse difícil convencer aqueles dois: Eddie iria atrás de Mason aonde quer que ele fosse; e Mia estava quase tão fissurada quanto ele para partir para a guerra e sair matando todos os Strigoi do mundo.

No entanto, apesar de todas as minhas dúvidas com relação a toda aquela história, uma coisa era certa: eu tinha contado para Mason que os Strigoi estavam em Spokane. Sem dúvida, aquilo era culpa minha; se não fosse por mim, nada daquilo estaria acontecendo.

— Lissa sempre olha bem nos olhos da pessoa — fui dando dicas para Christian enquanto nos aproximávamos do portão. — E fala com uma voz bem calma. Não tem muito mais que eu possa dizer para ajudar. Mas, enfim, ela se concentra muito, então você deve tentar fazer isso. Mantenha o foco em persuadir as pessoas a agirem de acordo com o que você deseja.

— Eu sei — disse ele rispidamente. — Já a vi fazendo isso.

— Ótimo — respondi, também com aspereza. — Eu só estava tentando ajudar.

Apurei a visão e vi que só havia um guarda no portão. Aquilo era muita sorte. Estava na hora de trocarem de turno. Com o sol já brilhando, o risco de aparecerem Strigoi era nulo. Os guardiões continuavam a postos, mas podiam relaxar ao menos um pouco.

O cara que estava de plantão não pareceu particularmente alarmado com a nossa aproximação.

— O vocês estão fazendo aqui fora?

Christian engoliu em seco. Percebi sinais de tensão no rosto dele.

— Você vai nos deixar passar pelo portão — disse ele. O nervosismo fez a voz dele sair um pouco tremida, mas, de resto, ele conseguiu imitar bem o tom suave de voz que Lissa usava.

Para o nosso azar, não teve o menor efeito no guardião. Como Christian mesmo tinha observado, usar compulsão num guardião era quase impossível. Mia tivera sorte. O guardião abriu um largo sorriso para nós.

— Como é que é? — perguntou, claramente se divertindo com a nossa ousadia.

Christian tentou de novo:

— Você vai nos deixar sair.

O sorriso do cara diminuiu só um pouco, e eu vi que ele piscou, surpreso. Os olhos dele não ficaram vidrados como ficavam os das vítimas de Lissa, mas Christian ao menos o enfeitiçou por um breve momento. Infelizmente, vi que aquilo não seria o suficiente para conseguirmos que nos deixasse sair e depois esquecesse do que fizera. Felizmente, eu fora treinada para levar as pessoas a fazerem o que eu quero sem precisar usar magia.

Ao lado do posto de vigilância, havia uma lanterna enorme, de sessenta centímetros de comprimento, que devia pesar uns três quilos, no mínimo. Agarrei a lanterna e bati com ela atrás da cabeça dele. Ele deu um gemido e desabou no chão. Ele mal notou a minha aproximação e, apesar de ter acabado de fazer uma coisa horrível, eu meio que desejei que um dos meus instrutores estivesse ali para me dar uma nota pela performance espetacular.

— Céus — exclamou Christian. — Você acabou de atacar um guardião.

— É. — Foram por água abaixo os meus planos de trazer o pessoal de volta sem que ninguém se metesse em encrenca. — Eu não sabia o quanto você era ruim em compulsão. Depois eu resolvo isso. Obrigada pela ajuda. Você devia voltar logo para o quarto, antes que os próximos guardiões apareçam para a troca de turno.

Ele fez que não com a cabeça e deu um sorriso largo.

— Não, eu vou com você.

— Não — argumentei. — Eu só precisava da sua ajuda para passar pelo portão. Você não precisa se meter em confusão por causa dessa história.

— Eu já estou bem encrencado aqui! — Ele apontou para o guardião. — Esse cara me viu. Já que estou ferrado, é melhor que eu vá ajudar a salvar a todos. Deixe de ser cretina, só para variar.

SANGUE E GELO

Saímos depressa, e eu ainda lancei um último olhar culpado para o guardião. Eu tinha certeza absoluta de que não batera nele com força suficiente para causar um ferimento grave, e, com o sol começando a bater forte, ele também não iria congelar nem nada.

Depois de uns cinco minutos de caminhada pela estrada, vi que teríamos problemas. Apesar de coberto de roupas quentes e usando óculos escuros, o sol estava castigando Christian. E isso tornava mais lento o nosso ritmo. Não demoraria muito até que alguém encontrasse o guardião que eu derrubara e viessem imediatamente em nosso encalço.

Um carro que não era da escola apareceu atrás de nós, e eu tomei uma decisão. Eu considerava muito errado pegar carona. Mesmo uma pessoa destemida como eu sabia reconhecer quão perigoso poderia ser. Mas nós precisávamos chegar *rápido* à cidade, e eu julguei que Christian e eu juntos poderíamos dar conta de qualquer psicopata maluco que pudesse querer se meter conosco.

Felizmente, quando o carro parou, vimos que se tratava apenas de um casal de meia-idade que parecia mais preocupado conosco do que com qualquer outra coisa.

— Vocês estão bem?

Apontei para trás e disse:

— Nosso carro derrapou para fora da estrada. Vocês nos dariam uma carona até a cidade para que eu possa telefonar para o meu pai?

Funcionou. Quinze minutos depois, eles nos deixaram num posto de gasolina. Na verdade, eu tive dificuldades para me livrar deles, porque eles ainda queriam ajudar mais. Afinal conseguimos convencê-los de que estávamos bem e caminhamos alguns quarteirões até a estação de ônibus. Como eu suspeitara, aquela cidadezinha não era lá um primor para quem pretende viajar de verdade. Havia apenas três linhas de ônibus: duas iam para as outras estações de esqui e uma levava até Lowston, em Idaho. De Lowston, podia-se ir para outros lugares.

Eu tive alguma esperança de que talvez conseguíssemos pegar Mason e os outros dois ainda aguardando o ônibus. Poderíamos, então, arrastá-los de volta para o hotel sem maiores problemas. Mas, infelizmente, não havia sinal deles na estação. A animada senhora que trabalhava na bilheteria lembrava bem deles e nos confirmou que os três haviam comprado passagens para Spokane, fazendo a baldeação em Lowston.

— Mas que droga! — lamentei. A senhora ergueu as sobrancelhas, assustada com o meu comentário inesperado. Voltei-me para Christian: — ·Você tem dinheiro para a passagem de ônibus?

Christian e eu não conversamos muito durante o caminho, apenas aproveitei a oportunidade para dizer que ele tinha agido como um idiota com relação àquela história de Adrian e Lissa. Quando chegamos em Lowston, ele já estava convencido de que não havia nada entre os dois. O que foi um pequeno milagre. Ele dormiu durante o resto da viagem até Spokane, mas eu não consegui me entregar ao sono em momento algum. Continuei pensando o tempo todo que aquilo tudo era culpa minha.

Já estava entardecendo quando chegamos a Spokane. Perguntei a algumas pessoas, e encontrei alguém que conhecia o tal shopping que Dimitri mencionara. Era um pouco longe da estação de ônibus, mas dava para ir a pé. Meus músculos estavam meio enferrujados depois de cinco horas de viagem de ônibus, e eu gostei de poder me movimentar e esticar as pernas. Ainda faltava um pouco para o sol se pôr, mas ele estava mais baixo e menos prejudicial para vampiros, então Christian também não se incomodou de caminhar.

Como acontecia com frequência quando eu estava num ambiente calmo, me senti puxada para dentro da cabeça de Lissa. Deixei-me levar, então, para dentro dela, pois queria saber o que estava acontecendo no hotel.

— Eu sei que você quer protegê-los, mas precisamos saber onde eles estão.

Lissa estava sentada na cama, no nosso quarto, enquanto Dimitri e minha mãe olhavam fixamente para ela. Dimitri que estava falando. Era interessante vê-lo através dos olhos dela. Ela tinha um respeito afetuoso por ele, muito diferente da intensa montanha-russa de emoções que eu sempre sentia.

— Eu já disse — disse Lissa —, eu não sei. Não sei o que aconteceu.

Frustração e medo por nós queimavam dentro dela. Fiquei triste de vê-la tão ansiosa, mas, ao mesmo tempo, senti certa alegria por não tê-la envolvido naquela confusão. Como ela não sabia mesmo de nada, não tinha o que contar.

— Não consigo acreditar que eles não contaram a você para onde estavam indo — disse minha mãe. As palavras soaram triviais, mas havia sinais de preocupação no rosto dela. — Especialmente quando vocês têm esse... laço.

— Ele só funciona numa via de mão única — disse Lissa com tristeza. — Você sabe disso.

Dimitri ajoelhou para que pudesse ficar da altura de Lissa e olhá-la nos olhos. Ele tinha mesmo que fazer algo assim para olhar qualquer pessoa nos olhos.

— Você tem certeza de que não há nada? Nada mesmo que você possa nos contar? Eles não estão na cidade mais próxima. O homem que trabalha na estação de ônibus não os viu... embora tenhamos quase certeza de que foi para lá que eles se encaminharam. Nós precisamos de alguma informação; *qualquer coisa* pode nos ajudar a continuar a busca.

Um homem na estação de ônibus? Aquele foi um outro golpe de sorte. A senhora que nos vendera as passagens deve ter ido para casa logo depois. Quem a substituiu realmente não nos viu.

Lissa rangeu os dentes e o encarou.

— Você não acha que, se soubesse de alguma coisa, eu contaria? Você acha que também não estou preocupada com eles? Eu não faço *a menor* ideia de onde eles possam estar. A menor ideia. E não sei nem por que eles saíram... Para mim também não faz sentido. Principalmente não entendo por quê, dentre todas as pessoas, eles levariam justo Mia com eles. — Uma pontada de mágoa vibrou através do laço. Mágoa por ter sido deixada de fora do que quer que estivéssemos fazendo, por mais que fosse errado.

Dimitri suspirou desanimado e se levantou. Pela expressão do seu rosto pude ver que ele acreditava nela. Era também evidente que ele estava preocupado, de um jeito que extrapolava o profissionalismo. E vê-lo tão preocupado, tão preocupado *comigo*, me partiu o coração.

— Rose? — A voz de Christian me trouxe de volta a mim. — Chegamos, eu acho.

O acesso ao shopping era feito por uma grande área aberta, uma praça repleta de mesas espalhadas e uma lanchonete que ficava num canto do prédio principal. Uma multidão de gente entrava e saía do complexo arquitetônico, que estava movimentado mesmo àquela hora do dia.

— Então, como fazemos para encontrá-los? — perguntou Christian. Eu dei de ombros.

— Talvez, se a gente se comportar como Strigoi, eles tentem enfiar uma estaca no nosso peito.

Um meio sorriso relutante brincou nos lábios dele. Ele não quis admitir, mas tinha gostado da minha piadinha.

Entramos. Como qualquer outro shopping, aquele também estava cheio de lojas de marca. E uma parte egoísta de mim pensou que, se os encontrássemos logo, talvez ainda tivéssemos tempo de fazer algumas compras.

Christian e eu atravessamos todo o shopping duas vezes e não vimos o menor sinal dos nossos amigos nem nada que sequer parecesse com túneis.

— Talvez a gente esteja no lugar errado — ponderei.

— Ou talvez *eles* estejam no lugar errado — sugeriu Christian. — Eles podem ter ido a algum outro… Espere aí.

Ele apontou, e meu olhar seguiu imediatamente para onde seu dedo indicava. Os três fugitivos estavam sentados numa mesa bem no meio da praça de alimentação. Pareciam tão infelizes que quase senti pena deles.

— Eu poderia matar alguém para conseguir uma câmera fotográfica neste momento — comentou Christian com sarcasmo.

— Isso não é engraçado — reprimi, caminhando em direção ao grupo a passos largos.

Senti um forte alívio dentro de mim. Eles evidentemente não tinham encontrado nenhum Strigoi, já que estavam todos vivos, e podiam voltar conosco antes que nos envolvêssemos em confusões ainda maiores.

Eles só se deram conta da minha presença quando eu já estava bem ao lado deles. Eddie levantou a cabeça depressa.

— Rose? O que você está fazendo aqui?

— Cadê a noção de vocês? — gritei. Algumas pessoas em volta olharam surpresas. — Vocês têm ideia do tamanho da encrenca em que se meteram? E do tamanho da encrenca em que *nos* meteram *também?*

— Como vocês nos encontraram? — perguntou Mason, em tom de segredo e olhando nervosamente ao redor.

— Vocês não são exatamente o que se poderia chamar de gênios do crime — respondi. — A bilheteira da estação de ônibus, que deu as informações a vocês, também os entregou. E não foi só isso. Era óbvio pra mim que vocês tinham decidido sair numa expedição inútil à caça de Strigoi.

O olhar de Mason na minha direção revelou que ele ainda não estava exatamente de bem comigo. Foi Mia, no entanto, que respondeu:

— Não é inútil.

— Ah, não? — perguntei. — Vocês mataram algum Strigoi? Encontraram algum?

— Não — admitiu Eddie.

— Que bom. Vocês tiveram sorte.

— Por que você é contra matar os Strigoi? — perguntou Mia com violência. — Não é para isso que vocês são treinados?

— Eu treino para missões plausíveis, e não para participar de procedimentos infantis como este.

— Não é um procedimento infantil — reclamou ela. — Eles mataram a minha mãe. E os guardiões não estão fazendo nada. Até as informações que eles têm são furadas. Não havia nenhum Strigoi nos túneis. E provavelmente não tem nenhum nesta cidade inteira.

Christian pareceu impressionado.

— Vocês encontraram os túneis?

— Encontramos — disse Eddie. — Mas, como ela disse, não tem nada lá.

— A gente devia dar uma olhada antes de ir embora — me disse Christian. — Seria meio bacana. E, se as informações estão erradas, então não há perigo.

— Não — respondi rispidamente. — Vamos para casa. Agora.

Mason pareceu cansado.

— Vamos fazer mais uma busca pela cidade. Você não pode nos obrigar a voltar, Rose.

— Não, mas os guardiões da escola podem, se eu ligar para eles e disser que vocês estão aqui.

Se eu os estava chantageando ou bancando a dedo-duro, o efeito foi o mesmo. Os três me olharam como se eu tivesse acabado de dar um soco no estômago deles.

— Você faria mesmo isso? — perguntou Mason. — Você nos entregaria assim tão fácil?

Eu esfreguei os olhos, me perguntado desesperadamente por que justo eu teria que ser a voz da razão ali. Onde estava a garota que tinha fugido da escola? Mason estava certo. Eu tinha mudado.

— Não se trata de entregar ninguém. O que estou fazendo é tentar manter vocês vivos.

— Você acha que nós somos assim tão indefesos? — perguntou Mia. — Acha que seríamos mortos na mesma hora?

— Acho. A não ser que vocês tenham descoberto alguma maneira de usar a água como arma. Descobriram?

Ela enrubesceu e não disse nada.

— Nós trouxemos estacas de prata — disse Eddie.

Que ótimo. Eles devem ter roubado as estacas. Lancei um olhar suplicante para Mason.

— Mason, por favor. Desista disso. Vamos voltar.

Ele me olhou durante um longo tempo. Por fim, deu um suspiro e disse:

— Está bem.

Eddie e Mia ficaram espantados, mas Mason era o líder deles, e eles não tinham iniciativa suficiente para prosseguir sem ele. Mia foi quem pareceu ficar mais decepcionada. Eu me senti mal por ela. Ela quase nem tivera tempo para sentir a perda da mãe e já foi se jogando depressa naquele projeto de vingança para lidar com a dor. Ela seria forçada a enfrentar todos aqueles sentimentos quando voltássemos.

Christian ainda estava animado com a ideia de conhecer os túneis subterrâneos. Levando em conta que ele tinha o hábito de passar todo o tempo possível num sótão, eu não devia me surpreender com o interesse dele pelos túneis.

— Eu vi o horário dos ônibus — disse ele. — Temos ainda algum tempo antes do próximo.

— Não podemos sair por aí invadindo a toca de algum Strigoi — argumentei, caminhando na direção da entrada do shopping.

— Não tem Strigoi algum lá — disse Mason. — Só tem mesmo material de limpeza. Não vi nem sinal de nada estranho. Eu realmente acho que os guardiões estão com a informação errada.

— Rose — disse Christian —, vamos tentar extrair alguma diversão disso tudo.

Todos olharam para mim. Senti-me como uma mãe que se recusa a comprar balas para os filhos.

— Está bem, então. Mas vamos dar só uma olhada rápida.

Os outros levaram Christian e eu para a outra ponta do shopping, onde passamos por uma porta que dizia SOMENTE FUNCIONÁRIOS. Conseguimos nos esquivar de uns dois zeladores, depois atravessamos outra porta, que nos levou até uma escada para baixo. Por um breve momento, tive a sensação de já ter vivido algo semelhante quando descemos os degraus até o spa da festa de Adrian. Só que estas escadas eram mais sujas e tinham um cheiro bastante desagradável.

Chegamos ao fundo. Não era bem um túnel. Parecia mais um corredor muito apertado com paredes cobertas de cimento encardido e algumas lâmpadas fluorescentes, das mais feias, embutidas. A passagem tinha saídas para a esquerda e para a direita. Algumas caixas de materiais de limpeza e de eletricidade estavam espalhadas pelo local.

— Está vendo? — disse Mason. — Um tédio.

Apontei para as duas direções.

— O que tem aí?

— Nada — suspirou Mia. — Vamos mostrar a você.

Descemos pela direita e encontramos mais produtos de limpeza. Eu estava começando a concordar que o ambiente era mesmo tedioso e que não havia nada ali, quando passamos por uma parede em que distingui algumas letras escritas em preto. Parei e olhei para aquilo. Era uma lista de letras.

D
B
C
O
T
D
V
L
D
Z
S
I

Algumas tinham linhas e marcas em forma de xis ao lado delas, mas basicamente a mensagem era incoerente. Mia percebeu que eu examinava os escritos com atenção.

SANGUE E GELO

— Isso deve ser alguma anotação dos zeladores — disse ela. — Ou talvez alguma gangue tenha feito isso.

— Pode ser — respondi, ainda estudando a lista.

Os outros me observavam inquietos, sem entender meu fascínio pelo amontoado de letras. Eu também não entendi a princípio por que aquilo me fascinava, mas alguma coisa na minha cabeça me dizia que eu devia examinar bem aquelas anotações.

E então eu decifrei.

B de *Badica*, Z de *Zeklos*, I de *Ivashkov*...

Fiquei estática. A primeira letra dos nomes de cada uma das famílias reais. Havia três nomes que começavam com a letra *D*, mas, tomando como base a ordem da lista, podia-se observar que na verdade as letras estavam organizadas pelo tamanho de cada clã. Começava com as famílias menores — Dragomir, Badica, Conta — e seguia adiante até chegar ao gigantesco clã dos Ivashkov. Não entendi os travessões e as linhas ao lado das letras, mas percebi rapidamente quais eram os nomes que tinham um xis ao lado: Badica e Drozdov.

Afastei-me um pouco da parede.

— Temos que sair daqui — disse. E me assustei um pouco com a minha própria voz. — Agora.

Os outros me olharam surpresos.

— Por quê? — perguntou Eddie. — O que está acontecendo?

— Depois eu explico. Agora nós temos que ir embora daqui.

Mason apontou para a direção em que estávamos caminhando.

— Se formos por ali, saímos alguns quarteirões mais na frente. É mais perto da estação.

Olhei bem o corredor escuro e desconhecido.

— Não — falei. — Vamos voltar pelo mesmo caminho que viemos.

Todos me olhavam sem entender enquanto caminhávamos de volta, mas nenhum deles fez nenhuma pergunta. Quando chegamos à entrada principal do shopping, respirei aliviada ao ver que o sol ainda estava brilhando, embora já começasse a se pôr no horizonte, lançando uma luminosidade alaranjada e vermelha nos prédios. A luz que ainda havia era suficiente para irmos até a estação de ônibus antes de dar de cara com algum Strigoi.

E agora eu sabia que havia, sim, Strigoi em Spokane. As informações de Dimitri estavam certas. Não sabia bem o que significava a lista, mas era evidente que tinha algo a ver com os ataques. Eu precisava relatar isso aos outros guardiões o mais rápido possível, e não podia contar aos meus amigos o que eu percebera até que estivéssemos a salvo no hotel. Mason era bem capaz de querer voltar para dentro dos túneis se soubesse o que eu sabia.

Caminhamos em silêncio até a estação na maior parte do tempo. Acho que o meu humor sombrio intimidou os outros. Até Christian parecia ter perdido o clima para fazer seus debochos habituais. Dentro de mim, sentia as emoções num verdadeiro redemoinho, oscilando entre a raiva e a culpa, enquanto não parava de reavaliar o meu papel em toda aquela confusão.

À minha frente, Eddie parou de andar, e eu quase esbarrei nele. Ele olhou em volta.

— Onde estamos?

Saí dos meus próprios pensamentos e explorei a região com os olhos. Não me lembrava de ter visto aqueles prédios antes.

— Droga! — exclamei. — Estamos perdidos? Ninguém prestou atenção no caminho de volta para a estação?

Era uma pergunta injusta, uma vez que eu claramente também não estava prestando atenção, mas o meu humor temperamental me fez estourar na hora. Mason olhou para mim por um instante e depois apontou.

— É por ali.

Nós nos viramos e entramos numa ruela espremida entre dois prédios. Eu achava que não estávamos no caminho certo, mas também não tive nenhuma ideia melhor. E não queria ficar parada na rua discutindo.

Poucos passos depois, ouvi barulho de motor de carro e de pneus derrapando. Mia estava andando bem no meio da rua, e meu condicionamento de protetora me impulsionou antes mesmo de eu ver o que estava vindo para cima de nós. Agarrei-a e a tirei da rua, encostando-a no muro de um dos prédios. Os meninos fizeram a mesma coisa.

Uma van grande e cinza, com vidros escurecidos, entrara na ruela e vinha a toda velocidade na nossa direção. Nós pressionamos nossos corpos contra o muro, esperando que o veículo passasse.

Mas ele não passou.

Freou de repente e parou bem na nossa frente. As portas de correr se abriram. Três homens grandalhões saíram de dentro dela, e, mais uma vez, meus instintos me guiaram. Eu não fazia ideia de quem eles eram nem do que queriam, mas claramente não eram figuras amigáveis. E isso era tudo que eu precisava saber.

Um deles partiu na direção de Christian; eu me adiantei e dei um soco na cara dele. O cara mal cambaleou, mas levou um susto quando recebeu o impacto do golpe, eu acho. Ele provavelmente não esperava que uma pessoa tão pequena quanto eu pudesse ser uma ameaça. Então ele ignorou Christian e partiu para cima de mim. Com a minha visão periférica, vi que Mason e Eddie tentavam se virar com os outros dois. Mason já havia, inclusive, desembainhado sua estaca de prata. Mia e Christian estavam paralisados.

Nossos agressores contavam apenas com massa muscular. Não possuíam as técnicas de luta que nós tínhamos. Além do mais, eles eram humanos, e nós tínhamos a força de dampiros. Infelizmente tínhamos também a desvantagem de estar encurralados contra um muro. Não tínhamos para onde recuar. E, o que era mais importante, tínhamos algo a perder.

Como Mia.

O cara que estava lutando com Mason pareceu perceber isso. Ele se esquivou de Mason e agarrou Mia. Eu mal vi o brilho da arma dele quando, de repente, o cano dela estava encostado no pescoço de Mia. Esquivei-me do meu próprio adversário e gritei para Eddie parar. Nós éramos treinados para reagir instantaneamente a comandos como aquele, e ele interrompeu o ataque, lançando um olhar interrogativo na minha direção. Quando olhou para Mia, empalideceu.

Eu só queria continuar esmurrando aqueles caras, mesmo sem saber quem eram, mas não podia correr o risco de aquele sujeito ferir Mia. E ele sabia disso também; nem precisou verbalizar a ameaça. Era humano, mas conhecia o suficiente sobre nós para saber que mudaríamos inteiramente a estratégia apenas para resguardar um Moroi. Nós, aprendizes, tínhamos um bordão marcado a ferro e fogo desde a mais tenra idade: *Tudo o que importa são eles.*

Todos pararam e olharam para ele e para mim. Aparentemente nós dois fomos reconhecidos como líderes.

— O que você quer? — perguntei secamente.

O sujeito pressionou ainda mais o cano da arma contra o pescoço de Mia, e ela choramingou. Apesar de toda a conversa dela sobre sair para lutar, ela era menor do que eu e muito menos forte. Além do mais, estava aterrorizada demais para se mover.

O homem inclinou a cabeça na direção da porta aberta da van.

— Quero que todos vocês entrem aí dentro. E não tentem fazer nada. Se tentarem, ela morre.

Eu olhei para Mia, para a van, para os meus amigos e depois de novo para o sujeito. Droga!

DEZENOVE

Detesto ficar impotente. E detesto ter que me entregar sem lutar. Sim, porque aquilo que aconteceu na ruela não foi uma luta de verdade. Se tivesse sido, se eu tivesse apanhado até a derrota... bom, aí sim. Talvez eu aceitasse. Talvez. Mas eu não apanhei. Eu mal sujei as mãos. Tive que me render sem reagir.

Eles nos forçaram a sentar no veículo e ataram as mãos de cada um de nós às costas com algemas de náilon.

Depois disso, o carro partiu e ficamos em silêncio quase total. Nossos sequestradores murmuravam uma ou outra coisa de vez em quando um para o outro, mas falavam tão baixo que não conseguíamos ouvir. Christian e Mia talvez pudessem entender o que diziam, mas não tinham condições de nos comunicar nada. Mia continuava tão aterrorizada como quando teve a arma apontada para o pescoço na rua, e Christian substituíra o medo inicial por um sentimento arrogante de raiva que lhe era bastante característico. Mas nem ele ousou lançar qualquer bravata diante daqueles homens.

Fiquei feliz por Christian ter se controlado. Não duvido que algum desses sujeitos simplesmente esmagasse o rosto dele caso resolvesse fazer alguma besteira, e nem eu, nem os outros aprendizes teríamos condições de defendê-lo. E era isso que estava me deixando nervosa. O instinto protetor com relação aos Moroi estava tão profundamente arraigado em mim que eu não parei nem um segundo para me preocupar comigo mesma. Minha concentração estava inteira em Mia e Christian. Eram eles que eu queria tirar daquela encrenca.

E como foi que aquela encrenca começou? Quem eram aqueles caras? Aquilo era um mistério. Eles eram humanos, mas eu não podia acreditar que um grupo de dampiros e Moroi fora vítima de algum sequestro-relâmpago. Nós fomos o alvo por algum motivo.

Nossos sequestradores não tentaram nos vendar nem esconder a rota que estávamos seguindo, e eu achei que aquilo não era um bom sinal. Será que eles pensavam que nós não conhecíamos a cidade o suficiente para retraçar o caminho que estávamos fazendo? Ou será que pensavam que não fazia a menor diferença, uma vez que jamais sairíamos do lugar para onde estavam nos levando? Só o que pude perceber era que estávamos sendo levados para fora do centro da cidade, para alguma região mais periférica. Spokane era uma cidade tão sem graça quanto eu imaginara. Em vez de montinhos de neve branca cristalina, poças de neve cinzenta enlameada se alinhavam nos cantos das ruas, e pegadas sujas de lama marcavam os gramados. A região também tinha bem menos árvores do que eu estava acostumada a ver. Quando aparecia alguma, não era daquelas que permanecem com as copas carregadas de folhas mesmo durante o inverno. As árvores da cidade mais pareciam esqueletos desfolhados de árvores caducas. Elas apenas contribuíam para piorar o clima de fatalidade iminente.

Depois de um tempo que pareceu pouco menos do que uma hora, a van virou numa rua sem saída e entrou numa casa comum, porém bastante grande. Havia outras casas ao redor, idênticas à que entramos, como geralmente são as casas de subúrbio, e isso me deu esperanças. Talvez pudéssemos conseguir ajuda com algum vizinho.

Estacionaram na garagem e, quando o portão se fechou, os homens nos mandaram entrar depressa. Por dentro, a casa era bem mais interessante. Sofás antigos, com pés que se assemelhavam a patas de animais, e poltronas. Um enorme aquário com peixes de água salgada. Espadas cruzadas sobre a lareira. Uma dessas pinturas modernas, que eu acho estúpidas, que são apenas umas poucas linhas atravessando a tela.

A parte de mim que gostava de destruir coisas teria se divertido estudando cada espada, mas não ficamos no andar principal. Uma escadaria estreita nos levou até o porão, que era tão grande quanto o andar superior. Com a diferença de que, ao contrário do espaço aberto do andar de cima, o porão era dividido em uma série de corredores e portas fechadas. Parecia um labirinto de rato. Nossos sequestradores foram nos guiando, sem hesitação, por entre o labirinto, até uma sala pequena com chão de concreto e paredes sem pintura.

Os únicos móveis ali dentro eram cadeiras de madeira desconfortáveis com encostos de ripas. Encostos que logo se mostraram bastante convenientes para nos amarrarem novamente. Os homens nos organizaram na sala de modo que Mia e Christian ficassem sentados de um lado, e nós, os dampiros, sentados do outro. Um deles, que parecia ser o líder, observou com cuidado um dos capangas amarrar as mãos de Eddie com novas algemas de náilon.

— São estes que você precisa manter sob vigilância mais cerrada — advertiu ele, fazendo um gesto de cabeça na nossa direção. — Eles entram na briga. — Os olhos dele passearam pelo rosto de Eddie primeiro, depois pelo de Mason e, por fim, pelo meu. O sujeito e eu nos encaramos por um instante, e eu armei uma carranca. — Vigie especialmente *esta aqui.*

Depois de estarmos imobilizados do jeito que ele queria, o homem vociferou mais algumas ordens para os outros e saiu da sala batendo com força a porta atrás de si. Os passos dele ecoaram pela casa enquanto subia os degraus da escada. Em seguida, o silêncio tomou conta de tudo.

Ficamos ali sentados, olhando uns para os outros. Depois de alguns minutos, Mia choramingou e começou a falar.

— O que vocês vão...

— Cale a boca — rugiu um dos homens, e deu um ameaçador passo à frente na direção dela. Ela empalideceu e se contraiu, mas

244 RICHELLE MEAD

ainda parecia prestes a dizer mais alguma coisa. Eu olhei bem para ela e balancei a cabeça em sinal negativo. Ela permaneceu em silêncio, com os olhos arregalados e um leve tremor nos lábios.

Não há nada pior do que esperar e não saber o que vai acontecer com você. A imaginação pode ser mais cruel do que qualquer carcereiro. Já que os nossos guardas não falavam conosco e não nos diziam o que viria a seguir, imaginei as piores possibilidades. Os revólveres eram a ameaça mais óbvia, então pensei no que eu sentiria se uma bala atravessasse o meu corpo. Dor, provavelmente. E em que parte do corpo eles me atingiriam? No coração ou na cabeça? Morte rápida. Mas será que atirariam em algum outro lugar, como o estômago? Então seria uma morte lenta e dolorosa. Estremeci ao imaginar a minha vida se esvair com sangue se derramando de mim. Ao pensar em todo aquele sangue, me lembrei da casa dos Badica e na possibilidade de, em vez de atirar em nós, eles preferirem cortar nossas gargantas. Aqueles homens também podiam ter facas, além de armas de fogo.

Evidentemente, me perguntei por que ainda estávamos vivos. Era certo que eles queriam algo de nós, mas o quê? Não estavam pedindo informações. E eram *humanos*. O que humanos poderiam querer de nós? Em geral, o que mais temíamos com relação aos humanos era esbarrar nos que fazem o tipo assassino ou nos que gostam de nos usar para experimentos científicos. Aqueles caras não pareciam ser nada disso.

Então o que eles queriam? Por que estávamos ali? Continuei imaginando sem parar destinos cada vez mais horríveis e sanguinolentos. Pela cara dos meus amigos, vi que eu não era a única que estava imaginando os mais criativos tormentos. O cheiro de suor e medo enchia a sala.

Perdi a noção da hora e fui apanhada de surpresa pelo rumor de passos que começaram a soar na escada. O líder dos sequestradores entrou na sala. Os outros dois homens empertigaram os corpos e se mantiveram tensos. Ai, meu Deus. Percebi que tinha chegado a hora. Era por aquilo que estivéramos esperando.

SANGUE E GELO

— Sim, senhor — ouvi o líder dizer. — Eles estão aqui dentro, exatamente como o senhor queria.

Afinal eu entendi. Ele estava falando com o sujeito responsável pelo nosso sequestro. O pânico me tomou inteira. Eu precisava escapar.

— Queremos sair daqui! — gritei, forçando as algemas de náilon.

— É melhor deixarem a gente sair daqui seus filhos da...

Parei. Alguma coisa dentro de mim me paralisou. Minha garganta ficou seca. Senti como se meu coração fosse parar de bater. O guarda estava voltando à cela acompanhado de um homem e de uma mulher que eu não reconheci. Mas reconheci, no entanto, o que eles eram...

... Strigoi.

De verdade, *vivos* — quer dizer, falando de modo figurativo, é claro. Tudo de repente se juntou na minha mente. Não eram só as informações sobre Spokane que estavam corretas. O que nós mais temíamos, que os Strigoi estivessem trabalhando com humanos, era verdade. *Isso mudava tudo.* A luz do dia não era mais segura. Nenhum de nós estava seguro. E, o que era pior, percebi que aqueles tinham tudo para ser os grandes vilões Strigoi, os que atacaram as duas famílias Moroi com a ajuda de humanos. E, mais uma vez, aquelas lembranças terríveis me vieram à mente: corpos e sangue por toda parte. A bile me subiu à garganta, e eu tentei afastar aqueles pensamentos do passado para me concentrar na situação presente. Não que ela fosse menos horripilante.

Os Moroi tinham a pele pálida, o tipo de pele que enrubesce e se inflama com facilidade. Mas estes vampiros... a pele deles era branca como giz, tão branca que parecia uma maquiagem malfeita. As pupilas dos olhos eram circundadas por um anel vermelho, deixando claro que tipo de monstro eles eram.

A mulher, na verdade, me fez lembrar de Natalie, minha pobre amiga que se tornara Strigoi por influência do próprio pai. Demorei alguns segundos até entender onde estava a semelhança, porque elas não se pareciam em nada. Aquela mulher era baixa, provavelmente tinha sido humana antes de se tornar Strigoi, e tinha cabelos castanhos com mechas loiras feitas de qualquer jeito.

Então entendi. Aquela Strigoi tinha sido recém-transformada, assim como Natalie. Isso só ficou evidente para mim quando eu a comparei com o homem Strigoi. A mulher ainda tinha algum traço de energia de vida na aparência. Ele tinha o rosto da morte.

O homem tinha feições inteiramente destituídas de qualquer indício de sentimento caloroso ou gentil. Tinha a expressão de uma pessoa fria e calculista, e a isso acrescentava-se um ar malicioso de quem está se divertindo com a situação. Ele era alto, tão alto quanto Dimitri, e tinha uma estrutura física esbelta, o que indicava que fora um Moroi antes de se transformar. Cabelos pretos na altura dos ombros emolduravam o rosto e se destacavam em contraste com a camisa social de um vermelho vivo. Os olhos eram de um marrom tão escuro que, se não fosse o anel vermelho, teria sido quase impossível distinguir onde acabava a pupila e começava a íris.

Um dos guardas me empurrou com força para a frente, embora eu estivesse calada. Ele olhou para o homem Strigoi.

— Quer que eu a amordace?

De repente me dei conta de que eu estava empurrando o meu corpo para o fundo da cadeira, tentando ficar o mais longe possível dele de forma inconsciente. Ele percebeu o mesmo, e um sorriso fino, sem mostrar os dentes, atravessou-lhe os lábios.

— Não — disse ele. A voz era baixa e sedosa. — Eu gostaria de ouvir o que ela tem a dizer. — Ele ergueu uma sobrancelha. — Continue, por favor.

Eu engoli em seco.

— Não? Não tem nada a acrescentar? Ótimo. Sinta-se à vontade para dizer o que quiser se mais alguma coisa lhe vier à mente.

— Isaiah — exclamou a mulher. — Por que você os está mantendo aqui? Por que ainda não avisou os outros?

— Elena, Elena — murmurou Isaiah. — Comporte-se. Não vou deixar passar a oportunidade de me divertir com dois Moroi e… — Ele caminhou por trás da minha cadeira e levantou o meu cabelo. Estremeci. Pouco depois, ele examinou também os pescoços de Mason e de Eddie. — ...três dampiros novatos que nunca derramaram sangue — disse com um suspiro quase alegre, e eu me dei conta de que ele estava procurando tatuagens de guardiões.

Em seguida, Isaiah deu passos largos na direção de Mia e Christian, colocou uma das mãos na cintura e os estudou com o olhar. Mia só conseguiu manter o olhar firme por um breve segundo, antes de desviá-lo. O medo de Christian era palpável, mas ele conseguiu encarar o Strigoi. Fiquei orgulhosa dele.

— Veja esses olhos, Elena. — A mulher foi até ele e se pôs de pé ao lado de Isaiah enquanto ele falava. — Esse azul-claro. Cor de gelo. Cor de água-marinha. Quase impossível encontrar essa cor de olhos fora da realeza Moroi. Um Badica. Um Ozera. Talvez um Zeklos.

— Ozera — disse Christian, tentando com afinco parecer destemido.

Isaiah inclinou um pouco a cabeça.

— É mesmo? Por acaso seria... — Abaixou-se para examinar Christian mais de perto. — A idade bate... e o cabelo... — Ele sorriu. — É o filho de Lucas e Moira?

Christian não disse nada, mas a confirmação estava estampada na expressão do seu rosto.

— Conheci os seus pais. Ótimas pessoas. Incomparáveis. A morte deles foi uma grande perda... mas, bom... Eu ousaria dizer que eles bobearam. Eu *disse* que não deviam voltar para buscar você. Seria um desperdício despertá-lo tão jovem. Eles disseram que queriam apenas ter você por perto, para despertá-lo quando estivesse mais velho. Eu os avisei que não daria certo, mas, no final... — Ele encolheu levemente os ombros. "Despertar" era o termo que os Strigoi usavam entre eles para o momento da transformação. Soava como se fosse um ritual religioso. — Eles não me deram ouvidos, e a tragédia acabou se abatendo sobre eles de maneira diferente.

Um ódio sombrio e profundo ferveu nos olhos de Christian. Isaiah sorriu novamente.

— Chega a ser comovente esse nosso encontro depois de tanto tempo. Talvez eu possa realizar o sonho deles, afinal.

— Isaiah — repetiu Elena, a mulher Strigoi. Cada palavra que saía da boca dela soava como um lamento. — Chame os outros...

— Pare de me dar ordens!

Isaiah agarrou-a pelos ombros e a empurrou. Só que o empurrão a jogou para o outro lado da sala, fazendo com que seu corpo quase atravessasse a parede. Ela só teve tempo de esticar os braços e impedir o impacto com as mãos. Os Strigoi tinham melhor reflexo do que os dampiros e os Moroi. Pelo jeito desengonçado com que ela se defendeu do empurrão, deu para perceber que ele a pegara de surpresa. Na verdade, o vampiro mal tocara nela. O empurrão foi de leve e, no entanto, teve o impacto de um pequeno carro.

Isso reforçou ainda mais a minha crença de que Isaiah pertencia a um outro patamar. A força dele era excepcionalmente maior do que a dela. Elena era como uma mosca na qual ele podia dar um peteleco e lançar longe. A força dos Strigoi aumentava com a idade, com o consumo de sangue Moroi e, com um pouco menos de intensidade, com o consumo de sangue dampiro. Aquele cara não era apenas velho. Era ancestral. E bebera *muito* sangue ao longo dos anos. O terror tomou as feições de Elena, e eu pude compreender aquele medo. Os Strigoi se voltavam uns contra os outros o tempo todo. Ele podia ter arrancado a cabeça dela se quisesse.

Ela se acovardou, desviando os olhos.

— Eu... me desculpe, Isaiah.

Isaiah passou as mãos pela camisa como se tentasse desamassar a própria roupa; não que fosse necessário. A voz dele assumiu o desprazer frio que ele utilizara antes.

— Você evidentemente tem sua própria opinião, Elena, e eu gostaria muito de ouvir o que você acha, desde que você se comunique de modo civilizado. O que você acha que devemos fazer com estes novatos?

— Você devia, quero dizer, eu acho que nós devíamos bebê-los agora. Especialmente os Moroi. — Ela estava tentando controlar o tom de lamúria, para não aborrecê-lo. — A não ser... você não está pensando em dar outro jantar, está? É um desperdício total. Nós teríamos que dividi-los, e você sabe que os outros não ficarão gratos. Eles *nunca* ficam.

— Não vou dar um jantar com eles — declarou ele cheio de soberba. *Jantar?* — Mas também não vou matar esses jovenzinhos agora. Você é nova, Elena. Só pensa em gratificação imediata. Quando você for tão velha quanto eu, não será tão... impaciente.

Ela revirou os olhos quando ele não estava olhando.

Ele deu meia-volta e tornou a olhar para mim, Mason e Eddie.

— Vocês três terão que morrer. É inevitável. Gostaria de dizer que sinto muito, só que não, não sinto. É assim que as coisas são. Mas vocês terão a chance de escolher como querem morrer, e isso será decidido pelo comportamento que adotarem. — Os olhos dele pousaram em mim durante algum tempo. Eu realmente não sabia por que todos ali achavam que eu era a mais encrenqueira do grupo. Bom, talvez eu soubesse. — Alguns de vocês terão uma morte mais dolorosa do que os outros.

Não queria que Mason e Eddie soubessem que o medo deles se espelhava no meu. Estava quase certa de ter ouvido Eddie choramingar.

Isaiah virou-se abruptamente, como um militar, e fixou os olhos em Mia e Christian.

— Vocês dois, felizmente, poderão optar. Apenas um morrerá. O outro vai viver em gloriosa imortalidade. Vou até mesmo ser gentil a ponto de proteger o escolhido sob as minhas asas, até ficar um pouco mais velho. Minha caridade não tem limites.

Não me controlei e deixei escapar uma leve risada.

Isaiah se virou e me encarou. Fiquei em silêncio e esperei que ele me atirasse contra a parede como fizera com Elena, mas ele não fez nada além de me encarar. Foi o suficiente. Meu coração disparou, e eu senti as lágrimas me chegarem aos olhos. Tive vergonha do meu medo. Queria ser como Dimitri. Talvez até como minha mãe. Depois de vários segundos longos e agonizantes, Isaiah voltou-se para os Moroi.

— Então. Como eu ia dizendo, um de vocês será despertado e viverá para sempre. Mas não serei eu quem fará isso. Vocês escolherão ser despertados por vontade própria.

— Muito improvável — afirmou Christian. Ele juntou todo o sarcasmo provocador que conseguiu e o colocou naquelas duas palavras; ainda assim, era evidente para todos naquela sala que ele estava morto de medo.

— Ah, como eu adoro o humor dos Ozera — disse Isaiah em tom meditativo. Ele olhou para Mia com os olhos vermelhos brilhando. Ela se encolheu de medo. — Mas não deixe que ele ofusque o seu brilho, minha querida. O sangue comum também é forte. E a coisa toda será decidida da seguinte maneira: — Ele apontou para nós, os dampiros. O olhar dele me deu calafrios pelo corpo todo, e eu imaginei sentir cheiro de putrefação. — Se vocês quiserem viver, tudo o que precisam fazer é matar um destes três. — Ele se virou para os Moroi. — É só isso. Nem um pouco desagradável. Basta dizer a um destes cavalheiros o que vocês querem fazer. Eles o libertarão. Então vocês deverão beber o sangue de um dos dampiros e despertarão como um de nós. O primeiro que fizer isso sairá com vida. O outro servirá de jantar para mim e para Elena.

O silêncio pesou sobre a sala.

— Não — disse Christian. — Não vou matar um dos meus amigos de jeito nenhum. Pouco me importa o que você faça. Prefiro morrer.

Isaiah fez um gesto de desprezo com a mão.

— É fácil ser corajoso quando você não está com fome. Alguns dias sem alimento algum… e aí, sim, estes três vão lhes parecer *muito* apetitosos. E eles são. Dampiros são deliciosos. Tem até quem os prefira, mas eu não compartilho dessa opinião, apesar de certamente apreciar a variedade.

Christian fez uma carranca.

— Não acredita em mim? — perguntou Isaiah. — Então vou provar. — Ele caminhou até o lado da sala onde eu estava. Percebi o que ele ia fazer e falei sem raciocinar direito.

— Use a mim — deixei escapulir. — Beba do meu sangue.

A presunção de Isaiah vacilou por um instante, e a sobrancelha dele se ergueu.

— Está se voluntariando?

— Já fiz isso antes. Já deixei que Moroi se alimentassem do meu sangue. Não me importo. Deixe os outros em paz.

— Rose! — exclamou Mason.

Eu o ignorei e lancei um olhar suplicante para Isaiah. Eu não queria que ele se alimentasse de mim. Só a ideia me dava enjoo. Mas eu já *fornecera* sangue antes, e eu preferia que ele tomasse uma dose de mim e não tocasse em Eddie ou Mason.

Não consegui entender o que a expressão do rosto dele significava enquanto ele me estudava. Por meio segundo, acreditei que ele tomaria meu sangue, mas ele balançou a cabeça em sinal negativo.

— Não. Você não. Ainda não.

Continuou andando e parou na frente de Eddie. Eu forcei as minhas algemas de plástico até fincarem dolorosamente na minha pele. Mas não cederam.

— Não! Deixe ele em paz!

— Quieta — respondeu Isaiah, sem sequer olhar para mim. Pousou a mão no rosto de Eddie. Eddie estremeceu e ficou tão pálido que eu achei que fosse desmaiar. — Posso fazer isso de modo gentil ou de modo que ele sinta dor. O seu silêncio me encorajará a escolher a primeira opção.

Eu quis gritar, quis xingar Isaiah de todos os palavrões que eu conhecia e fazer todo o tipo de ameaça. Mas não podia. Meus olhos analisaram a sala inteira em busca de alguma saída, como eu já tinha feito tantas vezes antes. Mas não havia uma. Só paredes vazias e nuas. Nenhuma janela. A única porta preciosa estava sempre vigiada. Eu estava impotente, como estivera desde o momento em que nos colocaram dentro da van. Tive vontade de chorar, mais de frustração do que de medo. Que espécie de guardiã eu seria se não conseguia proteger os meus amigos?

Permaneci quieta, e uma expressão de fascínio atravessou o rosto de Isaiah. A luz fluorescente dava à pele dele um tom acinzentado doentio, enfatizando as olheiras escuras sob os olhos. Tive vontade de dar um soco naquele monstro.

— Ótimo. — Ele sorriu para Eddie e segurou o rosto dele, forçando-o a manter contato visual direto. — E você não está pensando em resistir, não é mesmo?

Eu já tinha visto como Lissa era boa em compulsão. Mas ela não teria conseguido fazer o que Isaiah fez: em questão de segundos, Eddie estava sorrindo.

— Não, não vou lutar.

— Ótimo — repetiu Isaiah. — E você vai me dar o seu pescoço por vontade própria, não vai?

— É claro — respondeu Eddie, tombando a cabeça para trás.

Isaiah encostou a boca em Eddie, e eu olhei para o outro lado, tentando focar o olhar no carpete puído. Não queria ver aquilo. Ouvi Eddie emitir um gemido suave de prazer. O ato de beber em si foi relativamente silencioso, sem nenhum tipo de ruído audível.

— Pronto.

Voltei a olhar quando ouvi Isaiah falar de novo. O sangue pingava de seus lábios, e ele passou a língua por eles com prazer. Não vi a ferida no pescoço de Eddie, mas suspeitei que fosse sanguinolenta e horrível. Mia e Christian observavam fixamente, com os olhos arregalados de medo e fascínio. Eddie olhava para o nada, envolto numa névoa de alegria e torpor, intoxicado tanto pela endorfina quanto pela compulsão.

Isaiah endireitou a postura e sorriu para os Moroi, lambendo o sangue dos lábios.

— Estão vendo? — disse a eles, caminhando em direção à porta.

— É fácil assim.

VINTE

Precisávamos de um plano de fuga. E rápido. Para piorar, as únicas ideias que me ocorriam envolviam coisas que estavam fora do meu controle. Como, por exemplo, sermos deixados sozinhos para sairmos de fininho. Ou que aqueles guardas fossem tão idiotas que conseguiríamos enganá-los como patos e fugir deles. Ou, ao menos, que estivéssemos mal amarrados de modo que pudéssemos nos soltar com facilidade e nos libertar.

Nada disso estava acontecendo. Depois de quase vinte e quatro horas, nossa situação não tinha mudado em nada. Ainda éramos prisioneiros e estávamos fortemente algemados. Nossos carcereiros nos mantinham sob vigilância constante, de modo quase tão eficiente quanto qualquer grupo de guardiões em ação. Quase.

O mais próximo que chegávamos da liberdade eram as idas ao banheiro, constrangedoras ao extremo e altamente supervisionadas. Os homens não nos deram comida nem água. Isso era penoso para mim. Mas a combinação genética entre vampiros e humanos fazia com que os dampiros fossem duros na queda. Eu suportava bem o desconforto, mesmo estando tão faminta a ponto de matar alguém por um hambúrguer e umas batatas fritas bem gordurosas.

Quanto a Mia e Christian... bom, as coisas estavam mais difíceis para eles. Os Moroi podiam passar semanas sem comida e sem água se estivessem se alimentando de sangue. Sem ele, conseguiam ficar alguns dias sem adoecer ou enfraquecer, se lhes fosse oferecido algum outro tipo de sustento. Foi assim que Lissa e eu nos viramos quando vivemos sozinhas, já que eu não podia fornecer sangue para ela todos os dias.

Sem comida, sem água e sem sangue, os Moroi não sobrevivem por muito tempo. Eu estava com fome, mas Mia e Christian estavam famintos. As feições deles já estavam abatidas, os olhos pareciam quase febris. Isaiah piorava ainda mais as coisas em suas visitas. Descia e ficava vagando entre nós com o seu irritante jeito zombador. E depois, antes de ir embora, sempre bebia um pouco do sangue de Eddie. Lá pela terceira visita, pude ver Mia e Christian praticamente salivando. Drogado pela endorfina e em total jejum, Eddie parecia já nem saber mais onde estávamos.

Não consegui dormir nessas condições, mas, durante o segundo dia, comecei a sentir que minha cabeça tombava para a frente de vez em quando. A fome e a exaustão enfraquecem uma pessoa. Até cheguei a sonhar, o que foi surpreendente, pois não imaginava que seria possível me entregar a um sono profundo em condições tão insanas como aquela em que me encontrava.

No sonho — e eu sabia perfeitamente que se tratava de um sonho — eu estava numa praia. Demorei um tempo para reconhecer que praia era aquela. Ficava na costa do Oregon. Tinha uma grande faixa de areia e o ar era morno, o oceano Pacífico se estendia ao longe. Lissa e eu tínhamos viajado até aquele lugar certa vez quando estávamos morando em Portland. Foi em um dia lindo, mas ela não aguentava ficar exposta a tanto sol. Por causa disso, nossa visita acabou sendo curta, mas eu sempre desejei ter ficado mais tempo e me aquecer naquele sol todo. Naquele momento, no sonho, eu tinha toda a luz e calor que desejara.

— Dampirinha — disse uma voz atrás de mim. — Já não era sem tempo.

Eu me virei surpresa e dei de cara com Adrian Ivashkov me observando. Ele estava vestindo uma calça cáqui e uma camisa larga, e, num estilo surpreendentemente casual para ele, estava sem sapatos. O vento bagunçava o seu cabelo castanho, e ele mantinha as mãos dentro dos bolsos enquanto me olhava com aquele sorriso malicioso que lhe era tão característico.

— Ainda usando a sua proteção — acrescentou ele.

Franzi as sobrancelhas, pensando por um instante que ele estava olhando para o meu peito. Depois me dei conta de que seus olhos fitavam a minha barriga. Eu estava de calça jeans e com a parte de cima de um biquíni, e, mais uma vez, o pequeno pingente de olho azul pendia do meu umbigo. O *chotki* estava no meu pulso.

— E você está no sol novamente — falei. — Então imagino que este seja o seu sonho.

— É o nosso sonho.

Brinquei na areia com os dedos dos pés.

— Como duas pessoas podem sonhar o mesmo sonho?

— As pessoas sonham o mesmo sonho o tempo todo, Rose.

Franzi as sobrancelhas.

— Preciso saber o que significa o que você disse. Aquele papo de que estou rodeada de trevas. O que significa?

— Sinceramente, eu não sei. Todo mundo tem luz em volta de si, exceto você. Você tem sombras. Elas são de Lissa.

Fiquei ainda mais confusa.

— Não entendo.

— Não posso ficar falando desse assunto agora — explicou. — Não é para isso que eu estou aqui.

— Você está aqui por algum motivo? — perguntei, meus olhos perdidos no mar azul acinzentado. Era hipnótico. — Você não está aqui apenas... por estar aqui?

Ele deu um passo à frente e pegou a minha mão, me forçando a olhar para ele. Toda a diversão desapareceu de seus olhos. Ele estava muito sério.

— Onde você está?

— Aqui mesmo — respondi, intrigada. — Assim como você.

Adrian fez que não com a cabeça.

— Não, não é disso que eu estou falando. No mundo real. Onde você está?

Mundo real? À nossa volta, a praia de repente ficou embaçada, como um filme que sai de foco. Segundos depois tudo se estabilizou. Vasculhei a minha mente. O mundo real. Vi algumas imagens. Cadeiras. Guardas. Algemas.

— Num porão... — disse lentamente. A urgência, de repente, despedaçou a beleza do momento quando tudo me voltou à mente.

— Ah, pelo amor de Deus, Adrian. Você precisa salvar Mia e Christian. Eu não posso...

Adrian apertou a minha mão com mais força.

— Onde? — O mundo estremeceu novamente, e desta vez o foco não se estabilizou. Ele xingou. — Onde você está, Rose?

O mundo começou a se desintegrar. Adrian começou a se desintegrar.

— Num porão. Numa casa. Em...

Ele se foi. Eu acordei. O barulho da porta da sala abrindo me despertou de volta para a realidade.

Isaiah entrou de um golpe, com Elena a tiracolo. Tive que conter um sorriso sarcástico quando a vi. Ele era arrogante e mau e inteiramente vilanesco. Mas era assim porque era um líder. Ele tinha força e poder para refrear a própria crueldade, mesmo não gostando de fazer isso. Mas Elena? Ela era uma lacaia. Ela nos ameaçava e fazia comentários ferinos, mas só conseguia fazer isso porque era um pau--mandado. Ela era uma total puxa-saco.

— Olá, crianças — disse ele. — Como vocês estão?

Olhares sombrios responderam a pergunta.

Com as mãos nas costas, ele caminhou até Mia e Christian.

— Alguma mudança de sentimentos desde a minha última visita? Vocês estão demorando demais, e isso está deixando Elena aborrecida.

Ela está com muita fome, sabem, mas imagino que não esteja tão faminta quanto vocês dois.

Christian focou bem o olhar.

— Que se dane — falou, rangendo os dentes trincados.

Elena rosnou e avançou na direção dele.

— Não ouse...

Isaiah a afastou com um gesto de mão.

— Deixe o garoto em paz. Isso só significa que iremos esperar um pouco mais, e na verdade é uma espera divertida.

Os olhos de Elena lançaram adagas na direção de Christian.

— Sinceramente — continuou Isaiah, olhando para Christian —, não consigo decidir de qual das duas opções eu gosto mais: matar você ou transformá-lo em um de nós. As duas alternativas oferecem prazeres diferentes.

— Você não se cansa de ouvir a própria voz? — perguntou Christian.

Isaiah pensou um pouco.

— Não. Não mesmo. E eu também não me canso *disso*.

Ele se virou e caminhou até Eddie. Pobre Eddie, mal conseguia sentar-se direito na cadeira depois de ter fornecido tanto sangue. E o pior é que Isaiah nem precisava mais usar a compulsão. O rosto de Eddie simplesmente se acendia com um sorriso bobo, ansioso pela próxima mordida. Ele estava tão viciado quanto um fornecedor qualquer.

Raiva e desgosto correram por dentro de mim.

— Droga! — gritei. — Deixe ele em paz!

Isaiah olhou para mim.

— Quietinha, garota. Você não me diverte nem um pouco, como o senhor Ozera.

— Ah, é? — rosnei. — Se eu incomodo tanto, então me use para provar o que quer. Pode me morder. Me mostre qual é o meu lugar e como você é poderoso e forte.

— Não! — exclamou Mason. — Melhor *me* morder.

Isaiah revirou os olhos.

— Céus. Mas que grupo tão nobre. Vocês são todos como Espártaco aqui, é isso?

Ele se afastou de Eddie e colocou um dedo no queixo de Mason, inclinando a cabeça dele para cima.

— Mas você — disse Isaiah —, você não quer de verdade. Está se oferecendo apenas por causa *dela*. — Ele deixou Mason e ficou bem na minha frente, olhando para baixo com aqueles olhos escuros, bem escuros. — E você... também não acreditei realmente em você de início. Mas agora? — Ele se ajoelhou e ficou da minha altura. Fiz de tudo para não desviar os olhos dos dele, mesmo sabendo que isso me colocava em risco de ser vítima de compulsão. — Acho que você está se oferecendo de verdade. E não se trata apenas de um gesto nobre. Você quer *mesmo*. Você já foi mordida antes. — A voz dele tinha um tom mágico. Hipnótico. Ele não estava usando compulsão, mas era definitivamente um carisma fora do comum que o envolvia. Assim como Lissa e Adrian. Eu me fixei em cada palavra que ele dizia. — Mordida muitas vezes, ao que parece.

Ele se inclinou na minha direção e senti a respiração quente dele no pescoço. Em algum lugar distante de mim, distingui a voz de Mason gritando alguma coisa, mas toda a minha mente se concentrava na proximidade dos dentes de Isaiah da minha pele. Nos últimos meses, eu tinha sido mordida apenas uma vez, numa emergência, quando Lissa precisou. Antes disso, ela me mordera ao menos duas vezes por semana durante dois anos, e apenas recentemente eu me dera conta do quanto ficara viciada naquilo. Não há nada, *nada* no mundo que se compare à mordida de um Moroi, ao transbordamento de prazer que ela transmite. É claro que, por tudo o que se conta, as mordidas de Strigoi são ainda mais poderosas...

Eu engoli em seco, de repente consciente da minha respiração pesada e do ritmo acelerado do coração. Isaiah deu uma pequena risada de satisfação.

SANGUE E GELO   259

— Ah, sim. Você é uma prostituta de sangue em desenvolvimento. Que pena, não vou dar o que quer.

Ele se afastou, e eu desmoronei para a frente na cadeira. Sem adiar muito, ele foi até Eddie e bebeu dele. Não consegui olhar, mas desta vez foi de inveja, e não de repulsa. A ânsia queimava dentro de mim. Eu desejava aquela mordida, desejava com cada nervo do meu corpo.

Isaiah terminou e já ia saindo da sala quando de repente parou para falar com Mia e Christian.

— Não demorem — advertiu. — Aproveitem a oportunidade que têm para se salvar. — Fez um gesto de cabeça na minha direção. — Vocês têm, inclusive, uma vítima entusiasmada.

Ele saiu. Do outro lado da sala, os olhos de Christian se encontraram com os meus. O rosto dele me pareceu, de algum modo, ainda mais abatido do que algumas horas antes. A fome queimava no seu olhar, e eu sabia que o meu olhar complementava o dele: um desejo de matar aquela fome. Meu Deus. Estávamos ferrados. Acho que Christian se deu conta disso ao mesmo tempo que eu. Os lábios dele se contorceram num sorriso amargo.

— Você nunca pareceu tão gostosa, Rose — disse, pouco antes de os guardas mandarem que calasse a boca.

Cochilei algumas vezes no restante do dia, mas Adrian não apareceu mais nos meus sonhos. Em vez disso, enquanto vagava no limite da consciência, me vi escorregando para dentro de um território familiar: a cabeça de Lissa. Depois de todos os acontecimentos bizarros daqueles últimos dois dias, estar na cabeça dela me deu a sensação de estar em casa.

Ela estava num dos salões de jantar do hotel, só que o cômodo estava vazio. Sentada no chão no fundo do salão, tentando passar despercebida. O nervosismo tomava conta dela. Estava esperando por algo, ou melhor, por alguém. Alguns minutos depois, Adrian entrou sorrateiramente.

— Prima — disse ele, cumprimentando-a. Sentou-se ao lado dela e puxou os joelhos para perto do peito, sem se preocupar com a calça cara que usava. — Me desculpe pelo atraso.

— Não tem problema — respondeu ela.

— Você não sabia que eu estava aqui antes de me ver, sabia?

Ela fez que não com a cabeça, decepcionada. Eu fiquei mais confusa do que nunca.

— E sentada aqui comigo... você não consegue notar mesmo nada?

— Não.

Ele encolheu os ombros.

— Bom. Vamos torcer para você conseguir em breve.

— Como elas aparecem para você? — perguntou ela, seca de curiosidade.

— Você sabe o que são auras?

— São como faixas de luz em volta de uma pessoa, não é isso? Uma coisa meio *new age*?

— Mais ou menos isso. Todas as pessoas irradiam uma espécie de energia espiritual. Quer dizer, quase todo mundo. — A hesitação dele me fez pensar que talvez ele estivesse se lembrando de mim e das trevas que supostamente me acompanhavam. — Tendo por base a cor e a aparência da aura, pode-se dizer muita coisa sobre uma pessoa... claro, se uma pessoa pode mesmo *ver* auras, é assim que acontece.

— E você pode — disse ela. — E você pode ver que eu uso a magia do espírito pela minha aura?

— A sua é quase toda dourada. Como a minha. Outras cores podem aparecer, dependendo da situação, mas o dourado sempre prevalece.

— Quantas outras pessoas você conhece por aí que são como nós?

— Não muitas. Eu só as vejo de vez em quando. Elas tendem a se preservar. Você, na verdade, é a primeira com quem eu converso. Eu nem sabia que isso se chamava "espírito". Bem que eu queria ter descoberto isso quando estava na idade de me especializar e não me especializei. Fiquei achando que eu era algum tipo de aberração.

Lissa ergueu os braços à sua frente e os observou, tentando ver a luz brilhando em torno deles. Nada. Ela deu um suspiro e deixou os braços caírem.

E foi aí que eu entendi tudo.

Adrian também manejava o espírito. Por isso ele tinha tanta curiosidade com relação à Lissa. Por isso ele estava querendo conversar com ela e perguntar sobre o laço e sobre ela ter ou não se especializado. Isso explicava também um monte de outras coisas, como o carisma do qual eu não conseguia escapar quando estava perto dele. Ele tinha usado compulsão no dia em que Lissa e eu estivéramos no quarto dele. Foi assim que ele forçou Dimitri a liberá-lo.

— Então, eles por fim deixaram você em paz? — perguntou Adrian.

— Deixaram. Enfim acreditaram que eu realmente não sei de nada.

— Que bom — disse ele. Ele franziu as sobrancelhas, e percebi que estava sóbrio, para variar. — E você tem *certeza* de que não sabe de nada?

— Eu já disse isso a você. Não sei como fazer o laço funcionar em mão dupla.

— Hum. Bom. Você vai ter que aprender.

Ela o encarou fixamente.

— O quê? Você pensa que eu estou me segurando? Se eu conseguisse, eu já teria encontrado Rose!

— Eu sei, é que, se esse laço de vocês existe, então isso significa que a conexão entre as duas é muito forte. Use o laço para falar com ela em sonhos. Eu tentei, mas não consegui ficar no sonho o tempo suficiente...

— O que foi que você disse? — exclamou Lissa. — Falar com ela nos *sonhos* dela?

Desta vez ele pareceu intrigado.

— Claro. Você não sabe fazer isso?

— Não! Você está brincando? Como pode ser possível fazer uma coisa dessas?

Nos meus sonhos, é possível...

Lembrei que Lissa me falara de fenômenos inexplicáveis entre os Moroi, de que devia haver poderes do espírito que fossem além do poder da cura, coisas que ninguém nunca descobrira antes. Aparentemente, a presença de Adrian nos meus sonhos não era uma coincidência. Ele entrava de propósito dentro da minha cabeça, talvez de um jeito semelhante ao meu de entrar na mente de Lissa. Aquilo me deixou desconfortável. Lissa mal podia compreender essa possibilidade.

Ele passou a mão no cabelo, inclinou a cabeça para trás e ficou olhando para o lustre de cristais enquanto ponderava.

— Tudo bem. Você não vê auras, você não fala com as pessoas em sonhos. O que é que você faz, *então*?

— Eu... eu posso curar pessoas. Animais. Plantas. Posso trazer coisas mortas de volta à vida.

— É mesmo? — Ele ficou impressionado. — Está bem. Você ganhou pontos por isso. O que mais?

— Bom, eu posso usar compulsão.

— Isso todos nós podemos.

— Não, eu posso *mesmo*. Não é nada difícil para mim. Eu consigo fazer com que as pessoas façam qualquer coisa que eu queira, até coisas ruins.

— Eu também. — Os olhos dele se iluminaram. — O que será que aconteceria se você tentasse usar compulsão em mim?

Ela hesitou e, de maneira absorta, passou os dedos pelo carpete vermelho.

— Bom... eu não posso.

— Mas você acabou de dizer que podia.

— Eu posso. É que exatamente agora eu não posso. Estou tomando remédios... para depressão e outras coisas... e eles me impedem de usar a magia.

Ele jogou os braços para cima.

— Como é que eu vou ensinar você a andar pelos sonhos dos outros, então? De que outra maneira vamos encontrar Rose?

— Olhe aqui — disse ela com raiva. — Eu não tomo os remédios porque eu *quero*. Eu tomo porque quando eu não tomava... eu fazia coisas muito absurdas. Coisas perigosas. O espírito faz isso com a gente.

— Eu não tomo nada. E estou muito bem — retrucou ele.

Não, ele não estava muito bem, eu sabia. Lissa sabia também.

— Você ficou muito estranho naquele dia em que Dimitri apareceu no seu quarto — observou ela. — Você começou a divagar, e o que você disse não fazia nenhum sentido.

— Ah, aquilo? É... acontece de vez em quando. Mas não é frequente, falando sério. Uma vez por mês, se tanto. — Ele pareceu estar sendo sincero.

Lissa o encarou e, subitamente, começou a reavaliar tudo. E se Adrian tinha encontrado um jeito? E se ele tinha encontrado um jeito de usar o espírito sem tomar remédios nem sofrer efeitos colaterais perigosos? Isso era tudo o que ela queria. Sem contar que ela nem tinha certeza de que a medicação continuaria funcionando...

Ele sorriu, adivinhando os pensamentos dela.

— O que você acha, prima? — perguntou. Ele não precisou usar compulsão. A oferta dele era tentadora demais por si só. — Posso ensinar tudo o que eu sei se você puder manejar a sua magia. Vai demorar um pouco até que as substâncias saiam completamente do seu corpo, mas, assim que elas saírem...

VINTE E UM

Eis uma coisa que eu *não* precisava naquele momento. Podia suportar quase qualquer coisa que Adrian fizesse: dar em cima dela, fazê-la fumar aqueles cigarros ridículos dele, qualquer coisa. Mas não isso. O que eu justamente andava querendo evitar era que Lissa parasse de tomar os remédios.

Saí, com relutância, da cabeça dela e voltei para a minha lúgubre situação. Queria ter acompanhado de que maneira a conversa entre Lissa e Adrian se desenrolaria, mas observá-los não me adiantaria de nada. Muito bem. Eu *realmente* precisava de um plano. Precisava agir. Precisava imaginar um jeito de nos tirar dali. Mas olhei ao meu redor e vi que não estava nem perto de conseguir escapar, e passei as poucas horas seguintes raciocinando e especulando.

Três guardas nos vigiavam. Eles pareciam meio entediados, mas não a ponto de afrouxarem a vigilância. Perto de mim, Eddie parecia estar inconsciente, e Mason olhava para o chão de modo inexpressivo. Do outro lado da sala, Christian olhava para o nada, e eu acho que Mia estava dormindo. Dolorosamente consciente do quanto minha garganta estava seca, quase ri ao me lembrar de quando dissera a ela que a magia da água era inútil. Talvez não fosse de grande utilidade numa luta, mas eu daria tudo para que ela conseguisse juntar um pouco de...

Magia.

Por que isso não me ocorrera antes? Nós não estávamos impotentes. Não inteiramente impotentes.

Um plano de fuga começou a tomar forma na minha mente, um plano provavelmente insano, mas era o melhor que tínhamos. Meu coração galopou de ansiedade, mas me controlei para aparentar estar calma antes que os guardas percebessem que eu tinha acabado de ter uma ideia. Do outro lado da sala, Christian olhava para mim. Ele tinha visto o breve lampejo de excitação no meu olhar e percebeu que eu estava pensando em alguma estratégia. Ele me observava curioso, tão pronto para agir quanto eu.

Meu Deus, como é que nós executaríamos o plano? Eu precisava da ajuda dele, mas não tinha meios para fazê-lo entender o que eu tinha em mente. Na verdade, nem tinha certeza de que ele poderia de fato ajudar. Ele estava fraco demais.

Mantive o olhar dele preso ao meu, desejando que entendesse que alguma coisa estava prestes a acontecer. Ele parecia confuso, mas também determinado. Depois de me certificar de que nenhum dos guardas estava me observando, mudei sutilmente de posição e dei um pequeno puxão com os meus pulsos. Olhei para trás de mim o máximo que pude, depois olhei de novo para Christian. Ele franziu as sobrancelhas, e eu repeti o gesto.

— Ei — disse alto. Mia e Mason ergueram surpresos as cabeças. — Vocês aí vão mesmo continuar nos mantendo esfomeados? Será que não podemos ao menos tomar um pouco de água ou algo do tipo?

— Cale a boca — respondeu um dos guardas. Essa era a resposta padrão deles sempre que algum de nós falava alguma coisa.

— Fala sério. — Fiz a minha voz mais cretina. — Nem mesmo um gole de alguma coisa? A minha garganta está *queimando*. Está praticamente *pegando fogo*. — Olhei rapidamente para Christian enquanto dizia aquelas últimas palavras, depois olhei de novo para o guarda.

Como eu esperava, ele se levantou da cadeira e veio caminhando na minha direção.

— *Não* me obrigue a repetir — rugiu.

Eu não sabia se ele ia mesmo fazer alguma coisa violenta, mas eu não tinha o menor interesse em descobrir. Além do mais, eu já conseguira o que queria. Se Christian não tivesse entendido a dica, não havia mais nada que eu pudesse fazer. Tentando mostrar medo, calei a boca.

O guarda voltou para a cadeira e, depois de algum tempo, parou de olhar para mim. Olhei significativamente para Christian de novo e dei outro puxão nos meus pulsos. *Vamos lá, vamos lá*, pensei. *Tente entender o que eu estou pensando, Christian.*

De repente ele franziu as sobrancelhas, e olhou maravilhado para mim. Bom. Pelo jeito, ele estava começando a entender. Minha esperança era de que fosse exatamente o que eu queria que entendesse. Lançou-me, então, um olhar inquisidor, como se me perguntasse se eu estava realmente falando sério. Fiz que sim enfaticamente com a cabeça. Ele fez uma careta pensativa. Depois respirou fundo, preparando-se para agir.

— Tá bom — disse. Todos voltaram a atenção para ele, surpresos.

— Cale a boca — falou automaticamente um dos guardas, já cansado.

— Não — disse Christian. — Estou pronto. Pronto para beber.

Todos na sala congelaram por alguns segundos, inclusive eu. Não era bem isso que eu imaginara.

O líder dos guardas se levantou.

— Não *tente* enrolar a gente.

— Não estou enrolando — afirmou Christian. A expressão do rosto dele era frenética, e eu achei que não era apenas fingimento. — Estou cansado disso. Quero sair daqui, e não quero morrer. Vou beber. E quero o sangue *dela*. — Apontou para mim com a cabeça.

Mia soltou um gritinho agudo de medo. Mason xingou Christian de uma coisa que, se estivéssemos na escola, o teria levado direto para a sala de detenção.

Aquilo *definitivamente* não era o que eu imaginara como plano de fuga.

Os outros dois guardas olharam para o líder, indecisos.

— Devemos chamar Isaiah? — perguntou um deles.

— Acho que ele não está aqui — respondeu o líder. Ele estudou Christian durante alguns segundos e tomou uma decisão. — E eu não quero ir chamar antes de ter certeza de que isso não é algum tipo de brincadeirinha. Deixem ele se aproximar da garota e vamos ver.

Um dos homens apanhou um alicate bem afiado. Foi até Christian. Ouvi o som do plástico partindo quando as algemas abriram. Agarrando um dos braços de Christian, o guarda o levantou da cadeira num puxão e o trouxe até mim.

— Christian — exclamou Mason com a voz cheia de fúria. Lutou contra as algemas, sacudindo um pouco a cadeira. — Você perdeu a cabeça? Não faça o que eles querem!

— Vocês vão ter que morrer, mas eu não — respondeu Christian rispidamente, jogando a cabeça para tirar o cabelo dos olhos. — Não existe outra maneira de sair desse buraco.

Eu não sabia bem o que estava acontecendo, mas sabia o que se espera de uma pessoa que está prestes a morrer, então era preciso que eu demonstrasse muito mais dramaticidade. Dois guardas ladearam Christian, observando com cautela o que ele estava fazendo enquanto se inclinava na minha direção.

— Christian — sussurrei, surpresa, ao perceber como foi fácil fazer a minha voz soar temerosa. — Não faça isso.

Os lábios dele se contorceram num daqueles sorrisos sarcásticos que ele fazia tão bem.

— Nós nunca gostamos um do outro, Rose. Se eu tenho que matar alguém, é melhor que seja você. — As palavras dele soaram gélidas, precisas. Críveis. — E também achei que você desejava isso.

— *Isso* não. Por favor, não...

Um dos guardas empurrou Christian.

— Acabe logo com isso ou volte para a sua cadeira.

Ainda com um sorriso sombrio no rosto, Christian deu de ombros.

— Sinto muito, Rose. Você vai morrer de qualquer maneira. Por que não morrer por uma boa causa? — Ele aproximou o rosto do meu pescoço. — Isso provavelmente vai doer.

Eu na verdade duvidei que fosse doer... se é que ele ia mesmo me morder. Porque ele não ia... certo? Eu me mexi na cadeira, apreensiva. Pelo que se conta, quando um vampiro suga todo o sangue de uma pessoa, ela vai recebendo uma dose tão grande de endorfina que a dor é quase inteiramente amortecida. Então era como adormecer. Claro que tudo isso é especulação, já que as pessoas que morreram de mordidas de vampiros nunca voltaram para relatar a experiência.

Christian encostou o nariz no meu pescoço e foi aninhando a cabeça sob o meu cabelo, encobrindo parte do rosto dele. Os lábios roçaram a minha pele de maneira tão suave que me fez lembrar de quando ele e Lissa se beijaram. Um instante depois, as pontas dos caninos dele tocaram minha pele.

E eu senti dor. Dor de verdade.

Mas não estava vindo da mordida. Os dentes dele apenas me pressionaram a pele; não chegaram a rasgá-la. Sua língua roçava o meu pescoço em movimentos ondulantes, mas não havia sangue algum para sugar. Aquilo mais parecia alguma forma esquisita e excêntrica de beijo.

Não, a dor me vinha dos pulsos. Uma dor de queimadura. Christian estava usando a magia para canalizar calor para as algemas de plástico, exatamente como eu queria que ele fizesse. Ele tinha entendido a mensagem. O plástico ia ficando cada vez mais quente enquanto ele continuava a fingir que estava bebendo meu sangue. Qualquer um que olhasse de perto veria que a sucção era em parte fingimento, mas o meu cabelo bloqueava bem a visão dos guardas.

Eu sabia que era difícil derreter plástico, mas só naquele momento me dei conta da real dificuldade. A temperatura necessária para se conseguir algum resultado era alta demais. Senti como se as minhas mãos estivessem mergulhadas em lavas de vulcão. As algemas plásticas me queimavam a pele, o calor era intenso e terrível. Eu me contorci, na esperança de aliviar a dor. Não adiantou. Mas percebi que as algemas cederam um pouco quando eu me movimentei. O plástico estava amolecendo. Tudo bem. Isso já era alguma coisa. Eu precisava aguentar apenas um pouco mais. Desesperada, tentei me concentrar na mordida de Christian e me distrair com isso. Funcionou por uns cinco segundos. Ele não estava me passando muita endorfina, certamente não o suficiente para combater a dor cada vez mais horrível das queimaduras. Eu gemi, provavelmente tornando a coisa toda mais convincente.

— Não acredito — murmurou um dos guardas. — Ele está mesmo bebendo. — A alguma distância, para além deles, acho que ouvi Mia chorando.

As algemas queimaram ainda mais. Eu nunca sentira uma dor tão forte em toda a minha vida, e olha que eu já passara por muita coisa. Rapidamente a possibilidade de desmaiar tornou-se bastante real.

— Ei — disse o guarda de repente. — Que cheiro é esse?

Era cheiro de plástico derretendo. Ou talvez a minha própria carne derretendo. Para ser sincera, isso não importava, pois, quando movi novamente os pulsos, eles romperam o plástico escaldante e viscoso das algemas.

Eu tinha uns dez segundos para pegar os guardas de surpresa, então os usei. Saltei da cadeira, empurrando Christian para trás. Havia um guarda de cada lado dele, e um deles ainda segurava o alicate. Num só movimento, arranquei o alicate da mão do cara e o enfiei em seu rosto. Ele deu um grito abafado, mas não esperei para ver o que ia acontecer. Meus dez segundos de surpresa estavam acabando, e eu não podia perder tempo. Assim que larguei o alicate, dei um soco no outro guarda. Geralmente meus chutes são mais fortes do que os socos; mesmo assim, eu bati nele com força suficiente para que ele levasse um susto e cambaleasse.

Naquele momento, o guarda líder entrou em ação. Como eu temia, ele ainda estava armado e sacou o revólver.

— Quietinha aí! — gritou, apontando a arma para mim.

Eu congelei. O guarda que eu socara avançou e agarrou meu braço. Ali perto, o cara em quem eu metera o alicate no rosto estava gemendo no chão. Ainda apontando o revólver para mim, o líder começou a dizer alguma coisa e, de repente, soltou um grito de susto. O revólver adquiriu um brilho alaranjado e caiu da mão dele. A pele estava vermelha da queimadura. Christian aquecera o metal. Era isso. Nós devíamos ter usado a magia desde o começo. Se saíssemos vivos dali, eu passaria a defender a causa de Tasha. O costume Moroi de não usar a magia como arma estava tão enraizado em nossas mentes que nem cogitáramos usá-la antes. Foi uma estupidez da nossa parte.

Voltei-me para o sujeito que agarrara o meu braço. Acho que não esperava que uma garota como eu conseguisse enfrentar uma luta daquelas, e ele ainda estava meio pasmo com o que acontecera com o outro guarda e o revólver que ele empunhava. Consegui abrir espaço para dar um chute no estômago dele, um chute que teria me valido nota A na aula de combate. Ele gemeu com o golpe, e o impacto o jogou contra a parede. Rápida como um raio, eu me lancei sobre ele, agarrando-lhe os cabelos e batendo a cabeça dele contra o chão, com força suficiente para deixá-lo inconsciente, mas não para matá-lo.

Levantei-me sem demora e me surpreendi de o líder ainda não ter partido para cima de mim. Já dera tempo de ele se recuperar do susto com o revólver fervendo. Mas, quando me virei, a sala estava calma. O líder estava inconsciente no chão e Mason, recém-liberto, se encontrava de pé perto dele. Christian segurava numa das mãos o alicate e na outra, o revólver. Devia estar quente ainda, mas parecia que os poderes dele o deixavam imune ao calor. Ele apontava para o homem que eu acertara com o alicate. O cara não estava inconsciente, quase não sangrava, mas, assim como tinha acontecido comigo, ele estava petrificado diante do cano do revólver apontado para ele.

— Mas que droga — murmurei. Fui cambaleando até Christian e estendi a mão. — Me dê isso antes que você machuque alguém.

Esperei que ele me desse uma resposta sarcástica, mas ele simplesmente entregou a arma com as mãos trêmulas, e eu a prendi no cinto. Observando-o um pouco melhor, vi como estava pálido. Parecia prestes a desmaiar. Usara muita magia e estava sem comer havia dois dias.

— Mase, pegue as algemas — disse eu.

Sem virar as costas para nós, Mason deu alguns passos até a caixa onde os carcereiros guardavam o estoque de algemas de náilon. Ele apanhou três delas e mais alguma coisa. Com um olhar de indagação, ele me mostrou uma fita adesiva.

— Perfeito — falei.

Amarramos os carcereiros às cadeiras. Um deles ainda estava consciente, mas nós o nocauteamos e colocamos fita adesiva na boca de todos. Logo voltariam a si, e eu não queria que fizessem barulho.

Depois de soltarmos Mia e Eddie, nos juntamos e planejamos o próximo passo. Christian e Eddie mal podiam ficar de pé, mas ao menos Christian estava ciente do que se passava ao redor. O rosto de Mia estava coberto de lágrimas, mas ela conseguia acatar ordens. Mason e eu éramos, então, os mais ativos do grupo.

— Pelo relógio daquele cara, é de manhã — disse ele. — O que temos que fazer é simplesmente sair, e eles não vão nos tocar. Se não houver mais nenhum humano, claro.

— Eles disseram que Isaiah não estava na casa — disse Mia com um fiapo de voz. — Vamos conseguir sair daqui, não vamos?

— Esses homens estavam confinados aqui com a gente por tanto tempo sem sair que talvez estivessem enganados — respondi. — Não podemos fazer nada sem conferir como estão as coisas primeiro.

Mason abriu a porta da sala com cuidado e examinou o corredor vazio.

— Você acha que tem alguma saída para a rua, daqui de baixo?

— Isso facilitaria a nossa vida — murmurei. Olhei de volta para os outros. — Fiquem aqui. Nós vamos investigar o resto do porão.

— E se aparecer alguém? — exclamou Mia.

— Não vai aparecer — assegurei.

Eu estava mesmo quase certa de que não havia mais ninguém no porão; eles teriam surgido imediatamente, com todo o barulho que fizéramos lutando com os guardas. E, se alguém tentasse descer as escadas, nós ouviríamos os passos antes.

Mesmo assim, Mason e eu nos movimentamos com cuidado enquanto explorávamos o porão, tomando conta um do outro e examinando cada canto do lugar. Era mesmo como um labirinto de rato, exatamente como eu me recordava de quando nos levaram para dentro da casa. Corredores tortuosos e várias salas. Abrimos cada uma das portas. Todas as salas estavam vazias, com exceção de uma ou outra cadeira em algumas delas. Estremeci pensando que todos aqueles cômodos deviam ser utilizados como prisão, exatamente como a cela em que ficáramos.

— Não tem nem uma mísera janela em todo esse porão — murmurei, quando terminamos nossa varredura. — Vamos ter que sair pelo primeiro andar.

Começamos a voltar para a sala onde estavam nossos amigos, mas, antes de chegarmos lá, Mason pegou a minha mão.

— Rose...

Eu parei e olhei para ele.

— O quê?

Os olhos azuis dele, mais sérios do que nunca, olharam para mim cheios de arrependimento.

— Eu realmente fiz tudo errado.

Eu pensei em todos os eventos que nos levaram àquilo.

— *Nós* fizemos tudo errado, Mason.

Ele deu um suspiro.

— Eu espero... espero que, quando tudo isso acabar, a gente possa sentar e conversar e se entender. Eu não devia ter ficado zangado com você.

Eu quis dizer a ele que isso não ia acontecer; que, quando ele desapareceu do hotel, eu estava indo procurá-lo para dizer que as coisas não iam se ajeitar para nós. Já que esta não parecia ser a hora nem o lugar certo para terminar um namoro, eu menti.

Apertei a mão dele.

— Eu também espero.

Ele sorriu, e voltamos para buscar os outros.

— Bom — comecei a explicar a eles —, vamos fazer o seguinte.

Rapidamente bolamos um plano e depois subimos cuidadosamente as escadas. Fui guiando o grupo, seguida por Mia, que tentava ajudar Christian a subir os degraus. Mason vinha quase arrastando Eddie no final da fila.

— Eu devia ir na frente — murmurou Mason quando chegamos ao topo da escada.

— Não devia, não — respondi secamente, colocando a mão na maçaneta.

— É, mas se alguma coisa acontecer...

— Mason — interrompi, lançando um olhar firme. Subitamente, me lembrei da minha mãe no dia em que chegou a notícia do ataque aos Drozdov. Calma e controlada, mesmo diante de algo tão terrível. Eles precisaram de um líder, assim como aquele grupo precisava de alguém naquele momento, e eu tentei o máximos que pude espelhar a atitude dela. — Se alguma coisa acontecer, você tira eles daqui. Corra rápido e para bem longe. E só volte com uma horda de guardiões.

— Você vai ser a primeira a ser atacada! O que você quer que eu faça? — disse ele rispidamente. — Que deixe você para trás?

— Isso mesmo. Esqueça de mim se puder tirá-los daqui.

— Rose, eu não vou...

— Mason. — Mais uma vez, vislumbrei a minha mãe, lutando para manter esta força e o poder de liderar os outros. — Você acha que pode fazer o que estou dizendo ou não?

Nós nos encaramos durante alguns lentos e pesados segundos, enquanto os outros prendiam a respiração.

— Posso, sim — disse ele com firmeza. Fiz um sinal afirmativo com a cabeça e me virei de volta.

A porta do porão rangeu quando eu a abri, e eu fiz uma careta ao ouvir o barulho. Mal ousando respirar, fiquei completamente parada no topo da escada, esperando e ouvindo. A casa e sua decoração excêntrica pareciam iguais a quando tínhamos chegado. Persianas escuras cobriam todas as janelas, mas, pelas beiradas, vi que havia luz espreitando lá fora. A luz do sol nunca me pareceu tão agradável quanto naquele momento. Chegar até ela significava a liberdade.

Não havia nenhum som nem qualquer movimento. Olhei em volta, tentando lembrar onde ficava a porta. Era do outro lado da casa. Não era longe, na realidade, mas, numa situação daquelas, a distância parecia um abismo.

— Venha explorar o lugar comigo — sussurrei para Mason, esperando que ele estivesse menos desconfortável por estar na retaguarda.

Ele recostou Eddie em Mia e seguiu comigo para uma rápida varredura pela sala de estar principal. Nada. O caminho parecia estar livre dali até a porta da frente. Respirei aliviada. Mason pegou Eddie mais uma vez, e nós fomos caminhando, todos tensos e nervosos. Meu Deus. Nós estávamos escapando. Nós íamos mesmo conseguir escapar. Mal conseguia acreditar na sorte que tivéramos. Estávamos nos livrando de uma tragédia. Aquele era um desses momentos que fazem com que a gente aprecie a vida e queira mudar as coisas para melhor. Quando nos é dada uma segunda chance e a gente jura que não vai desperdiçá-la. Uma constatação que...

Percebi o movimento quase ao mesmo tempo em que os vi de pé na nossa frente. Foi como se Isaiah e Elena, num passe de mágica, surgissem do nada. Só que eu sabia que não havia mágica nenhuma. Os Strigoi conseguem se movimentar com uma rapidez absurda. É provável que eles estivessem em algum cômodo do andar principal que nós imaginamos estar vazio. Preferimos não perder muito tempo examinando minuciosamente o andar inteiro. Eu me condenei por não ter checado cada centímetro quadrado daquele andar. Em algum lugar no fundo da minha mente, ouvi minha própria voz debochando de minha mãe na aula de Stan: *Me parece que vocês deram uma mancada. Por que não examinaram o lugar minuciosamente logo de cara para se certificarem de que não havia nenhum Strigoi à espreita? Acho que isso teria evitado esse trabalhão todo.*

Acabei pagando a língua.

— Crianças, crianças — cantarolou Isaiah. — Não é assim que o jogo funciona. Vocês estão burlando as regras. — Um sorriso cruel brincou nos lábios dele. Ele se divertia conosco, não via em nós nenhuma ameaça real. E sinceramente? Ele estava certo.

— Rápido e para longe, Mason — ordenei em voz baixa, sem tirar os olhos dos Strigoi.

— Ah, minha nossa... se um olhar pudesse matar... — Isaiah arqueou a sobrancelha quando alguma coisa lhe ocorreu. — Você acha que pode, sozinha, dar conta de nós dois? — Ele riu. Elena riu. Eu rangi os dentes.

Não, eu não achava que podia dar conta dos dois. Na verdade, eu estava certa de que ia morrer. Mas eu também estava certa de que poderia distraí-los antes disso.

Avancei como se fosse atacar Isaiah, mas me joguei em Elena. É possível atacar de surpresa guardas humanos, mas não Strigoi. Eles viram o meu ataque praticamente antes de eu começar a me movimentar. Mas eles não esperavam que eu tivesse um revólver. E enquanto Isaiah bloqueava o meu golpe físico quase sem nenhum esforço, consegui acertar Elena antes que ele agarrasse o meu braço para me impedir. O barulho do tiro soou alto nos meus ouvidos, e ela gritou de dor e de susto. Tentei atingi-la no estômago, mas fui empurrada e acabei atingindo a coxa. Não que isso fizesse alguma diferença. O tiro não a teria matado, não importava o lugar do corpo atingido, mas se tivesse sido no estômago, o estrago teria sido muito maior.

Isaiah segurou meu pulso com tanta força que eu pensei que os ossos se quebrariam. Deixei o revólver cair. Ele bateu no chão, quicou e escorregou na direção da porta. Elena deu um grito agudo de raiva e partiu com todas as garras para cima de mim. Isaiah mandou que ela se controlasse e me empurrou para longe do seu alcance. Durante todo o tempo, eu me debati o máximo que pude, mas não foi o suficiente para escapar, apenas para me tornar um aborrecimento para eles.

Então, ouvi o som mais agradável.

O da porta da frente se abrindo.

Mason tinha realmente aproveitado o fato de eles estarem distraídos comigo. Deixou Eddie com Mia e passou ao largo, por mim e pela briga entre os Strigoi, para abrir a porta. Isaiah se virou com uma agilidade mais veloz do que a luz e gritou quando o sol se derramou sobre ele. Mesmo sofrendo, seus reflexos eram ainda bem rápidos. Ele lançou o próprio corpo para longe do caminho que a luz do sol traçara dentro da sala, arrastando com ele Elena e eu. Ela pelo braço e eu pelo pescoço.

— Tire eles daqui! — gritei.

— Isaiah... — começou a falar Elena, libertando-se dele.

Ele me jogou no chão e se virou para a porta, olhando as vítimas que escapavam. Eu arfei procurando respirar, já que ele soltara o meu pescoço, e olhei para a porta por entre o emaranhado de cabelo que me caía na cara. Foi o tempo de ver Mason arrastar Eddie pelo limiar da porta, para fora e para a segurança oferecida pela luz. Mia e Christian já tinham escapado. Quase chorei de alívio.

Isaiah se virou de volta para mim com a fúria de uma tempestade, me fitando com os olhos escuros e terríveis enquanto pairava sobre mim com sua altura gigantesca. O rosto dele, que sempre parecera temível, se transformou em algo que ia além da compreensão. "Monstruoso" era pouco para descrever aquilo.

Ele me ergueu no ar pelos cabelos. Gritei de dor, e ele aproximou a cabeça da minha de modo que nossos rostos se pressionaram um contra o outro.

— Você quer uma mordida, garota? — perguntou. — Quer ser uma prostituta de sangue? Podemos dar um jeito nisso. Em todos os sentidos da palavra. E *não* vai ser agradável. E *não* vai ser entorpecedor. Vai ser doloroso. A compulsão pode funcionar das duas maneiras, sabe disso? E eu vou me certificar de que você acredite que está sofrendo a pior dor da sua vida. E eu também vou me certificar de que a sua morte seja muito, muito prolongada. Você vai gritar. Você vai chorar. Você vai me implorar para acabar com tudo de uma vez e deixar que você morra...

— Isaiah — gritou Elena, exasperada. — Acabe com ela de uma vez. Se você tivesse feito isso antes, como eu sugeri, nada disso teria acontecido.

Ele me manteve suspensa pelos cabelos, mas lançou um rápido olhar para ela.

— Não me interrompa.

— Você está sendo melodramático — continuou ela. E a voz dela soava de fato como a de uma criança fazendo birra. Nunca imaginei que um Strigoi pudesse fazer isso. Era quase cômico. — E está desperdiçando alimento.

— E também não me responda — ordenou ele.

— Estou com *fome*. Estou só dizendo que você deveria...

— Solte ela, ou eu vou te matar.

Todos nos viramos em direção à voz, uma voz sombria e raivosa. Mason estava de pé na entrada, emoldurado pela luz do sol, segurando o revólver que eu deixara cair. Isaiah o avaliou por algum tempo.

— Claro — disse finalmente o Strigoi. Ele pareceu entediado. — Tente.

Mason não hesitou. Atirou e continuou atirando até descarregar toda a arma no peito de Isaiah. Cada bala fazia o Strigoi vacilar só um pouco, mas continuava de pé e não me soltava. Era isso o que significava ser um Strigoi velho e poderoso, percebi. Uma bala na coxa podia desestabilizar uma vampira jovem, como Elena. Mas para Isaiah? Levar vários tiros no peito era apenas uma chateação.

Mason percebeu isso também, e seu rosto endureceu quando ele jogou a arma no chão.

— Sai daqui! — gritei. Ele ainda estava sob o sol, a salvo.

Mas ele não me ouviu. Correu em nossa direção, para longe da luz protetora. Eu me debati mais ainda, esperançosa de poder atrair a atenção de Isaiah para mim e para longe de Mason. Não consegui. Isaiah me lançou para Elena antes que Mason chegasse na metade do caminho até nós. Como um raio, ele bloqueou a passagem de Mason e o agarrou pelo braço, exatamente como fizera comigo antes.

Só que, ao contrário do que fizera comigo, Isaiah não refreou os gestos de Mason, não o ergueu no ar nem divagou com longas ameaças sobre uma possível agonia mortal. Isaiah simplesmente interrompeu o ataque, agarrou a cabeça de Mason com ambas as mãos e deu-lhe uma rápida torcida. Ouviu-se um estalo tremendo. Os olhos de Mason se arregalaram. E depois perderam o brilho.

Com um suspiro impaciente, Isaiah jogou o corpo sem vida de Mason para Elena, que me segurava. Ele aterrissou na nossa frente. A náusea e a tontura me embaçaram a visão e tomaram conta de mim.

— Está aí — disse Isaiah para Elena. — Veja se isso acalma a sua fome. E guarde um pouco para mim.

VINTE E DOIS

Fui inteiramente tomada pelo horror e pelo choque, de tal modo que cheguei a pensar que minha alma fosse secar e o mundo fosse acabar bem ali naquele momento, pois com certeza, *com certeza*, o mundo não poderia seguir em frente depois daquilo. Ninguém poderia seguir em frente depois daquilo. Eu quis gritar até que todo o universo pudesse ouvir a minha dor. Quis chorar até me dissolver inteira. Quis me afundar ao lado de Mason e morrer com ele.

Elena me soltou, aparentemente concluindo que eu não representaria mais qualquer ameaça já que me encontrava entre ela e Isaiah. Voltou-se para o corpo de Mason.

Então eu parei de sentir. E simplesmente entrei em ação.

— Não. Toque. Nele. — Não reconheci a minha própria voz.

Ela revirou os olhos com impaciência.

— Deus do céu, como você é chata. Estou começando a entender Isaiah: você realmente precisa sofrer bastante antes de morrer. — Desviou a atenção de mim, ajoelhou-se no chão e virou o corpo de Mason de modo a que ele ficasse deitado de costas.

— Não toque nele! — gritei.

Empurrei-a, mas foi em vão. Ela me empurrou de volta, e quase me nocauteou. Tudo o que eu consegui fazer foi ficar de pé, estabilizar o corpo e me manter ereta.

Isaiah observava a cena divertido e interessado; porém, subitamente o olhar dele se voltou para o chão. O *chotki* de Lissa caíra do bolso do meu casaco. Ele o apanhou. Os Strigoi podiam tocar em objetos sagrados — as histórias que se contam sobre vampiros Strigoi terem medo de cruzes não são verdadeiras. Eles apenas não podem pisar em solo sagrado. Ele virou a cruz ao contrário e correu os dedos sobre o dragão gravado na peça.

— Ah, os Dragomir — refletiu ele. — Eu havia me esquecido deles. Fácil esquecer. Restam quantos agora? Um? Dois? Nem vale a pena lembrar. — Aqueles terríveis olhos vermelhos pousaram em mim. — Você conhece algum deles? Vou fazer uma visitinha qualquer dia desses. Não vai ser muito difícil…

De repente ouvi uma explosão. A água do aquário forçou as paredes de vidro do recipiente e o estilhaçou completamente, transformando toda a superfície em cacos. Um pouco da água voou na minha direção, mas eu mal percebi. Logo o líquido se aglutinou no ar, formando uma esfera assimétrica. E começou a flutuar. Na direção de Isaiah. Fiquei boquiaberta observando aquele fenômeno.

Ele também parou para observar, mais intrigado do que amedrontado. Até que a esfera, de repente, envolveu o rosto dele e começou a sufocá-lo.

Assim como as balas de revólver não podiam matá-lo, ele também não morreria sufocado. Mas a sensação de afogamento causou-lhe forte desconforto.

As mãos dele voaram em direção ao rosto. E ele tentou desesperadamente "arrancar" a água de cima de si. Não conseguiu. Os dedos simplesmente escorregavam por ela. Elena esqueceu Mason e se pôs de pé imediatamente.

— O que é isso? — gritou ela. Ela o sacudiu, então, num esforço igualmente inútil para livrá-lo da asfixia. — O que está acontecendo?

Mais uma vez eu não senti. Eu agi. Minha mão agarrou um enorme pedaço de vidro do aquário quebrado. Pontudo e afiado, cortou a minha mão.

Eu me lancei para a frente e cravei o caco de vidro no peito de Isaiah, mirando bem o coração, do mesmo jeito que eu tinha praticado com tanto afinco durante os treinamentos. Isaiah emitiu um grito abafado através da água e caiu no chão. Seus olhos se reviraram para dentro da cabeça, e ele desmaiou de dor.

Elena observava tudo tão perplexa quanto eu quando Isaiah matou Mason. Isaiah não estava morto, é claro, mas ficaria fora de combate por um tempo. A expressão do rosto dela indicava claramente que jamais imaginara que algo assim pudesse acontecer.

A coisa mais inteligente a fazer naquele momento teria sido correr para a porta, para o sol, para a segurança oferecida pela luz. Em vez disso, eu corri na direção oposta, para a lareira. Agarrei uma das espadas e me voltei para Elena. Não precisei andar muito, porque ela já estava recuperada do choque e vinha para cima de mim.

Rosnando de ódio, ela tentou me agarrar. Eu nunca treinara com uma espada, mas aprendera a lutar com qualquer arma improvisada que pudesse encontrar. Fazendo uns movimentos desajeitados, mas eficientes naquele momento, usei a espada para manter alguma distância entre nós.

Caninos brancos brilharam na boca de Elena.

— Eu vou fazer você...

— Sofrer, pagar, me arrepender de ter nascido? — sugeri a ela possíveis expressões.

Lembrei-me da luta com a minha mãe, de ter permanecido na defensiva todo o tempo. Isso não iria funcionar daquela vez. Tinha que atacar. Eu me lancei à frente e tentei acertá-la com a espada. Não tive sorte. Ela antecipava cada movimento meu.

Subitamente, detrás dela, Isaiah gemeu, começando a voltar a si. Ela olhou para trás, num movimento rápido e sutil, mas que me permitiu atingir o peito dela com a espada. A lâmina cortou o tecido da blusa e a arranhou, mas nada além disso. Mesmo assim, ela recuou e olhou, em pânico, para baixo. Acho que a visão do vidro atravessando o coração de Isaiah ainda estava fresca em sua memória.

E era só *disso* que eu precisava.

Reuni toda a força que eu tinha, recuei e balancei a espada.

A lâmina bateu no pescoço dela com força, fazendo um corte profundo. Ela soltou um grito agudo terrível e estridente que fez a minha pele arrepiar. Tentou avançar para cima de mim. Recuei e a ataquei novamente. Ela levou as mãos à garganta, e os joelhos cederam. Continuei atacando e atacando sem parar. A espada cavava cada vez mais fundo o pescoço dela. Cortar fora a cabeça de alguém era mais difícil do que eu imaginara. A espada antiga e pouco afiada também não estava ajudando muito.

Recuperei afinal a razão e vi que ela já não se movia mais. A cabeça estava lá, jogada, separada do corpo, seus olhos mortos voltados para mim como se não acreditassem no que acabara de acontecer. Na verdade, nem eu acreditava.

Alguém gritava, e, por um segundo surreal, achei que ainda fosse Elena. Então levantei os olhos e vi, do outro lado da sala, que Mia estava de pé na entrada, com os olhos esbugalhados e a pele esverdeada, como se fosse vomitar. Bem longe, no fundo da minha mente, me dei conta de que fora ela quem explodira o aquário. A magia da água não era completamente inútil, afinal de contas.

Ainda um pouco abalado, Isaiah tentou se erguer. Antes que conseguisse ficar inteiramente de pé, no entanto, eu já partira para cima dele. A espada cantou alto, descarregando sangue e dor a cada ataque de vingança. Desta vez, me senti como uma profissional experiente. Isaiah caiu no chão mais uma vez. Tudo o que eu via na minha frente era a cena dele quebrando o pescoço de Mason, então o golpeei e golpeei o máximo que pude, como se atacar com muita força pudesse, de alguma maneira, arrancar aquela visão da minha mente.

— Rose! *Rose!*

Através da névoa de ódio que me invadira, eu mal consegui distinguir a voz de Mia.

— Rose, ele já está morto!

Lentamente, com o corpo trêmulo, eu refreei o golpe seguinte e olhei para ele; a cabeça já estava destacada do corpo. Ela estava certa. Isaiah estava morto. Bem morto mesmo.

Olhei para o resto da sala. Havia sangue em toda a parte, mas o horror daquele cenário não me atingiu. Meu mundo parecia restrito, voltado para duas tarefas muito simples. Matar os Strigoi. Proteger Mason. Não conseguia processar mais nada.

— Rose — sussurrou Mia. Ela estava tremendo, e suas palavras estavam cheias de medo. Medo de mim, não dos Strigoi. — Rose, temos que ir. Vamos.

Arrastei o olhar para longe dela e direcionei-o para os restos de Isaiah. Depois de algum tempo, ainda agarrada à espada, rastejei até o corpo de Mason.

— Não — disse com a voz rouca. — Não posso deixá-lo. Outros Strigoi podem aparecer...

Meus olhos queimavam como se eu quisesse desesperadamente chorar. Não sei com certeza se era isso. A fúria de matar ainda pulsava em mim, violência e ódio eram as únicas emoções possíveis para mim naquele momento.

— Rose, depois a gente volta para pegar ele. Se outros Strigoi estão vindo mesmo, temos que ir embora.

— Não — repeti, sem nem olhar para ela. — Não vou deixá-lo sozinho. — Com a minha mão que estava livre, segurei o cabelo de Mason.

— Rose...

Ergui a cabeça com fúria.

— Vá embora! — gritei. — Vá embora e deixe a gente em paz.

Ela deu alguns passos adiante, e eu levantei a espada. Ela ficou paralisada.

— Vá embora — repeti. — Vá procurar os outros.

Lentamente, Mia recuou em direção à porta. Ela ainda me deu um último olhar desesperado antes de sair correndo para fora da casa.

O silêncio tomou conta de tudo, e eu afrouxei a espada na mão, mas não a soltei totalmente. Meu corpo vergou para a frente, e descansei a cabeça no peito de Mason. Esqueci de tudo à minha volta: o mundo, o tempo. Segundos podiam ter passado. Horas podiam ter passado. Não saberia dizer. Não sabia de nada, a não ser que eu não podia deixar Mason sozinho. Eu me senti como se estivesse num universo paralelo, num estado em que tentava, sem muito sucesso, manter o terror e o luto à margem da minha consciência. Não dava para acreditar que Mason estivesse morto. Não dava para acreditar que eu estava falando a palavra "morte". Enquanto eu pudesse, me negaria a reconhecer o horror daquilo e fingiria para mim mesma que nada tinha realmente acontecido.

Então ouvi rumores de vozes e passos, e ergui a cabeça. Pessoas entraram na casa, muitas pessoas. Eu, na verdade, não reconheci nenhuma delas. E nem precisava. Elas eram ameaças, ameaças das quais eu tinha que proteger Mason. Duas delas se aproximaram de mim, e eu me levantei rapidamente, empunhando a espada e segurando-a de modo protetor sobre o corpo dele.

— Não se aproximem — adverti. — Não se aproximem dele.

As pessoas continuaram vindo na minha direção.

— Não se aproximem! — gritei.

Todas pararam. Exceto uma delas.

— Rose — disse, numa voz suave. — Largue a espada.

Minhas mãos tremiam. Engoli em seco.

— Fica longe da gente — retruquei.

— Rose. — A voz soou novamente.

Aquela voz... minha alma a reconheceria em qualquer lugar. Ainda hesitante, enfim me permiti tomar consciência do mundo ao redor e apreender os detalhes de tudo o que acontecera. Deixei que meus olhos focalizassem as feições do homem de pé à minha frente. Os olhos castanhos de Dimitri, doces e firmes, olhavam para mim.

— Está tudo bem — disse ele. — Vai ficar tudo bem. Você pode soltar a espada.

Minhas mãos tremeram mais ainda enquanto eu tentava soltar o cabo.

SANGUE E GELO

— Não consigo. — As palavras doíam ao sair de mim. — Não posso deixar ele aqui sozinho. Tenho que protegê-lo.

— Sim, eu sei — disse Dimitri.

Deixei a espada escapar da mão, retinindo alto ao tombar sobre o chão de madeira. Eu acompanhei a sua queda, despencando também, de quatro, com uma vontade imensa de chorar, mas ainda sem conseguir fazê-lo.

Dimitri me envolveu com os braços e me ajudou a levantar. As vozes voltaram a soar ao redor e, uma a uma, fui reconhecendo as pessoas que faziam parte da minha vida e nas quais eu confiava. Ele começou a me puxar para a saída, mas eu ainda não queria me mover. Não conseguia me afastar dali. Minhas mãos se agarraram à camisa dele, amassando o tecido. Ainda mantendo um braço ao redor do meu corpo, ele puxou suavemente o meu cabelo para trás, afastando-o do meu rosto. Recostei a cabeça nele, e ele continuou mexendo no meu cabelo e murmurando algumas coisas em russo. Não entendi uma só palavra, mas o tom suave com que ele falava acabou me acalmando.

Guardiões se espalharam por toda a casa, examinando-a centímetro por centímetro. Dois deles se aproximaram de nós e ajoelharam ao lado dos corpos que eu me recusava a olhar.

— Ela fez isso? Matou os dois?

— Aquela espada não é afiada há anos!

Um som estranho me chegou à garganta. Dimitri apertou meu ombro, procurando me confortar.

— Tire ela daqui, Belikov — ouvi uma mulher dizer atrás dele. A voz dela soou familiar.

Dimitri apertou novamente o meu ombro.

— Vamos, Roza. Está na hora de ir embora.

Então eu fui. Ele me guiou para fora da casa, me sustentando a cada passo claudicante que eu dava. Minha cabeça ainda se negava a processar o que acontecera. Naquele momento, não me restava muito mais do que seguir as instruções simples que recebia das pessoas.

286 RICHELLE MEAD

Quando percebi, já tinha embarcado num dos aviões da escola. Ouvi o barulho das turbinas do jato quando começamos a decolar. Dimitri murmurou alguma coisa, avisando que teria que sair um pouco e logo voltaria, e me deixou sentada sozinha na poltrona da aeronave. Eu fixei o olhar no assento à minha frente e estudei seus detalhes minuciosamente.

Alguém se sentou ao meu lado e colocou um cobertor sobre os meus ombros. Só então me dei conta do quanto eu tremia. Agarrei-me às pontas do cobertor.

— Estou com frio — disse. — Por que estou sentindo tanto frio?

— Está em choque — respondeu Mia.

Olhei para ela, observando os cachos loiros e os grandes olhos azuis. As lembranças foram voltando à minha mente enquanto eu olhava para ela. Tudo voltou de uma vez. Fechei os olhos e os apertei bem.

— Meu Deus — suspirei. Abri os olhos e me concentrei nela novamente. — Você me salvou. Me salvou fazendo o aquário explodir. Não devia ter feito isso. Não devia ter voltado lá.

Ela deu de ombros.

— E você não devia ter ido pegar a espada.

Mia estava certa.

— Obrigada — disse a ela. — O que você fez... eu nunca teria essa ideia. Foi brilhante.

— Isso eu não sei — ponderou ela, sorrindo pesarosamente. — Água não é bem uma arma, lembra?

Ri um pouco, mesmo não achando mais que o que eu tinha dito era engraçado. Não era mesmo.

— Água é uma excelente arma — comentei. — Quando eu voltar, vamos ter que praticar novas maneiras de usá-la.

O rosto dela se iluminou de animação. A determinação brilhou em seus olhos.

— Eu adoraria. Mais do que qualquer coisa.

— Sinto muito... Sinto muito pelo que aconteceu à sua mãe.

Mia fez apenas um sinal afirmativo com a cabeça.

— Você tem sorte de ainda ter a sua. Não sabe a sorte que tem.

Voltei a encarar a poltrona à minha frente. As palavras que eu disse em seguida me espantaram.

— Queria que ela estivesse aqui.

— Ela está — falou Mia, parecendo surpresa. — Ela estava com o grupo que vasculhou a casa. Você não a viu?

Balancei a cabeça em sinal negativo.

Ficamos em silêncio. Mia se levantou e saiu. Um instante depois, outra pessoa se sentou ao meu lado. Não precisei olhar para ver quem era. Eu simplesmente *sabia*.

— Rose — disse minha mãe. Pela primeira vez na minha vida, a voz dela me pareceu insegura. Temerosa, talvez. — Mia disse que você queria me ver. — Não respondi. Não olhei para ela. — Você... você está precisando de alguma coisa?

Não tinha ideia do que eu precisava. Não sabia o que fazer. A ardência nos olhos ficou insuportável e, antes que eu percebesse, estava chorando. Enormes e dolorosos soluços me tomaram todo o corpo. As lágrimas que eu segurara por tanto tempo rolavam pelo meu rosto. O medo e a dor que eu estava tentando não sentir por fim foram liberados, e aquilo queimava no peito. Eu mal podia respirar.

Minha mãe me abraçou, e eu afundei o rosto em seu peito, soluçando ainda mais.

— Eu sei — disse ela suavemente, estreitando o abraço. — Eu compreendo.

VINTE E TRÊS

A temperatura esquentou no dia da minha cerimônia *molnija*. Na verdade, esquentou tanto que boa parte da neve que cobria o campus começou a derreter, escorrendo pelas laterais dos prédios de pedra da escola em finos e prateados veios de água. O inverno estava longe de acabar, então eu sabia que tudo voltaria a congelar em poucos dias. Mas, naquele momento, parecia que o mundo inteiro estava se desmanchando em lágrimas.

Eu escapara de tudo o que tinha acontecido em Spokane com poucos cortes e contusões. As queimaduras causadas pelo derretimento das algemas plásticas eram os meus piores ferimentos. Mas eu ainda estava encontrando dificuldades para lidar com as mortes que eu causara e com a morte que eu vira. Só tinha vontade de ficar quieta, enrolada como uma bola em algum lugar, sem falar com ninguém, com exceção de Lissa, talvez. No quarto dia, já de volta à escola, porém, minha mãe foi me procurar para dizer que chegara a hora de eu receber as minhas marcas.

Demorei algum tempo para entender do que ela estava falando. Então me ocorreu que, por decapitar dois Strigoi, eu tinha direito a duas tatuagens *molnija*. As primeiras. Fiquei perplexa quando me dei conta disso. Por toda a minha vida até aquele momento, quando imaginava minha futura carreira como guardiã, eu ansiara por aquelas marcas. Para mim, elas eram como medalhas de honra. Mas eu não pensava mais nelas como prêmios. Elas só me fariam lembrar de uma coisa que queria esquecer.

A cerimônia aconteceu no prédio dos guardiões, num enorme salão que eles usavam para reuniões e jantares. Não se parecia em nada com o grande salão que eu conhecera no hotel. Era eficiente e prático, exatamente como os próprios guardiões. O chão era coberto por um carpete de tom azul acinzentado baixo e rígido. As paredes brancas exibiam alguns retratos em preto e branco e emoldurados da escola São Vladimir ao longo dos anos. Não havia qualquer outro tipo de decoração ou adorno; mas a solenidade e o poder do momento eram palpáveis. Todos os guardiões do campus, exceto os aprendizes, estavam lá. Eles circulavam em pequenos grupos pelo salão principal do prédio, mas não conversavam. Quando a cerimônia começou, eles se enfileiraram em ordem, sem que ninguém os tivesse mandado fazer tal coisa, e me observaram.

Fiquei sentada num dos cantos do salão, com o corpo inclinado para a frente e os cabelos caindo no rosto. Atrás de mim, um guardião chamado Lionel empunhava uma agulha de tatuagem direcionada à minha nuca. Eu o conhecia desde que entrara na escola, mas não sabia que ele era treinado para desenhar marcas *molnija*.

Antes de começar, ele falou num tom de voz baixo com minha mãe e Alberta.

— Ela não vai ter a marca do juramento — disse ele. — Não se graduou ainda.

— Isso acontece — afirmou Alberta. — Ela executou os Strigoi. Faça apenas as marcas *molnija*, e mais tarde ela receberá a do juramento.

Considerando a dor que eu regularmente estava acostumada a suportar, não imaginei que fazer tatuagens doesse tanto. Mas mordi o lábio e fiquei em silêncio enquanto Lionel fazia as marcas. O processo pareceu levar horas. Quando ele terminou, me deram dois espelhos, e, com alguma manobra, consegui enxergar a minha nuca. Duas pequeninas marcas, uma ao lado da outra, desenhadas contra a pele avermelhada e sensível. *Molnija* significa "raio" em russo e era isso que o formato pontiagudo do desenho simbolizava. Duas marcas. Uma para Isaiah, outra para Elena.

Depois que eu as vi, ele fez um curativo e me deu algumas instruções sobre como tratar das tatuagens até que elas cicatrizassem. Não memorizei grande parte das instruções, mas imaginei que pudesse tirar qualquer dúvida mais tarde. Eu ainda estava um pouco em choque com tudo o que acontecera.

Depois disso, todos os guardiões vieram, um por um, me cumprimentar. Cada um demonstrou o seu afeto de um jeito: abraços, beijos no rosto e palavras gentis.

— Bem-vinda à ordem — disse Alberta, e suas feições desgastadas adquiriram uma expressão doce quando ela me puxou para um abraço apertado.

Dimitri não disse nada quando chegou a vez dele, mas, como sempre, seus olhos falaram por ele. Orgulho e ternura tomaram a expressão do rosto dele, e eu engoli as lágrimas que me encheram os olhos. Ele pousou uma das mãos gentilmente no meu rosto, fez um cumprimento com a cabeça e seguiu em frente.

Quando Stan — o professor com quem eu mais brigara desde o primeiro dia na escola — me abraçou e disse "Agora você é uma de nós. Eu sempre soube que você seria uma das melhores", achei que fosse desmaiar.

E, quando minha mãe se aproximou de mim, não consegui segurar a lágrima que correu pelo meu rosto. Ela a enxugou e depois passou os dedos na minha nuca.

— Nunca se esqueça — me disse.

Ninguém disse "parabéns", e eu gostei disso. A morte não é uma coisa que deixe as pessoas animadas.

Depois dos cumprimentos, foram servidos drinques e comida. Eu fui até a mesa do bufê e fiz um prato de miniquiches de queijo *feta* e uma fatia de cheesecake de manga. Comi sem sentir o gosto da comida e respondi às perguntas feitas pelos outros sem nem saber direito o que eu estava dizendo, pelo menos na maior parte do tempo. Era como se eu fosse a "robô-Rose", uma versão robô de mim que só fazia o que era esperado. A pele da minha nuca ardia no lugar das tatuagens, e, na minha mente, eu continuava vendo os olhos azuis de Mason e os olhos vermelhos de Isaiah.

Senti certa culpa por não estar aproveitando melhor o meu grande dia, mas fiquei aliviada quando o grupo começou a se dispersar. Minha mãe se aproximou de mim enquanto os outros se despediam sem alvoroço. Além das palavras trocadas durante a cerimônia, não conversáramos muito desde a minha crise de choro no avião. Eu ainda me sentia um pouco estranha por conta daquela explosão de desespero e um pouco envergonhada também. Ela não chegou a dizer nada, mas algo tinha mudado bem de leve na natureza do nosso relacionamento. Não estávamos nem perto de sermos amigas... mas também não éramos mais propriamente inimigas.

— Lorde Szelsky partirá em breve — disse ela enquanto nos despedíamos das pessoas na entrada do prédio, não muito longe de onde estávamos no primeiro dia que conversamos. — Vou com ele.

— Eu sei — respondi.

Não havia qualquer dúvida de que ela iria partir. Era assim que as coisas funcionavam. Os guardiões seguiam seus Moroi. Eles vinham em primeiro lugar sempre.

Ela ficou olhando para mim durante algum tempo com os olhos castanhos pensativos. Pela primeira vez em muito tempo, senti que estávamos nos olhando de igual para igual, em vez de ela ficar me observando de cima. Já não era sem tempo, aliás, pois eu era bem mais alta do que ela.

— Você se saiu muito bem — disse ela, por fim. — Considerando as circunstâncias.

Era apenas um meio elogio, mas eu não merecia mais do que isso. Eu compreendia os erros e as avaliações equivocadas que culminaram nos eventos na casa de Isaiah. Alguns foram culpa minha; outros, não. Eu gostaria de poder mudar algumas das coisas que fiz, mas sabia que ela estava certa. Fiz o melhor que pude para consertar toda a encrenca em que tínhamos nos metido.

— Não tem glamour algum em matar Strigoi, como eu pensei que houvesse — comentei.

Ela abriu um sorriso triste.

— Não. Não tem mesmo. Nunca tem.

Pensei depois em todas as marcas que ela tinha na nuca. Em todas as mortes que elas simbolizavam. Estremeci.

— Ah, escute. — Desesperada para mudar de assunto, meti a mão no bolso e tirei de lá o pequeno pingente azul, com um olho, que ela me dera. — Isso que você me deu. É um *n-nazar*? — gaguejei ao pronunciar a palavra. Ela pareceu surpresa.

— É, sim. Como você descobriu?

Não quis contar sobre os sonhos com Adrian.

— Contaram para mim. É uma proteção, não é? Uma espécie de amuleto?

Um olhar pensativo tomou a expressão dela. Então ela suspirou e fez que sim com a cabeça.

— É isso mesmo. Vem de uma superstição do Oriente Médio... Acredita-se que as pessoas que querem o mal de alguém podem amaldiçoá-las ou lançar alguma forma de "mau-olhado". O *nazar* é feito para proteger você do "mau-olhado"... e também para proteger de modo geral aqueles que os usam.

Passei os dedos sobre o amuleto de vidro.

— Oriente Médio... lugares como a Turquia, por exemplo?

Os lábios da minha mãe se tensionaram.

— Lugares exatamente como a Turquia. — Ela hesitou. — Foi um... um presente. Um presente que eu ganhei há muito tempo... — Seu olhar pareceu perder-se nas próprias lembranças. — Os homens prestavam muita... muita atenção em mim quando eu tinha a sua idade. Atenção que, de início, pode passar por galanteio sincero, mas que, ao final, pode não ser nada disso. Às vezes é difícil distinguir entre o que é afeto verdadeiro e o que é apenas alguém tentando tirar vantagem de você. Mas, quando for para valer, você vai sentir que é... e vai saber diferenciar.

Eu entendi então por que ela tinha sido tão superprotetora com a minha reputação. Ela tinha colocado a dela em risco quando jovem. Talvez mais do que a reputação dela tenha sido prejudicada.

Entendi também por que ela me dera o *nazar*. Tinha sido um presente do meu pai. Percebi que ela não queria se aprofundar no assunto, então não perguntei mais nada. Já era o bastante saber que talvez houvesse a possibilidade de o relacionamento deles ao menos não ter sido algo apenas profissional ou algum tipo de questão genética.

Nós nos despedimos, e eu voltei para as aulas. Todos sabiam onde eu estivera naquela manhã, e os meus colegas aprendizes quiseram ver as minhas marcas *molnija*. Não os culpei por isso. Se estivesse no lugar deles, também estaria extremamente empolgada para vê-las.

— Por favor, Rose — implorou Shane Reyes.

Estávamos saindo do treinamento matutino, e ele ficara levantando o meu rabo de cavalo para tentar ver melhor. Resolvi, então, que no dia seguinte usaria o cabelo solto. Vários colegas nos seguiam e ecoavam as súplicas dele.

— É, por favor. Deixe a gente ver as tatuagens que você ganhou por sua grande habilidade como espadachim!

Os olhos deles brilhavam de ansiedade e empolgação. Eu era uma heroína, a colega de classe que despachara os líderes do bando errante de Strigoi que nos aterrorizara durante o feriado. Então encontrei o olhar de uma pessoa que estava na retaguarda do grupo, uma pessoa que não parecia estar nem ansiosa, nem empolgada. Eddie. Ao cruzarmos o olhar, ele abriu um pequeno e triste sorriso. Ele compreendia.

— Desculpe, pessoal — disse eu, dirigindo-me aos outros. — Não posso tirar o curativo. Ordens médicas.

Eles resmungaram decepcionados e, em seguida, começaram a perguntar sobre como eu tinha realmente matado os Strigoi. Decapitação era uma das maneiras mais raras e difíceis de matar um vampiro; e, além do mais, sair carregando uma espada por aí não era algo muito usual. Tentei, então, da melhor maneira que pude, contar o que aconteceu, me atendo exclusivamente aos fatos, sem glorificar as matanças.

O fim do dia escolar não poderia ter sido mais bem-vindo, e Lissa me acompanhou até o dormitório. Não tivéramos oportunidade de conversar desde todas as coisas horríveis que aconteceram em Spokane. Eu precisei passar por uma série de interrogatórios, e depois houve o funeral de Mason. Lissa também esteve ocupada com todos os membros da realeza que estavam deixando o campus, então ela teve tão pouco tempo livre quanto eu.

Estar perto dela fez com que eu me sentisse bem. Apesar de eu poder entrar na cabeça dela quando quisesse, isso não era a mesma coisa que estar fisicamente ao lado de uma pessoa que se importava comigo.

Quando já estávamos perto do meu quarto, vi um buquê de frésias no chão ao pé da porta. Apanhei as flores perfumadas com um suspiro, sem nem olhar para o cartão preso a elas.

— O que é isso? — perguntou Lissa, enquanto eu destrancava a porta.

— São de Adrian — respondi. Entramos, e eu apontei para a minha escrivaninha, onde estavam alguns outros buquês. Coloquei as frésias ao lado delas. — Vou ficar feliz quando ele for embora. Não sei até quando vou aguentar isso.

Ela olhou para mim com surpresa.

— Ah... então você não sabe.

Senti uma pontada de tensão pelo laço, indicando que eu não ia gostar do que ouviria em seguida.

— Não sei o quê?

— É que ele não vai embora. Ele vai ficar aqui algum tempo ainda.

— Ele *tem* que ir embora — argumentei. Até onde eu sabia, ele só estava no campus por causa do funeral de Mason, e eu ainda não tinha entendido muito bem por que ele fizera questão de ir, já que

SANGUE E GELO   295

mal o conhecia. Talvez ele tivesse ido só para se mostrar. Ou talvez para continuar perseguindo Lissa e eu. — Ele está na faculdade. Ou talvez no reformatório. Eu sei lá, mas ele faz alguma coisa.

— Ele vai trancar o semestre.

Fiquei pasma.

Divertindo-se com a surpresa que expressei diante daquela informação, ela fez um sinal afirmativo com a cabeça.

— Ele vai ficar e trabalhar comigo e com a professora Carmack. Durante todo esse tempo, ele nunca soube o que era o espírito. Só sabia que não conseguira se especializar e que tinha aquelas estranhas habilidades. Ele apenas as mantinha em segredo, exceto quando encontrava algum outro usuário. Mas esses outros também não tinham qualquer conhecimento sobre a nossa magia.

— Eu devia ter imaginado isso antes — ponderei. — Eu sentia alguma coisa estranha quando estava perto dele... sempre me dava vontade de conversar com ele, sabe? Ele tem uma espécie de... carisma. Como você. Acho que isso tem a ver com o espírito e com a forte habilidade para a compulsão que vocês têm, ou sei lá. Sei que isso faz com que eu goste dele... mesmo não gostando dele.

— E você não gosta dele? — provocou ela.

— Não — respondi com determinação. — E também não gosto dessa história de ele entrar nos sonhos dos outros.

Seus olhos verdes se arregalaram maravilhados.

— Mas *isso* é o melhor de tudo — disse. — Você sempre soube o que estava acontecendo comigo, mas eu nunca consegui me comunicar com você numa via de mão dupla. Fiquei feliz quando vocês conseguiram escapar em Spokane... mas eu gostaria de ter entrado no seu sonho e ajudado os guardiões a encontrar você.

— Não sei se eu ia gostar disso — ponderei. — Aliás, fiquei muito feliz de Adrian não ter conseguido convencer você a parar de tomar os remédios.

Fiquei sabendo disso alguns dias depois dos eventos em Spokane. Lissa teria rejeitado a sugestão inicial de Adrian de que interromper a medicação a ajudaria a aprender mais sobre o espírito. Ela admitiu para mim depois que, se Christian e eu permanecêssemos desaparecidos por mais tempo, ela talvez tivesse cedido à proposta dele.

— Como você está se sentindo ultimamente? — perguntei, me lembrando das preocupações dela com a medicação. — Continua achando que os remédios não estão mais funcionando?

— Hum... É difícil explicar. Eu ainda me sinto mais perto da magia, acho que a medicação não está mais bloqueando todo o acesso a ela. Mas não estou sentindo nenhum dos outros efeitos da magia... não tenho andado deprimida nem nada.

— Puxa, isso é ótimo.

Um belo sorriso iluminou o rosto dela.

— Eu sei. Isso me faz pensar que pode haver esperança de eu conseguir usar a magia algum dia.

Ao vê-la tão contente, sorri também. Eu não tinha gostado de saber que aqueles sentimentos sombrios ameaçavam voltar e fiquei feliz como o desaparecimento deles. Não entendia como nem por que eles subitamente desapareceram, mas se ela estava se sentindo bem...

Todo mundo tem luz em volta de si, exceto você. Você tem sombras. Elas são de Lissa.

As palavras de Adrian me voltaram à mente como um soco. Nervosa, analisei meu comportamento nas duas últimas semanas. As explosões de raiva. A rebeldia exacerbada, incomum mesmo para uma pessoa como eu. Minha própria, e sombria, montanha-russa de emoções revirando no peito...

Não, nada disso, concluí. Não havia semelhança alguma. Os sentimentos sombrios de Lissa eram consequência da magia. Os meus eram consequência do estresse. Além do mais, naquele exato momento, eu estava me sentindo bem.

Percebi que ela me observava e tentei me lembrar em que ponto tinha me desconectado da conversa.

— Talvez, em algum momento, você encontre uma maneira de usar a magia. Quero dizer, se Adrian conseguiu achar um meio de usar o espírito sem precisar tomar medicamentos...

Ela soltou uma risada.

— Você não sabe, não é?

— O que é que eu não sei?

— Que Adrian se medica, sim, de certo modo.

— É mesmo? Mas ele disse... — Compreendi de repente. — É claro que ele se medica. Os cigarros. A bebida. E Deus sabe o que mais ele usa.

Ela balançou a cabeça em sinal afirmativo.

— Exatamente. Ele está quase sempre sob o efeito de alguma coisa.

— Mas não quando dorme... e é por isso que ele consegue se meter nos meus sonhos.

— Caramba, eu adoraria conseguir fazer isso — suspirou ela.

— Talvez algum dia você aprenda. Só peço que você não se torne uma alcoólatra durante o processo.

— Não vou fazer isso — assegurou Lissa. — Mas *vou* aprender. Nenhum outro usuário do espírito conseguia fazer isso, Rose. Só São Vladimir. Vou descobrir como ele aprendeu. Vou aprender a usar a magia e não vou deixar que ela me faça mal.

Sorri e segurei a sua mão. Eu confiava inteiramente nela.

— Eu sei.

Conversamos quase a noite toda. Quando chegou a hora do meu treinamento matinal com Dimitri, tomamos caminhos diferentes. Enquanto eu caminhava, ponderei sobre uma coisa que estava me incomodando. Embora houvesse muitos outros membros no grupo de Strigoi que armara os ataques, os guardiões estavam confiantes de que Isaiah era o líder. Isso não significava que não haveria *outras* ameaças no futuro, mas eles acharam que demoraria algum tempo até que se reorganizassem.

Eu não conseguia parar de pensar, entretanto, naquela lista que eu vira no túnel em Spokane, a que enumerava as famílias reais por quantidade de membros em cada clã. E Isaiah mencionara os Dragomir pelo nome. Ele sabia que era uma família quase extinta, e demonstrara vontade de acabar com o clã por conta própria. É claro que agora Isaiah estava morto... mas será que não havia outros Strigoi por aí com a mesma ideia?

Balancei a cabeça numa tentativa de espantar aqueles pensamentos. Não podia me preocupar com aquilo. Não naquele momento. Ainda precisava me recuperar de todo o resto. Em breve, no entanto, teria que voltar a pensar nisso. Em breve eu teria que lidar com aquelas questões.

Não sabia se as sessões de treinamento continuariam a acontecer, mas, de todo modo, fui me encaminhando para o vestiário. Depois de vestir as roupas de ginástica, desci para o ginásio e encontrei Dimitri numa das despensas, lendo um daqueles romances de faroeste que ele adorava. Ele levantou os olhos quando eu entrei. Eu o vira pouco nos últimos dias e imaginava que estava ocupado com Tasha.

— Achei que talvez você viesse — disse, colocando um marcador de livro entre as páginas.

— Está na hora do treinamento.

Ele fez que não com a cabeça.

— Não. Sem treinamento hoje. Você ainda precisa se recuperar.

— Estou com meu atestado de saúde em ordem. Estou pronta para outra. — Tentei colocar naquelas palavras o máximo de bravata que uma Rose Hathaway, agora laureada e tudo mais, conseguia reunir.

Mas Dimitri não caiu na minha tentativa de demonstrar força. Fez um gesto indicando a cadeira ao lado dele.

— Sente-se aqui um pouco, Rose.

Hesitei antes de concordar. Ele aproximou a própria cadeira da minha, de modo que ficamos um em frente ao outro. Meu coração palpitou quando olhei para aqueles belos olhos escuros.

— Ninguém se recupera... tão facilmente... depois de matar... de matar duas vezes... pela primeira vez. Mesmo as vítimas sendo Strigoi... Tecnicamente, ainda é como tirar a vida de alguém. E é difícil se reconciliar consigo mesmo depois de uma experiência dessas. E depois de tudo que você passou... — Ele suspirou e pegou a minha mão. Seus dedos eram exatamente como eu me lembrava deles,

longos e fortes, cheios de calos por causa dos anos de treinamento.
— Quando eu vi o seu rosto... quando encontramos você naquela
casa... você não imagina o que eu senti.

Eu engoli em seco.

— O que... o que foi que você sentiu?

— Eu me senti devastado... senti uma tristeza profunda. Você
estava viva, mas estava de um jeito... Achei que você jamais se recu-
peraria. E isso me quebrou por dentro, pensar que isso podia acontecer
com você ainda tão jovem. — Ele apertou minha mão. — Você vai se
recuperar. Eu sei disso agora, e estou feliz com isso. Mas você ainda
não se recuperou inteiramente. Ainda não. Perder alguém de quem
você gosta muito nunca é fácil.

Desviei os olhos e fiquei olhando para o chão.

— A culpa foi minha — disse eu num fiapo de voz.

— Hein?

— Mason. A morte de Mason.

Não precisei olhar para o rosto de Dimitri para saber que estava
tomado de compaixão.

— Ah, Roza. Não. Você tomou algumas decisões erradas... Você
devia ter contado a alguém quando soube que ele não estava no
hotel... mas não pode se culpar. Você não o matou.

As lágrimas chegaram aos meus olhos quando o encarei de volta.

— Eu acho que o matei, sim. Ele só foi para Spokane... por culpa
minha. Nós brigamos... e eu que contei para ele que os Strigoi estavam
lá, mesmo você me pedindo para manter segredo...

Uma lágrima acabou escapulindo pelo canto do meu olho. Eu
precisava aprender a desligar isso. Exatamente como minha mãe
fizera comigo antes, Dimitri a enxugou do meu rosto.

— Você não pode se culpar por isso — disse ele. — Você pode
se arrepender das decisões que tomou e desejar ter feito as coisas de
maneira diferente, mas, na verdade, Mason também tomou as decisões
dele. Ele fez as escolhas dele. A decisão de sair foi dele, não importa
o papel que você desempenhou no início de tudo.

Eu me dei conta, então, de que quando Mason voltou para me salvar, foi porque tinha deixado o que ele sentia por mim interferir em suas decisões. Era isso que Dimitri temia: se nós dois nos envolvêssemos em algum tipo de relacionamento amoroso, isso nos colocaria em risco, e também qualquer Moroi que estivéssemos protegendo.

— Eu só queria ter conseguido... não sei... fazer alguma coisa...

Engolindo mais lágrimas que tentavam me saltar dos olhos, puxei as mãos das dele e me levantei antes que eu começasse a falar alguma besteira.

— É melhor eu ir — falei com firmeza. — Avise quando quiser retomar os treinamentos. E obrigada por... pela conversa.

Comecei a me virar; depois o ouvi dizer de maneira abrupta:

— Não.

Olhei para ele.

— O quê?

Ele prendeu o meu olhar no dele, e algo quente, maravilhoso e poderoso tomou conta de nós dois.

— Não — repetiu ele. — Eu disse não. Para Tasha.

— Eu... — Fechei a boca antes que meu queixo batesse no chão. — Mas... por quê? Era uma oportunidade única. Você poderia ter um filho. E ela... ela estava, você sabe, totalmente apaixonada por você...

Um fantasma de sorriso surgiu e desapareceu bem rápido do rosto dele.

— É, ela estava. E está. E foi por isso que eu tive que recusar. Eu não podia corresponder aos sentimentos dela... não podia dar a ela o que ela queria. Não quando... — Ele deu um passo na minha direção. — Não quando o meu coração está em outro lugar.

Quase comecei a chorar de novo.

— Mas você parecia estar gostando dela também. E ficava repetindo para mim como eu agia de maneira imatura.

— Você age de maneira imatura — disse ele —, porque é *jovem*. Mas você sabe muita coisa, Roza. Coisas que pessoas mais velhas que você não fazem a menor ideia. Naquele dia... — Eu sabia exatamente de que dia ele estava falando. Do dia em que nos beijáramos contra a parede. — Você estava certa quando disse o quanto eu luto para manter o controle. Ninguém jamais percebeu isso antes. E eu me assustei. *Você* me deixa assustado.

— Por quê? Você não quer que ninguém saiba?

Ele deu de ombros.

— Não me importo com o que as pessoas sabem ou não a meu respeito. O que importa é que alguém, que *você*, me conheça tão bem a ponto de perceber algo assim. Quando uma pessoa consegue ver a sua alma, é difícil lidar com isso. Força você a se abrir. Você se torna vulnerável. É muito mais fácil estar com alguém que é apenas pouco mais do que uma boa amiga.

— Como Tasha.

— Tasha Ozera é uma mulher admirável. É linda e corajosa. Mas ela não...

— Ela não *entende* você — terminei a frase dele.

Ele fez que sim com a cabeça.

— Eu já sabia disso. Ainda assim, tentei insistir naquele relacionamento. Sabia que não seria difícil e que ela poderia me tirar de perto de você. Achei que ela talvez me fizesse esquecer você.

Eu achei a mesma coisa com relação a Mason.

— Mas ela não conseguiu.

— É. Não conseguiu. E, então... isso é um problema.

— Porque não devemos nos envolver um com o outro.

— É isso.

— Por causa da diferença de idade.

— É. Mas principalmente porque vamos ser os guardiões de Lissa e temos que nos concentrar nela, e não um no outro.

— Eu sei.

Pensei nisso durante um tempo e depois olhei bem nos olhos dele.

— Bom — falei. — Do meu ponto de vista, não somos os guardiões de Lissa. Não *ainda*.

302 RICHELLE MEAD

Estava preparada para a reação dele. Sabia que viria mais uma daquelas lições de vida zen. Algum discurso sobre a força de vontade interior e a perseverança, sobre como as escolhas que fazemos são padrões que estamos estabelecendo para escolhas futuras ou alguma outra coisa sem sentido.

Mas o que ele fez foi me beijar.

O tempo parou quando ele se aproximou e segurou o meu rosto entre as mãos. Aproximou a boca da minha e roçou meus lábios. O gesto, no início, era quase leve demais para ser um beijo, mas logo se intensificou, tornando-se inebriante e profundo. Quando ele se afastou, beijou minha testa. Deixou os lábios lá por vários segundos enquanto enlaçava meu corpo num abraço apertado.

Eu queria que aquele beijo não terminasse nunca. Ele afrouxou o abraço, correu os dedos pelo meu cabelo e pelo meu queixo. Recuou em direção à porta.

— Nos vemos mais tarde, Roza.

— No nosso próximo treino? — perguntei. — Nós *vamos* retomar o treinamento, não vamos? Quero dizer, você ainda tem coisas para me ensinar.

De pé no espaldar da porta, ele olhou para mim e sorriu.

— Tenho, sim. Muitas coisas.

AGRADECIMENTOS

Como sempre, este livro não poderia ter sido escrito sem a ajuda e o apoio dos meus amigos e da minha família. Preciso agradecer, em especial, ao meu time de conselheiros por mensagem: Caitlin, David, Jay, Jackie e Kat. Vocês se mantiveram conectados on-line por horas e horas em inúmeras noites. Eu não teria conseguido terminar este livro e chegar ao final da loucura que foi este ano sem vocês.

Agradeço também ao meu agente, Jim McCarthy, que moveu o céu, a terra e prazos de entrega para me ajudar a terminar o que eu precisava terminar. Fico feliz por você ter cuidado de mim. E, finalmente, agradeço muito a Jessica Rothenberg e Ben Schrank, da Razorbill, pelo apoio constante e trabalho árduo.

Este livro foi impresso pela Cruzado, em 2022, para
a HarperCollins Brasil. O papel do miolo é pólen
bold 70g/m² e o da capa é cartão supremo 250g/m².